牢中华民族共同体意识

家园

加强中华民族大团结,长远和根本上是增强文化认同,建设各民族共有的精神家园,积极培养中华民族共同体意识。

◎本书编写组 编

内蒙古人民出版社

图书在版编目(CIP)数据

铸牢中华民族共同体意识·家园 / 本书编写组编. –– 呼和浩特：内蒙古人民出版社, 2022.12

ISBN 978-7-204-17542-0

Ⅰ.①铸… Ⅱ.①本… Ⅲ.①历史故事 – 作品集 – 中国 – 当代 Ⅳ.① I247.81

中国国家版本馆CIP数据核字(2023)第018184号

铸牢中华民族共同体意识·家园

作　　者	本书编写组
责任编辑	李　鑫
封面设计	苏　昊
出版发行	内蒙古人民出版社
地　　址	呼和浩特市新城区中山东路8号波士名人国际B座五层
网　　址	http://www.impph.com
印　　刷	呼和浩特市圣堂彩印有限责任公司
开　　本	710mm×1000mm　1/16
印　　张	18.75
字　　数	240千
版　　次	2022年12月第1版
印　　次	2023年12月第1次印刷
标准书号	ISBN 978-7-204-17542-0
定　　价	78.00元

如出现印装质量问题,请与我社联系。联系电话:(0471)3946120

编 委 会

中华民族是世界上古老而伟大的民族,创造了绵延五千多年的灿烂文明,为人类文明进步作出了不可磨灭的贡献。中华优秀传统文化是中华民族的突出优势,是我们在世界文化激荡中站稳脚跟的根基。

宣传推广普及好中华优秀传统文化,铸牢中华民族共同体意识,巩固和发展平等团结互助和谐的社会主义民族关系,促进各民族共同团结奋斗、共同繁荣发展,是时代赋予媒体的重任。

挖掘内蒙古底蕴深厚、悠久灿烂的文化,构筑中华民族共有精神家园,使各民族人心凝依,形成人心归聚、团结奋进的强大精神纽带,作为省级党报的《内蒙古日报》使命在肩、责无旁贷。

在内蒙古日报社、内蒙古自治区民族事务委员会、内蒙古自治区社会科学界联合会共同组织策划下,编写组从《内蒙古日报》"家园"专刊见报稿件中精选相关稿件,编辑成此书。

《铸牢中华民族共同体意识·家园》共分《听文物讲故事》《看传统技艺·听融合故事》两个部分,《铸牢中华民族共同体意识·听文物讲故事》通过一件件文物讲述各民族交往交流交融,共同团结奋斗、共同繁荣发展的动人故事。《看传统技艺·听融合故事》记录我区各族儿女在长期交往交流交融中共同创造的非物质文化遗产以及独具特色的民间技艺,展现新时代传承者继续坚持坚守、不断创新发展的奋斗历程。

如果本书的出版能够为内蒙古铸牢中华民族共同体意识,传承弘扬北疆文化,建设各民族共有的精神家园发挥有益的作用,那将是我们最大的心愿。

——本书编写组

序

阿古拉泰

雄居祖国正北方的内蒙古,苍茫辽阔,文脉深厚,这一道亮丽的风景线,矗立着祖国北疆的安全稳定屏障与绿色屏障,紧挽着中华文明辉煌的昨天、今天与未来。古老神奇的大地,像一团温暖的篝火,团聚起各民族大家庭的兄弟姐妹们,又像一个幸福的摇篮,怀抱着东方文明生生不息的灿烂曙光……

118.3万平方公里广袤的大地,山川、田野、草原、森林、湖泊、河流、沙漠,星罗棋布。从东到西,2400公里漫漫长路,太阳的脚步也要丈量两个多小时。不同的地形地貌,涵养着秀美各异的自然风光;不同的地缘地域,孕育着多姿多彩的人文风情。而作为中华大家庭的后花园,内蒙古深藏着上下五千年熠熠生辉的沧桑记忆……

中华民族共同体意识,是国家统一之基、民族团结之本、精神力量之魂。作为党的宣传舆论阵地,内蒙古日报以传播党的方针政策声音为己任,大力弘扬中华优秀传统文化,全力打造北疆文化,取得了令人瞩目的成绩与收获。《铸牢中华民族共同体意识·家园》,从文物、技艺等视角,向人们阐释了中华民族多元一体的亲密关系,展示了中华文明多彩斑斓的文化瑰宝,凸显了北疆文化的独特魅力。读来亲切感人,发人深思,令人振奋!

一件件文物,生动地讲述着远古以来各民族之间交往交流交融的动人往事;一项项传统技艺,无声地彰显着中华文华胼手胝足、互助互鉴的薪火相传。

家园,多么温暖的字眼;家园,多么动人的表达!一幕幕场景,一行行脚印,一声声呼唤,凝聚着中华民族大家庭的相亲相爱,深植着五十六个民族谁也离不开谁的根脉相连,昭示着走向未来、守望相助、生死相依、命运与共的深刻内涵。

打开这本书,宛如展开了一幅和谐和睦和美的历史画卷,无声的岁月悉数着先民们风雨同行的脚步,斑驳的光影辉映着铜墙铁壁的历史回声。有了这点点滴滴的积累与涓涓细流的交汇,才有了中华文明历史长河的波澜壮阔,才有了我们用心血浇灌生机勃勃的共有精神家园,才有了今天伟大祖国的自强、自信、自豪与博大。

民族团结进步之花,在中华大地上常开长盛。各民族儿女要像石榴籽一样紧紧抱在一起,团结互助,携手并肩,心手相连,一往无前,以实际行动擦亮模范自治区的荣光,书写中国式现代化内蒙古的新篇章,满怀豪情拥抱中华民族伟大复兴新的曙光!

2023年10月28日

目录

看传统技艺·听融合故事

◎ 听文物讲故事

TINGWENWUJIANGGUSHI

　　泱泱中华，历史悠久，文明博大。一部中国史，就是一部各民族交融汇聚成多元一体中华民族的历史，就是各民族共同缔造、发展、巩固统一的伟大祖国的历史。各民族之所以团结融合，多元之所以聚为一体，源自各民族文化上的兼收并蓄、经济上的相互依存、情感上的相互亲近，源自中华民族追求团结统一的内生动力。

　　中华民族一家亲，同心共筑中国梦。"听文物讲故事"，选取我区各级博物馆（院）等文博单位的部分代表性文物，通过一件件文物讲述各民族交往交流交融、共同团结奋斗、共同繁荣发展的动人故事，进一步铸牢中华民族共同体意识，激励全区各族儿女在以中国式现代化全面推进中华民族伟大复兴的新征程上，团结奋斗，奋力书写中国式现代化内蒙古新篇章。

红山玉龙：象征中华民族团结和合

■院秀琴

　　华夏之地，深藏美玉。在中华5000年文明的早期阶段，玉器被视为贯通天地、沟通祖灵神灵、彰显礼仪的核心物质载体；秦汉以后至明清，在我国形成和发展为统一的多民族国家进程中，质地温良、气质和润的玉器以其独特的魅力日渐成为中华民族传统文化的重要表征，成为一种文化精神符号。

　　红山玉器很早就有传世品在世间流传，这当中，最具代表性的就是红山文化C形碧玉龙了，这是已知红山玉龙中体型最大的一件。它从远古走来，作为中华文明的重要源头之一，被史学界认定为"中华第一龙"。如今，红山文化C形碧玉龙陈列在中国国家博物馆，它是中华民族团结和合的象征，凝聚着中华民族伟大复兴的雄浑伟力。红山文化C形碧玉龙雕琢精美，造型生动，历经5000年洗礼，依然周身光洁、色彩灵动，仿佛讲述着一段来自久远历史的美丽传说……

温：君子之礼　中华智慧

　　被称为塞外明珠的赤峰市东北隅，矗立着一座石山，因裸露的岩石呈赭红色，在阳光的映照下，红岩似火，山岚如霞，故得名"红山"，蒙古语叫"乌兰哈达"，赤峰市的名字也由此而来。

20世纪初，美丽的红山吸引了一批又一批中外学者，他们进行考古挖掘工作，寻找石器、陶器，他们的研究和学术报告证明，距今5300年至5000年左右，有一种史前文化在这里形成，这一发现引起了学术界的广泛关注。1955年，我国著名历史学家、考古学家尹达在他所著的《中国新石器时代》一书里，首次将赤峰及周边地区发现的诸遗址称为红山文化。从此，红山文化神秘的面纱得以揭开。

1971年，在赤峰市翁牛特旗三星他拉村（地名普查后改为赛沁塔拉），发现了一件C形玉龙。1985年，新中国著名考古学家苏秉琦先生对这件玉器进行鉴定后认为，这是一件红山文化时期的玉器。第二年，《人民画报》用一个整版的篇幅登载了C形玉龙的照片，还发表文章肯定了它的重要历史地位和价值。此后，红山文化C形玉龙几乎是一日之间乘风而起，名扬华夏。

玉龙由墨绿色岫岩玉雕琢而成，通体为墨绿，高26厘米，重1千克，身体蜷曲呈英文字母"C"的形状，因此它被命名为C形玉龙。

C形玉龙龙首短小，吻部前伸且上翘，嘴巴紧闭，鼻端截平呈椭圆形，以对称的两个圆洞作为鼻孔，梭形细目，卷尾有力，躯体卷曲若钩。虽无角、无肢、无爪，却极富动感。龙身大部光素无纹，只在额及颚底，刻以细密的方格网状纹，网格突起作规整的小菱形，脊背有21厘米长的长鬃，长鬃占了龙体的三分之一以上，鬣鬃飘举，势若凌空。龙的脊背上有一个圆孔，经过试验，如果用绳子穿过圆孔悬挂，龙

红山文化C形玉龙

的头尾恰好处于同一个水平线上，设计相当周密准确，展现出先民的勤劳智慧与创造力。

根据形制和规格，也有考古专家判断，红山文化玉龙不仅是普通的玉饰件，也可能是重要的礼器。"不学礼，无以立。"玉器所承载的中华礼乐文化，传递着"温良恭俭让"的精神特质。

和：和合天下　和而不同

我们常常会对着光源去看玉，也许5000年前的先民们也会和我们一样，将这一件C形玉龙高高举过头顶，看它的清澈和透明，看它挺直的脊梁在空中跃起，看它灵光宝气中满载着的人类发展的信息和足迹。

红山文化时期，辽西地区的先民们把新石器时代推向一个辉煌的极致。C形玉龙、玉猪龙所象征的原始龙形图腾，被想象为几种动物复合而成的神兽，海阔天空中，仿佛万物同源。

"龙的形象就是一种和合团结的象征,它表现了中华民族远古的祖先的一种极其宝贵的和合精神,这是我们民族精神的一个源头。"北京大学人类学与民俗研究中心副主任、中国民俗学会副理事长段宝林在《中华龙与和合文化》中这样论述。上古氏族、部落在交流融合的进程中,各自图腾中特定的意象经历了共融与共生,才渐渐显现出原始龙形图腾的模样。这样的形态也与中华多民族大融合相呼应,成为我国社会几千年来代代传承的人文精神。

而这件红山文化C形玉龙,虽历尽沧桑,却依然气势磅礴,意气风发,神采飞扬,给人一种昂扬向上的腾飞之感。因而成为许多杂志的压题照片,成为华夏银行的标志,成为内蒙古十大文化符号之一,更成为红山文化的象征。

作为玉之大器,玉龙所蕴含的贵和尚中、善解能容、厚德载物、和而不同的文化理念,逐渐发展为中华民族共同体的独特精神和文化品质。

润:泽被千年　惠及世界

人类走向文明的标志之一,就是文字的出现。今天,我们再看甲骨文中象形的"龙"字,会发现它酷似红山文化C形玉龙的形状。或许,在那个时候,充满智慧的先民们早已拥有了独属于他们自己的文字信息,经过岁月的磨练和时间的洗礼,最终形成了象形字"龙"的样子。

对于中华文明的起源,苏秉琦先生提出"满天星斗"说,他认为新石器时代的中华大地存在着发展水平相近的众多文明,如同天上群星璀璨。满天星斗时期大约持续了2500年至3000年或更长。新石器遗址可以分为六大板块,其中之一为从陇东到河套再到辽西的长城以北地区,最具代表性的是赤峰市的红山文化。内蒙古博物院研究员汪英华告诉记者:"距今5000年前后,在黄河流域、长江流域,包括西辽河流域等一些文化和社会发展比较快的区域,已经率先进入到文明阶段。在内蒙古地区来讲,就是以红山文化为代表的文明体系是早期的中华文明直根系中重要的组成部分。"

苏秉琦曾说:"红山文化坛庙冢三种遗迹的发现,代表了我国北方地区史前文化发展的最高水平,它的社会发展阶段已向前跨进了一大步,从这里,我们看到了中华5000年文明的曙光。"红山文化之后的几千年,这一抹文明的曙光与中原地区古代文明互相影响、融合发展,渐渐地照亮了整片中华大地。而自辽西地区那个神秘又高度繁盛的古国绵延而来的开放、包容又自由的内在气质,作为中华文明的重要源头之一润泽千年。

百川入海,激荡开放合作的旋律;同舟共济,高扬命运与共的风帆。世界大同,和合共生,这些都是中国几千年文明一直秉持的理念。中华民族共同体是人类命运共同体的重要组成部分,中华民族正以融合、共生的姿态走进世界舞台中央,这种文化精神具有无限的包容力和吸引力,必将赢得中华民族全体人民的认同,赢得世界人民的认同。

岱海区域史前文化遗存：
见证史前文化互鉴融通

■院秀琴

　　一部中国史，就是一部各民族交融汇聚成多元一体中华民族的历史，就是各民族共同缔造、发展、巩固统一的伟大祖国的历史。中华民族辉煌灿烂的文明史上，伴随着人口的迁移流动，各民族共同开拓了我国辽阔的疆域，强化了经济上的相互依存，促进了文化上的兼收并蓄，增进了情感上的手足情深，逐渐形成你中有我、我中有你、谁也离不开谁的中华民族多元一体格局。

　　乌兰察布市凉城县岱海遗址群就见证了距今6000—4000多年前仰韶时代和龙山时代的人口大迁移与文化大融合，见微知著、以小见大，透过一个个聚落遗址，我们仿佛看到了中华民族多元一体格局形成的脉络。

气候引发的人口迁移

　　爬上距王墓山遗址600多米的石虎山山顶，便可一览岱海全貌。作为内蒙古第三大内陆湖，岱海的面积约50平方公

王墓山遗址房址

里,而在距今约6700—6000年前的仰韶文化时期,它的面积是现在的4倍,那时这里气候温暖、湿润。优越的自然地理位置,适宜的气候环境,造就了独特的岱海文化地域性,中原的先民们北上、西迁,进入岱海南岸丘陵地区,在阴坡地带形成聚落,他们垦荒种地或从事渔猎,岱海地区的农业开发便由此开始……

"距今6700年至5000年,一支中原地区先民从华北平原北部沿着永定河及其主要支流桑干河,上溯移民到达岱海,另一支由晋中汾河和汉中渭河沿黄河迁徙,到达岱海地区定居。"凉城县文物保护中心主任方红明告诉记者,正因如此,内蒙古中南部发现最早的仰韶文化早期代表性遗存石虎山遗址两个相距不过300米的山头,出现了文化面貌具有明显差别的有趣现象。

石虎山第二座山头出土的陶器,与河北中南部和河南北部的仰韶文化后岗类型十分相似。而石虎山第一座山头出土的陶器除了与后岗类型有相似的部分以外,还有不少绳纹罐,表现出仰韶文化半坡类型的强烈影响,而半坡类型主要分布在陕西渭河流域,在晋中北和黄河前套地区也有许多类似遗存。这两支不同文化类型的人口最终在岱海地区相遇,经过碰撞和磨合,发展成为这个地区稳固的新居民。

史前时期,人类的生存以适应环境为主,尚缺少主动改造环境的手段,随着气候环境的变化,各种文化的传播方向亦发生变化。"距今4500年到4300年,由仰韶文化晚期和红山文化交流融合,形成了相当于龙山时代早期的老虎山文化。"方红明告诉记者,而在仰韶文化和龙山文化的中间,有大约500年的文化断层。

"岱海地区处于北方季风尾闾区东西摆动的中轴线上,即农牧交错带东西部的转换地带,地貌又有山地、丘陵、平原、沙地和台地等多种形态,再加上受湖泊的影响,岱海地区的生态环境比内蒙古中南部其他地区更为敏感。"方红明介绍,当季风加强,气候较为温暖湿润时,比较有利于人类的生存;当气候变得干冷时,湖面下降,溪流干枯,森林退缩,甚至恶劣到致使人类尤其是农业民族难以生存的地步。"因此北方民族可能是由长城沿线的农业民族迁徙转变而来的。"方红明说。

聚落遗址的远古记忆

凉城县历史悠久,早在6000多年前,远古的先民便在这里繁衍生息,留下了华夏祖先傍海而居的足迹。辉煌的古文明,离不开岱海的滋润。在凉城县3400多平方公里广袤的土地上,2001年被国务院公布为第五批全国重点文物保护单位的岱海遗址群,就位于岱海盆地,是新石器时代具有代表性的文化遗存。

"凉城县新石器时代的聚落遗址遗存,与中原文化同根同源、一脉相承,王墓山遗址、老虎山遗址、园子沟遗址等统称岱海遗址群。"方红明说。

今天的王墓山遗址,是一片用围栏围起的缓坡,长着稀疏的树木。如果不是"全国重点文物保护单位"石碑的提醒,看起来毫不起眼。王墓山遗址位于乌兰察布市凉城县西北17公里处,北距岱海南岸2.5公里,是岱海遗址群内重要的仰韶文化遗址。

方红明介绍,在王墓山的西北坡,自下而上依次分布有三处时代不同、内涵各异的文化遗存,被分别命名为王墓山坡下、坡中和坡上遗址。王墓山坡下聚落的文化面貌与仰韶文化庙底沟类型近似,属于仰韶时代中期。相当于仰韶时代晚期早段的王墓山坡中和红台坡环壕聚落址,其文化内涵包括三种因素:一是以陶小口双耳绳纹罐为代表的内蒙古中南部文化因素,二是以陶筒形罐为代表的红山文化因素,三是以陶敞口和折腹钵为代表的仰韶文化大司空类型文化因素,共同构成了具有地区特征的海生不浪文化。相当于仰韶时代晚期的王墓山坡上遗址,根据地层叠压和遗迹间的打破关系,可划分出早、晚两段。早、晚两段房址造型相同,只是早段房址的门向西开,晚段房址的门向南开。

随着仰韶文化的快速发展和气候的复杂多变,社会结构也随之逐渐发生变化,数百年后仰韶文化逐渐走向没落,取而代之的是龙山文化的崛起。

为内蒙古地区史前文明的考古研究做出突出贡献的考古学家田广金在《岱海考古(二)——中日岱海地区考察研究报告集》中撰文:

"相当于龙山时代早期的老虎山文化遗址群,多有石城建筑。遗址的数量增多,并建在山坡向阳处,海拔较高,普遍流行窑洞式房屋,说明这个时期的气候处于冷湿时期。这些石城聚落址,多数分布于岱海北岸,每隔3-5公里就有一处。老虎山遗址的房址,都成排分布于经修整的层层台地上,二三间为一组,窑址分布于遗址墙外西南部。园子沟遗址的房址分布情况与老虎山遗址相似,由二三间房址组成一个院落,可能是由一个父辈和一两个子辈共同组成了一个大家庭,说明个体家庭的巩固。"

文化共同体已经显现

原内蒙古文物保护中心主任吉平接受媒体采访时表示:"内蒙古中南部地区的仰韶文化是从河南、河北、山西和陕西发展过来的,在这里,农耕文化和游牧文化是共存共生的。这说明我们内蒙古中南部地区,在史前时代的文化发展过程当中,和中原地区的史前文化是同频共振的,他们有发展的共同内在联系,在精神上、文化上、历史上都有着内在的密切关系,在我们整个考古过程中,我们发现有这么一个规律:在距今五六千年之前,我们的文化共同体就已经显现出来了。"

1989年至1997年,在田广金的主持下,岱海南岸王墓山遗址的发掘工作开始进行,发现半地穴式房址24处,出土了火种罐19个。"火种罐的出现,使远古先民减少了次次钻木取火的繁琐,也是人类文明进步的标志。山西芮城和河南孟津仰韶文化遗址也有火种罐的出土,和王墓山坡下遗址相比,数量比较少,器型比较简单。"方红明说。

使用火种罐保存火种的方法被称为"火炉法",是岱海湖畔的古人类追寻人类文明时实现的一次用火史上的革命,相较于其他地方发现的"灶坑法",用火种罐保存火种的方法更为先进。由火种罐延续而来的火文化在岱海地区影响深远,如今形成了"岱海圣火"的文化符号,承载着千百年来人们对美好生活的向往……

1982年发掘的老虎山遗址是典型的聚落遗址,依山势而建,四周有石墙围绕,是迄今发现的我国古代最早、最完整的城墙防护体系之一,标志着这里早在几千年前就已经进入了初具规模的城市王国时代。紧接着田广金又带队发掘了附近同一时期的园子沟遗址,清理出87座窑洞式房屋,是目前全国发现的原始社会时期规模最大的窑洞式房屋遗址。园子沟遗址的窑洞带前后屋,相当于现在的客厅和卧室,此外还在地面和墙壁上抹了白灰以防潮驱虫。因此有学者曾作出形象的比喻:"现在历史教科书上的半坡文化遗址是土房矮屋,而凉城的老虎山、园子沟文化遗址则是高楼大厦。"

此外,老虎山文化的陶器也很有特点,一改以往使用平底器作炊器的传统,首开以袋足器为炊器的先河。通过出土文物形制,考古学家们找到了从陶尖底腹斝、斝式鬲和斝式甗,到鬲的发展谱系。老虎山文化的新生事物具有旺盛的生命力,以鼓腹袋足鬲为代表的文化,向西南直接发展成朱开沟文化;向南对陶寺文化的产生和发展有一定的影响;向东南其影响达到先商文化区;再向西南影响到先周文化和刘家文化的发展。

(图片由凉城县文物保护中心提供)

嵌贝彩绘陶鬲:碰撞融合的生活智慧

■ 徐跃

　　嵌贝彩绘陶鬲,是内蒙古赤峰市敖汉旗大甸子村夏家店下层文化墓葬出土的文物。2006年6月被内蒙古文物专家组鉴定为一级文物。

　　"嵌贝""彩绘""陶鬲",它的名字已经概括出了它的基本特征。嵌贝彩绘陶鬲精美的外表让人无法相信,这是来自于距今4000年左右的先人智慧,每一处都绽放着迷人的神秘光芒。在这件文物身上,隐藏着大量的文化信息,吸引人们走进它的世界。

夏家店文化绽放文明之光

　　陶鬲是古代陶制炊器,使用时在下面直接燃火煮食,3个大腹便便的"袋状足"是它最显著的特征。

　　嵌贝彩绘陶鬲作为陶鬲家族的明星成员,来自于夏家店下层文化大甸子遗址。

　　夏家店文化因1960年中科院考古所在松山区王家店乡夏家店村发掘而命名。夏家店文化遗址是两种不同性质的文化叠压在一起的,人们把堆积在下层的早期青铜文化命名为"夏家店下层文化",距今4200—3600年,相当于中原的夏王朝时期;在上面鼎盛时期的青铜文化命名为"夏家店上层文化",距今3000—2500年,相当于中原的西周和春秋时期。

1974年,中国社会科学院考古研究所内蒙古队在内蒙古赤峰市大甸子村发掘夏家店下层文化聚落遗址和墓葬,历经10年左右时间发掘完毕。

大甸子遗址包含有居址、墓地两部分。发掘的器类有很多,包括鬲、盆、鼎、罐、尊等。其中,鬲是出土数量最多的器物之一。在大甸子墓地共清理804座墓,出土420件彩绘陶器,这些陶器具有较高的考古与艺术价值,嵌贝彩绘陶鬲就是其中最具代表性的彩绘陶器。

这个考古学文化群体受到红山文化、小河沿文化等本地区新石器时代文化的影响,展示出古朴先民的生活印记,放射出耀眼的文明之光,与中原地区的商、四川蜀地的三星堆等文化共同构成了中华文明多元一体的文化格局。

海贝装饰独具特色

彩绘陶鬲作为一种随葬器或礼器,一直被学界所重视,是了解古人的生活、文化的重要媒介。

嵌贝彩绘陶鬲的外形十分出众,它身高29.5厘米,敞口卷沿,口径22厘米,筒状腹,三袋形空足,柱状实心足尖。

它是将陶胎烧成之后在其表面进行彩绘的,材质为泥质褐陶,腹部用红白两色绘云雷纹,足部施以黑彩,庄重典雅,

嵌贝彩绘陶鬲

整个陶鬲造型协调优美、线条流畅。

陶鬲唇沿嵌 8 枚白色海贝。4 个贝壳间粘贴有 4 个圆形蚌泡。海贝在当时作为货币使用,象征财富和地位,可见在当时对于陶鬲等器物的装饰已经有了一定的审美要求。

此外,海贝装饰还有另一层寓意。齿贝镶嵌彩鬲口沿与圆满蚌壳相互映衬,代表四方八面照耀往来路前程似锦。在史前文化中,贝壳的蛤蜊光的靓白特性伴随逝去的人进入黑暗世界,有指引方向的作用。

嵌贝彩绘陶鬲的海贝装饰与它的彩绘纹饰是相得益彰的。

大甸子墓地是夏家店下层文化中最具代表性的遗存之一,其丰富的内涵多年来深为学界所关注,尤其是其中的彩绘,更是大家关注的焦点。大甸子彩绘陶器数量多寡、组合关系、纹饰种类的变化等具有标志墓主人生前社会等级、地位、身份等功能，是夏家店下层文化进入文明社会的重要物质成就和精神成就。

大甸子墓地前后跨越时间长度大约在150年左右，相对较短。但就是在这么短的时间内，却出现了极为丰富的彩绘纹饰类型，形态多种多样，有些型别可以看出明显的变化轨迹，但又很难划分出不同的式别，可见在这一阶段其文化更新速度很快，文化创新能力很强。

彩色云雷纹饰承前启后

内蒙古博物院研究员汪英华介绍："嵌贝彩绘陶鬲上的云雷纹已经有后期青铜器纹饰发展的方向了。"不同时期的不同器物有着相似的纹饰图案，他们的审美思想是相互交流、相互影响的。

大甸子墓地出土的彩绘陶器数量众多，变化各异，从早期到晚期的发展体现了由繁到简、由具象到抽象、由自由结构到程式化、规整化布局的总体变化规律。根据纹饰的分类与演变考察，能够看出先民思想的转变和发展。纹饰风格从早期到晚期均有较强设计感和个体特色，规制性始终不强，单元无定式。

嵌贝彩绘陶鬲就属于抽象类纹饰，它的图案纹饰特色鲜明,外部是用红白两色矿物颜料绘制成云雷纹图案,再构成连续的单元,使得这件器物拥有了古朴典雅的气质。

大甸子墓地彩绘陶器上主要可见4种颜色:器表本身的黑灰色,颜料绘制上去的白色和红色,以及偶尔可见红白颜料混合而成的橙色。

嵌贝彩绘陶鬲就是以白色为主纹,以红色填底。值得注意的一点是,大甸子先民用红色或白色填底时,往往并不填满。这并不是偶然,而是画工有意为之。白色主纹外,除去红线勾勒,还露出底色黑线一道,使得纹饰整体层次更加丰富。

大甸子先民有意识地将陶器黑灰底色与红白颜料一样,作为谋篇布局可以使用的颜色之一,极大地丰富了彩绘陶器纹饰创作,使其更加繁复、精美,体现了当时的画工对底色的良好运用和独特审美。

通过一件文物,让数千年后的人们看到了古代先民表达美的能力,也看到了他们用勤劳的双手创造生活的智慧。

（图片由内蒙古博物院提供）

六体文夜巡牌：
折射空前的民族大融合

■**高瑞锋**

元代天字拾二号夜巡铜牌，俗称六体文夜巡牌，内蒙古兴安盟科右中旗博物馆藏，国家一级文物，是目前全世界发现的17块元代牌符中仅有的一块刻有六种文字的牌符，其重要性和特殊的学术价值不言而喻。

从它身上，可以真切地品读到草原文化的特色，亦可以立体地感受到当时中国空前广泛的民族大融合，以及由各民族团结发展所带来的文化、经济上的繁盛。

一块铜牌六种文字

六体文夜巡牌，圆形，铜质，窄素缘；通高16.3厘米，牌面直径11.3厘米，缘厚0.6厘米，重725克。

它双面铸纹饰及文字，由云气纹组成覆荷状牌顶，上部有一穿孔，内穿悬挂用的铁环；顶、牌相交的居中位置有楼阁纹样，内铸一梵文，两面的字、纹相同。正面以弦纹分为三区，外区为一周三阶如意云头纹，中区左右分别为乌金体藏文和汉字"天字拾二号夜巡牌"，内区为一楷书"元"字。背面以弦纹分为两区,外区为一周卷草纹,内区铸有三种文字,从左至右分别为古畏兀儿体蒙古文、八思巴文和波斯文。

"这块六体文夜巡牌是1985年发现的,至今已有38年了。"科右中旗博物馆副馆长包雨冉说,"2015年之前,牌上一直被认为只有五种文字,后经文物专家再次考证,确认它有六种文字。根据2013年颁布的《馆藏文物登录规范》中玺印牌符类定名规范,这块夜巡牌已被正式命名为元代天字拾二号夜巡铜牌,以前俗称的五体文夜巡牌也应变更为六体文夜巡牌。"

1985年4月的一天下午,科右中旗杜尔基苏木乌兰化嘎查色音花艾里的村民色吉拉胡在村子以东1.5公里处的土丘中,发现了这块六体文夜巡牌。其后,它被收藏在科右中旗文物管理所,2009年至今被科右中旗博物馆收藏,成为镇馆之宝。

六体文夜巡牌被文物部门征集面世后,当即引起国内外专家学者的关注。1994年,著名少数民族语言学家、八思巴文研究专家照那斯图撰写了《内蒙古科右中旗元代夜巡牌考释——兼论扬州等处发现的夜巡牌》,其后,历史学家蔡美彪等史学专家学者也纷纷著文,对此牌进行考释解读。

史学家的论证让我们知道,六体文夜巡牌上的蒙古文、藏文、八思巴文和波斯文均译为"夜巡牌",与牌面的汉字"天字拾二号夜巡牌"对应,只是没有汉字编号。而牌顶上的梵文,之前普遍认为它的下半部分是一个八思巴字,上半部分是日月图形,2015年,经兴安盟博物馆副馆长尹建光考证,才正式认定它是梵文,音译为"嗡",即佛教六字真言"嗡嘛呢叭咪吽"的第一个字。

随着考古界和史学界专家学者考释研究的增多和深入,六

元代天字拾二号夜巡铜牌

体文夜巡牌开始频频走进民间,让万千老百姓感受到了它的魅力,增强了民族自豪感,同时也让世界各国从中检索到了元代多民族空前大融合所带来的团结和合与强大繁盛。

"它先后参加了1989年在呼和浩特举办的全区文化普查成果展、1995年在乌兰浩特举办的'五一'会址兴安盟出土文物展、2008年在香港举办的'天马神骏——中国马的艺术和文化'展、2010年的世博会内蒙古馆展、2017年的内蒙古自治区成立70周年展等,其中在2014还年录制了国宝档案,在中央电视台播放,在世界上产生轰动。"包雨冉说。

多民族和合的实证

史料记载,在频繁的对外战争中,蒙古民族接触到了契丹人、女真人以及中原汉人的多彩文化制度,于是,以文字牌符为信验的方法被接收,并通用于蒙古民族政治、经济、军事生活的方方面面。

"六体文夜巡牌上书写有6种文字,是目前国内外发现的牌符中使用文字最多的一块,其折射出的历史信息非常丰富。"内蒙古博物院院长陈永志说,"其中正面居中的'元'字,较其他文字要大,应有其特殊意义。此牌文字书写规范标准,铸造质量上乘,足以证明它是1271年元朝建元之际,最初颁行的样牌之一。"

受金代牌符制度启发,元世祖忽必烈在中统元年(1260)下诏明确规定,牌符的编号,采用南北朝时期周兴嗣编撰的《千字文》进行编排,即按"天地玄黄,宇宙洪荒。日月盈昃,辰宿列张。寒来暑往,秋收冬藏……"的顺序来编号。

"根据排序的第一个字'天'推断,六体文夜巡牌是建元之后颁发的第十二号圆牌。而'元'字居中的文字排列,则又说明它应当是元朝正式建立国号之后,刻意铸造颁行的,非常具有代表性。"陈永志说,多种文字的使用与排列,"元"字的突出位置,既体现了元朝多民族聚集的历史状况,又突出了以元王朝为中心的中央集权意识。

元代牌符种类多,用途广,影响大,有别于辽金时期,从而构成了蒙古民族特有的一种历史文化。从形制分,可分为长牌和圆牌;从材质分,有金牌、银镏金牌、银牌、铜牌、铜质金字、铁质金字、铁质银字等。其中金牌为顶级牌符,为万户、千户或者皇族、钦差佩带使用;牌面装饰物带有虎头、狮头者为上,无饰物者次之。

"牌符象征着权力,是特殊身份、地位的标示,持牌者可以授命宣读皇帝的圣旨,代行皇帝的职权,同时还享有其他特权、待遇,并可以世袭,于是持牌者构成了元代社会较为特殊的特权阶层。"陈永志说。

元代牌符大致可分为身份牌、令牌和驿牌三种功用,六体文夜巡牌属于身份牌。元大都建成后,朝廷实行"两都巡幸制",夜巡牌是专供元上都卫戍部队夜间使用佩戴的巡逻腰牌,上面书写其所行使的职权内容,以此证明身份;令牌是皇帝颁发圣旨或传达皇帝口谕及其他政令的牌子;驿牌即遣使用的牌子,是驿使的身份证明。

文化交融盛况迭出

史料记载,元朝的统一,给各族人民相互学习和交往提供了有利环境。蒙古族等各族人民大量迁入中原和江南,汉族人也大量来到边疆,还有契丹、女真等族人早已进入黄河流域,各族人民杂居相处。与此同时,信仰伊斯兰教的阿拉伯人和波斯人大批迁入中国,同蒙古族、汉族等民族共同生活,相互通婚,逐渐融合。

在元朝广大的疆域内,多民族的融合共生,使得民族差异逐渐缩小,汇聚成了兼容并蓄的多元文化特色,民族融合空前加强。

六体文夜巡牌上所写的六种文字,可以说是元代民族大融合的侧面体现,卫队们需要保卫的这些地方,聚集着大量蒙古族、藏族、汉族以及从波斯等地而来的上层人物和各级官吏,为避免语言误会,减少麻烦,故铭刻多种民族文字以释任务。

元朝民族政策和文化政策相对宽松，使得古代中国各民族文化的交融和发展出现了很多前所未有的新气象。

内蒙古文史研究馆原馆长、研究员乌恩在一篇文章中指出，元朝是中国统一王朝史上，第一个多民族文字并用的王朝；《辽史》《宋史》和《金史》是廿四史中仅有的、由多民族史家共同编修的史籍，也在中国史学史上首开一朝官修三朝历史之先河，为后世保存了珍贵的历史文化遗产；中原文化在边疆民族地区得到广泛传播，儒家经典著作被翻译成蒙古文出版，漠北、云南等偏远地区首次出现了传授儒家文化的学校；首次出现了由中央政府批准成立的、全国性的少数民族语言文字教育机构——蒙古国子学和回回国子学，蒙古族、契丹、女真和色目人中涌现出一大批汉文著述家；西域各民族文化进一步向中原社会流传，海南黎族的木棉种植和纺织技术推动了中国棉纺业的发展；契丹、女真、党项等民族悄然融入到蒙古族、汉族和周边其他民族之中，在中华大地上还诞生了一个全新的民族——回族。

"元朝这种各种文化和谐并存的局面，开创了中国各民族文化全面交流融合的新局面，中西方文明成就也第一次出现了全方位共享的盛况，推进了中国多元一体文化发展的进程，有力地促进了中华民族的发展，增强了中华民族的凝聚力。"乌恩在文章中说。

（图片由科右中旗博物馆提供）

神兽纹灰陶尊：文明曙光中的一抹亮色

■李倩

　　文物是有趣的，它总是在不经意间告诉人们关于"来路"的密码。

　　中国文化的起源、中华民族的形成，统一的多民族国家中国的形成，这些"疑问"都可以在一件件文物、一个个遗址中找到答案。

　　1991年，新中国考古学奠基人、著名考古学家苏秉琦先生在《关于重建中国史前史的思考》一文中说：

　　"中国人这种伟大的民族精神、力量，其根脉盖深植于史前文化之中。"

　　"多源、一统的格局铸就了中华民族经久不衰的生命力。"

　　"可以这样说：'中国'的形成经历了共识的'中国'（即相当于龙山时代或传说中的'五帝'时代。广大黄河、长江流域文化的交流、各大文化区系间的彼此认同），到理想的中国（三代的政治文化的重组），到现实的中国——秦汉帝国"。

　　在苏秉琦看来，史前，幅员辽阔的中华大地上，分布着六大文化区系，不同地域的先民们各自生活着，创造出众多"文明曙光"，犹如灿烂的群星。令人惊讶的是，这些文明的星火，却往往存在着某些"共识"，这些默契的"共识"是构成中华民族民族特性的传统精神，是缔造统一的多民族国家的基础。

在"共识"的凝聚下,渐渐地,这些遍布中华大地的文明溪流,最终汇成大江大河,滚滚向前,奔腾不息。

独特鲜明的考古学文化

1982年秋冬,中国社会科学院考古研究所内蒙古工作队与敖汉旗文化馆(现博物馆)联合对敖汉旗境内的史前遗址进行普查,首次在高家窝铺乡赵宝沟村的大北地发现了性质较单纯的赵宝沟文化遗址。1983年春,又相继发现敖音勿苏乡的烧锅地遗址和敖吉乡的南台地遗址。

这件"神兽纹灰陶尊"就来自于南台地遗址。

"这是我们用采集来的陶片修复的。"敖汉旗博物馆馆长田彦国说。

起初,文物普查小组的工作人员在赵宝沟村的大北地采集到"之字纹"陶片,"陶片是辨时代的",经过辨认,它晚于兴隆洼文化、早于红山文化,"我们很兴奋,这说明是个大发现啊。"田彦国说。

那些捡回敖汉旗文化馆里的陶片被一一检视,忽然发现,有些陶片上绘就的不是简单的纹饰,而像是动物图案!把这些陶片拼在一起!不行,还缺东西,再找!

当时,正值天寒地冻,文物普查小组的工作人员们顶着风雪,在南台地遗址周围苦苦找寻了两个多小时。"找到口沿了""找到底部了""这是肩部""这是颈部"……30多片碎陶片、两周时间,拼对、粘贴、补缺、打磨、补缝、补画、加固……最终,这件精美的刻有动物纹饰的尊形器出现在人们眼前,令人惊叹!

神兽纹灰陶尊

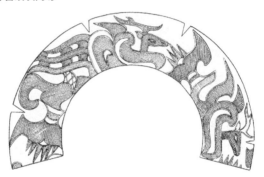

"它是赵宝沟文化尊形器。在南台地,我们采集出土了大量陶片,已复原的器类只有椭圆细砂泥质罐、夹砂筒形罐、尊形器、高足盘(器盖)四类。其中5件尊形器、1件高足盘、1件器盖上饰有鹿、鸟纹。"田彦国说。

"赵宝沟文化"距今约7000年,这一概念首先是苏秉琦先生于1984年8月在内蒙古西部地区原始文化座谈会上提出来的,认为其"特征因素组合相当鲜明","可推断它是同'富河、红山'平行发展的另一种考古学文化。"

中国社会科学院考古研究所研究员刘国祥教授在《关于赵宝沟文化的几个问题》中这样表述:"赵宝沟文化的发现,填补了辽西地区兴隆洼文化和红山文化之间的年代缺环,其独特的文化面貌也极大地丰富了辽西地区新石器时代考古学文化的内涵。"

2006年,赵宝沟文化遗址被列为第六批全国重点文物保护单位。

艺术灵动的动物纹饰

这件神兽纹灰陶尊,无疑是美的。

只见它一身沉稳的灰色,线条流畅,庄重大气。上方光滑圆润,略收,如同留在地面、等待人们前来取水的井口。中间腹部饰有首尾相接的两只鹿纹,鹿头是写实的,上有长长的脖子、弧形的带有枝杈的鹿角、小巧的耳朵和柳叶形的眼睛,神态端庄安详,栩栩如生;鹿身则是曲线,如蛇,背上生出双翼,似腾空飞起;尾部则像鱼尾,鱼尾上三角处,有一半圆形图案,在外围一圈线条的加持下,如同一轮初升的太阳,金光四射。

"这些动物纹饰是个复合型形象,是神化了的动物。就如同'龙',它也是人们想象出来的集合马、鹿、鱼、鹰等动物特征于一身的'神兽'。"内蒙古博物院研究员汪英华说,"尊形器为赵宝沟文化的一大特征器物。特别是饰有神化了的鹿首、猪首、鸟首结合等纹饰的尊形器,器表和内壁都经过磨光处理。腹部压画神兽纹,器物制作精细,造型美观。"

"自赵宝沟文化被确认以来,我们在1983年至1988年的普查中陆续发现了赵宝沟文化遗址共60余处。目前所知,敖汉旗境内仅有3处遗址采集或出土有动物纹饰的陶器标本。"田彦国说,"最精彩的是小山遗址出土的尊形器,上面刻有猪首、鹿首、鸟首动物形象,三种动物形象都被神化,猪首下是蛇身,鹿首和鸟首右侧纹饰似为羽翼抽象出来,三种灵物形象都向左侧,绕器一周,颇有宇宙巡游的宏大气魄。有专家称,那是'中国最早的龙凤呈祥图'。"

几千年来,中国人一直把龙和凤视为中华民族的标志和象征。对每一个炎黄子孙来说,龙是一种符号,更是一种血肉相连的情感!

"现有的考古资料和研究结果证实,敖汉旗是中国北方旱作农业起源、中国玉文化起源、中国龙文化起源、中华文明起源的核心区域。"田彦国说,"苏秉琦先生曾说过,在距今7000年的赵宝沟文化遗址发现刻有猪龙、凤鸟和以鹿为原型的麒麟陶尊充分证明社会分化已很明显,而在中原这类最早的'艺术神器'是距今6000年的河南濮阳西水坡的龙虎堆塑,要比内蒙古地区晚1000多年。"

据田彦国介绍,赵宝沟文化陶器上出现有之字纹、云雷纹、三角纹、细网格纹、菱形几何纹、编织式几何纹等,从纹饰上看,赵宝沟文化的纹饰受到早期兴隆洼文化的斜线纹、之字纹的影响,并被后期的红山文化所继承。"可以说,兴隆洼文化时期的先民们在追求美感,而到了赵宝沟文化时期,美已经得到了艺术化的升华!"田彦国说。

美好愿望的真诚表达

"这些制作精细,造型美观的尊形器绝非一般的生活用具,很可能是祭祀用的神器。"汪英华说。

据田彦国介绍,饰有动物纹饰的尊形器,赵宝沟、小山遗址各出土1件,南台地遗址采集5件,动物形象以鹿为主,也有的集鹿、猪、鸟于一体。

"此类尊形器与日常生活用器有别,其目的在于祈求狩猎活动的成功。"刘国祥在《关于赵宝沟文化的几个问题》中说到。

刘国祥在文中提到,狩猎活动在赵宝沟先民的生活中具有崇高和重要的地位。赵宝沟文化房址居住面上或堆积层中经常出土较多的动物骨骼,以赵宝沟遗址为例,可以鉴定的脊椎动物骨骼标本共538件,动物种类有猪、马鹿、斑鹿、狍、牛、狗、貉、獾、熊、东北鼢鼠、蒙古黄鼠、天鹅、雉、鱼等14种。其中,猪骨标本138件,最少个体数是9个。另外,赵宝沟遗址马鹿标本共179件,最少个体数应为11个。

猪、鹿在赵宝沟先民的生活及心中的地位由此可见一斑。

在南台地遗址对面,还发现了一座祭坛,"这可能是中国最早的'社稷坛',赵宝沟先民们在此举行祭祀活动,希望与天地沟通,祈求风调雨顺、丰衣足食,这体现了赵宝沟先民的尊崇天人合一、人与自然和谐共生的思想。"田彦国说,"目前所知的考古文化中,在其他地域,如黄河、长江流域,也都存在这种祈求天地、表达美好愿望的现象,但都比赵宝沟文化要晚。"

仿佛可以看到,7000年前的赵宝沟先民们,头顶是浩瀚的天空,脚下是博大的土地,耳边是鼓荡的风声,他们怀着敬畏和希冀,叩拜天地。

不,不仅是先民们,对美好生活的向往,更是中华民族生生不息的不竭动力。在漫长的历史进程中,中华儿女因着这份向往,依靠自己的勤劳、勇敢、智慧,开创了各民族交融汇聚的美好家园,培育了历久弥新的优秀文化。

不论哪个历史时空,中华儿女始终心怀希冀,始终相信,人世间的一切幸福都需要靠勤劳的双手来创造!

(图片由内蒙古博物院提供)

许季姜青铜簋：
农耕与游牧交流的见证

■高瑞锋

　　簋，我国古代国之重器，流行于商朝至东周时期，是既可用来盛放煮熟饭食的器皿，也可用作礼器，盛放祭品。

　　由于年代久远，目前我国出土发现的周朝春秋时期的青铜簋为数不多。在赤峰市宁城县辽中京博物馆，就藏有一件举世罕见的"许季姜作尊簋其万年子子孙孙永宝用"铭青铜方座簋。

　　这件许季姜青铜簋是新中国成立以来北方地区发现的最有价值的青铜器，它的身上，隐藏着我国自古以来的礼乐文化以及农耕文明和游牧文明碰撞、交流的印记。

东胡墓葬现中原礼器

　　许季姜青铜簋，春秋时代，侈口、鼓腹下垂、圈足、方座、双兽耳，通体饰瓦棱纹，器内底有金文3行16字："许季姜作尊簋其万年子子孙孙永宝用"，通高25.4厘米、宽34.6厘米、口径30厘米，国家一级文物。

　　"许季姜青铜簋出土于1985年，具有典型的中原文化特色。"回忆起当年参与发掘、整理的过程,赤峰博物馆原馆长项春松老人说,"我参与了这件器物从出土到为世人瞩目的全过程,并且发表了两篇重要文章,感觉很安慰。"

1985年4月初,宁城县甸子乡小黑石沟村民在土坡取土时,因土坡坍塌,露出了一座石椁墓。墓葬也坍塌了一半,露出了很多文物。

村委会得知情况后,一边派人制止严防哄抢行为,一边逐级上报。随后,乡政府、宁城县文化局、赤峰市文物工作站(现为赤峰博物馆)等相关部门工作人员赶到现场,对墓葬进行了勘查,并追回了所有被拿走的文物。

时任赤峰市文物工作站站长的项春松也及时赶到现场主持、参与了墓葬的发掘、清理工作。最后,经工作人员连续多日工作,共清理、收集墓葬出土青铜礼器20件、石制工具10件、车马具70多件、铜兵器28件等各类随葬器物共400余件(组)。这其中,就有许季姜青铜簋。

"虽然因为年代久远,棺木和墓主人尸骨腐烂严重,具体辨别不出墓主人是谁,但是,根据出土文物的数量、珍贵程度以及风格,可以确定这座石椁墓相对年代应为夏家店上层文化时期,族属为东胡,是座东胡贵族墓葬。"项春松说。

两种不同文化风格的葬器

史料记载,夏家店上层文化时期,东胡遗存主要分布在辽河上游即今赤峰境内,而宁城县南山根和与之相距仅数十公里的小黑石沟山区,则是其活动中心。

出土的400余件(组)大小文物中,可以明显分辨出它们

许季姜青铜簋

分别来自两大文化系统,一类来自北方东胡自身文化系统,如双联罐、四联罐、三足矮裆鬲、六联豆等,而生产工具、动物纹装饰件、车马具等,则为东胡或夏家店上层文化中特有的器皿;另一类属于中原文化系统,如尊、方鼎和许季姜青铜簋等。

"许季姜青铜簋是新中国成立以来东北地区夏家店上层文化出土的青铜器中,首次发现的铭文内容完整的中原礼器。"项春松说,其中,从"许"字看,可以认定它来自当时中原的许国。许国即今天的河南许昌一带,距离东胡族所在的北方赤峰地区有上千里。

据了解,目前,同类的许国青铜器已在许昌发现数件,而许季姜青铜簋为何出现在了千里之外的赤峰,而且还是看似风马牛不相及的东胡贵族墓葬呢?

项春松和文物打了半辈子交道,见过的珍贵文物数不胜数,可是,能让他为之钻研并自豪的文物,至今也就是这件许季姜青铜簋了。

1995年，项春松以第一作者的身份，和他人合写了《宁城小黑石沟石椁墓调查清理报告》，发表在了文博界权威杂志《文物》上，这篇文章一经面世就在业界引起了轰动，其中许季姜青铜簋更是引起了专家学者的关注。2000年，根据多年研究，项春松又单独发表了《许季姜簋铭文考》。文章中，他对这件簋如何流落到赤峰地区，且又是如何进入到东胡贵族墓葬中做了扎实、详尽的考释，成为业界至今研究同类器物的重要佐证。

仁礼孝串起交流纽带

项春松说，根据许季姜青铜簋的形制、铭文等看，无疑它是以国家名义铸造的国宝。目前，许国国宝级别的簋，我国只发现五六件，除了这件在赤峰外，其他的都在河南或者许昌的博物馆珍藏着。

"综合历史上代表国家形象的国宝出现在别国的原因，大致有3个，一是战争，二是内乱，三是两国间的友好往来。"项春松说，从历史上看，东胡民族只在东北、华北一带活动，找不到东胡民族和中原许国发生战争的痕迹和资料；假如许国内乱，赤峰距离河南许昌两三千里，东胡人不可能跑到许国抢东西，这从道理上讲不通，唯有友好往来最切合当时的现状。

在这友好往来中，华夏民族自古以来尊崇传承的美好品德仁义礼孝像一条无形的纽带，链接起了中原和北方民族，汇聚起了中华民族生生不息的多彩文明之魂。而许季姜青铜簋隐含的就是我国古代历史名人伯夷叔齐的故事。

《吕氏春秋·诚廉》《史记·伯夷列传》中记载,伯夷、叔齐是商末孤竹君的两位王子,相传孤竹君遗命立三子叔齐为君,孤竹君死后,叔齐让位给伯夷,伯夷不受,叔齐尊天伦,不愿打乱社会规则,也未继位,哥俩先后出国前往周国考察。周武王伐纣,二人扣马谏阻。武王灭商后,他们耻食周粟米,采薇而食,饿死于首阳山。

"由此,可以考证出许季姜青铜簋为何出现在赤峰地区东胡墓葬中。"项春松说,《郑语》载:"姜,伯夷之后",生活在许国的伯夷后人姜姓一族为了祭祀他们的祖先伯夷,千里迢迢不辞辛苦带着许季姜青铜簋、尊、方鼎等大批礼器来到位于北方的朝阳、赤峰一带的首阳山,在此,他们受到了东胡首领的热情款待。祭祀完毕后,为了回馈东胡首领,伯夷后人就把这些礼器当作礼物留在了东胡。几百年后,许季姜青铜簋、尊、方鼎等作为珍贵的随葬品,跟随逝去的东胡贵族被葬在了北方这片土地上。

查阅资料,我国叫首阳山的地方很多,关于伯夷叔齐最后落脚的首阳山,很多人认为是在今甘肃境内的渭源。但是,最近考古界出现一种新的论证,认为伯夷叔齐所在的首阳山应该在现在的辽宁朝阳、赤峰一带的首阳山。项春松对此持肯定意见,并给出依据:"首先,伯夷叔齐不愿为周朝效力,为了躲避周武王,当然走得越远越好。另外,朝阳、赤峰一带出产一种很出名的蕨菜,就是伯夷叔齐到首阳山后为食的'薇'菜。"

项春松说,许季姜青铜簋是我国古代出现了民族后,中原和北方交流的历史见证。

(图片由内蒙古博物院提供)

舞人与兽纹铺首衔环耳青铜壶：
民族文化兼容并蓄珍品

■院秀琴

春秋战国，一个风起云涌的时代。

几百年间，群雄并起、战乱频繁，非凡的思想集中爆发，融古纳今、兼收并蓄的文化洪流奔涌向前，民族的历史在时间的洗礼和相互间的碰撞融合中慢慢走向成熟。

古老而又神奇的内蒙古大地，草原广袤，河流众多，大兴安岭、大青山与贺兰山横亘环绕东西。这里既是中华文明的重要发祥地之一，也是中国古代北方草原文化演进的主要区域。春秋战国时期，在这片土地上，既有中原王朝设置的郡县、建造的长城，又有北方游牧民族跃马扬鞭、逐水草而迁徙的行国遗痕。以中原农耕民族为代表的农耕文明和以北方游牧民族为代表的游牧文明在这里碰撞融合。

在内蒙古博物院《边关岁月》展厅中，陈列着一件内蒙古博物院收藏的舞人与兽纹铺首衔环耳青铜壶。极具中原特色的蟠螭纹与游牧文明意象胡人舞蹈纹融会于一体，再运用代表农耕文明的先进青铜器铸造技艺、雕刻技艺，共同呈现在壶身之上，既是先民们对文化审美追求的体现，又是北方地区与中原地区文化因素融合与交流的见证。

兽纹铺首衔环耳青铜壶是迄今为止在内蒙古地区发现的唯一一件胡人舞蹈纹青铜壶，它来自于两千多年前的春秋晚期至战国早期，尽管壶身历经岁月沧桑显现出斑驳的蓝绿色，但那遥远而又清晰的文明光芒，一直照耀到今天。

城彼朔方　碰撞融合

"天子命我，城彼朔方。"来自《诗经·小雅·出车》的句子，记录了中原政权对古代内蒙古地区的有效管理。

内蒙古博物院研究员丁勇介绍，春秋战国时期，蒙古高原是我国北方各族从事畜牧、狩猎以及农业生产的场所，活动在今内蒙古境内的北方各族主要有林胡、楼烦、东胡和匈奴。此时，中原诸侯国中史称"战国七雄"中的燕、赵、秦三国由东到西与其相接。他们相互之间时有冲突，你来我往，争夺土地和人口。最终，这三国将其辖境扩展到蒙古高原的南部边缘地带，筑长城，置郡县。

波澜壮阔的民族融合大幕就此拉开，各民族你中有我、我中有你，共同开拓着脚下的土地。

随着冲突和纷争一并带到草原上来的，还有铸造青铜器的先进技艺、高超的雕刻工艺以及中原的文化，北方的游牧文明也南下流入中原，一些游牧文明意象便出现在了青铜器上。生活在祖国北疆的先民们对这些精致的青铜器爱不释手，舞人与兽纹铺首衔环耳青铜壶就这样出现了。

壶身静默，却非无声。壶身可以度量，文化韵味却无边。

也许就是在一场握手言和的欢宴上，胡人和汉人携手共舞,围成一个圈,中间篝火正旺,青铜壶里酒香四溢……他们开心舞蹈的动作被定格在这个青铜壶上,成为历史文化长卷中弥足珍贵的一帧,即使他们早已化为历史的尘埃,但青铜壶却将他们翩翩起舞的神采永远铭刻。

舞人与兽纹铺首衔环耳青铜壶是国家一级文物,高26.3厘米,腹径16.5厘米。壶口稍外侈,溜肩,鼓腹,圈足。肩部饰两只对称的兽面铺首衔环耳,兽面的兽角向上弯曲呈英文字母C形,大大的眼睛凝视前方,鼻子镂空作钮,衔接大圆环。

青铜壶在中国古代是盛酒器,始见于商代中期,流行于西周至汉代,在《诗经·大雅·韩奕》中记载有"显父饯之,清酒百壶"。

此刻,壶中一滴酒也没有,却盛满了一个令人迷醉的时代。往日的战马嘶鸣,早已无从寻觅;欢宴的热闹场景,也已隐匿不见,只有我们脚下的960多万平方公里的辽阔国土,是各民族先民留给我们的神圣故土,也是中华民族赖以生存发展的美丽家园。

互鉴融通　兼收并蓄

我国著名历史学家翦伯赞在《先秦史》中曾有如下论述:"纹饰是青铜器的重要组成部分,其纹样的装饰变化不仅对研究审美观念发展具有重要意义,而且在一定程度上展现出当时社会的普遍意识。"

舞人与兽纹铺首衔环耳青铜壶器身通体装饰呈带状分布的浅浮雕,从头部向下有五条纹饰带,将器身等分,每两

兽纹铺首衔环耳青铜壶

条纹饰带间装饰蟠螭纹。肩部纹饰带中图案为6位胡人舞者和蟠螭纹相间隔，虽然年代久远，但是身着胡服短袍的胡人依然面目清晰，舞蹈动作依然形象生动，具有独特的写实风格。

蟠螭纹是中国青铜器传统装饰纹样的一种，与龙纹较为接近，具有典型的中原特色。蟠有互相缠绕重叠的意思，螭是传说中的一种没有角的龙，张口、卷尾、蟠屈。有的作二方连续排列，有的构成四方连续纹样，在青铜器表面组成繁密的图案。

"胡人舞蹈纹与抽象的蟠螭纹图案融汇于一体，共同雕刻于舞人与兽纹铺首衔环耳青铜壶之上，不仅体现了先民们高超的艺术审美，还反映了北方地区与中原地区文化因素的融合与交流。"丁勇说。

如同所有意味深长的器物那样，舞人与兽纹铺首衔环耳青铜壶安静地停留在了时间深处，默默记录着中华文化的发展印记。

中华文化之所以如此精彩纷呈、博大精深，就在于它兼收并蓄的包容特性。展开历史长卷，春秋五霸、战国七雄，齐鲁文化、燕赵文化、秦晋文化、荆楚文化、吴越文化、巴蜀文化……风起云涌中多元文化激烈碰撞，兼容并包，各民族文化交相辉映、互鉴融通，中华文化历久弥新，这是今天我们强大文化自信的根源。

五方之民　共有天下

大约在公元前800年至公元前200年之间，人类思想迎来一次大发展，四大古文明在同一时期迎来思想的大爆发，伟大的思想家集中涌现，古希腊有苏格拉底、柏拉图、亚里士多德，以色列有犹太教的先知们，古印度有释迦牟尼，他们提出的思想命题和伦理原则，缔造了不同的文化传统，有人将这一时期称为人类文明的"轴心时代"。

与此同时，在亚洲东部的中国，老子、孔子、墨子、庄子等一大批思想家，百家争鸣、群星璀璨。许多质朴而深邃的见解，逐渐生根发芽、蓬勃律动，他们站在中国思想的原点，成为后来者仰望的高山，深深地影响了后世中国两千年。这些思想，如同一条亘古不绝的大河，滋养了一代又一代中国人，为中国文化注入了长久的自信与从容。

20世纪70年代，舞人与兽纹铺首衔环耳青铜壶出土于乌兰察布市凉城县崞县窑子乡前得胜村，它圆润温和的身型正是中华民族温良恭俭让思想的体现。

乌兰察布市凉城县位于内蒙古南部，东邻丰镇市，西与呼和浩特市和林格尔县、赛罕区相接，南与山西省大同市、左云县、右玉县相望，北与卓资县交界。"此地在春秋战国时期，正值中原华夏农耕民族与新兴的北方游牧民族交融碰撞期，在近年来的考古发掘中，凉城县岱海地区东周墓群的研究发现,存在中原农业民族和北方畜牧民族共生共存的现象。"丁勇告诉记者。

春秋战国时期,农耕文明的勤劳质朴、崇礼亲仁,草原文明的热烈奔放、勇猛刚健……源源不断注入中华民族的特质和禀赋,共同熔铸了以爱国主义为核心的伟大民族精神,逐渐形成了以炎黄华夏为凝聚核心、"五方之民"共天下的交融格局。

北方游牧民族与中原华夏民族的碰撞交流融合,也为秦国"书同文,车同轨,量同衡,行同伦",开启中国统一的多民族国家发展历程,奠定了坚实的基础。

今天,这种民族精神已经深深融入了各族儿女的血液和灵魂,成为推动中国发展进步的强大精神动力。

(图片由内蒙古博物院提供)

秦铁权:中国最早大一统的见证

■ 李倩

秦始皇二十六年(前221年),是中国历史上具有重要意义的一年。

这一年,中国统一,开启了中国统一的多民族国家发展的历程。

秦,统一,这一历史事件,早已深深镌刻于中华民族的血肉骨髓之中。提起,则热血沸腾。

李学勤先生在《东周与秦代文明》中指出:秦的统一"是中国文化史上的重要转折点",继此之后,汉代创造了辉煌的文明,其影响"范围绝不限于亚洲东部,我们只有从世界史的高度才能估价它的意义和价值"。

政令一统,对边疆地区的有效治理

在中国历史上,国家大一统的观念有悠久的历史,深厚的基础。秦始皇毕生都在追求统一事业的实践,也形成了关于"统一"的政治思想。大一统,不仅是地域上的统一,更是思想、文化、经济的统一。

秦铁权

周怀宇教授在《善于继承勇于创新破冰前进的秦始皇
——重识〈史记·秦始皇本纪〉》一文中指出,秦始皇围绕统
一,采取了"废分封,行郡县""统一名物制度,即统一文字、度
量衡、钱币等经济文化制度""端正风俗,加强伦理教化"等措
施。

这些举措的施行,使得"海内为郡县,法令由一统,自上
古以来未曾有,五帝所不及。"(《史记》卷6《秦始皇本纪》)

坐落于鄂尔多斯准格尔旗西南的乌日图高勒乡勿尔图
沟古城遗址就是秦当时的广衍县城,属上郡统辖。

"这是鄂尔多斯市准格尔旗秦广衍古城遗址出土的秦铁
权,这是一件能够反映秦始皇统一中国后在全国颁行诏书,
实行统一度量衡政策的典型衡器文物。"内蒙古博物院院长
陈永志说。

内蒙古博物院《边关岁月》展厅中的秦代铁权高22厘米,
底径24厘米。铁权呈扁圆状,形似馒头,顶端有桥形钮,权身
正面有一长方形凹槽,应该是镶嵌诏版的地方,现诏版已脱
落不存。

"在辽宁省博物馆就收藏有一件秦二十六年铜诏版,形制和这个凹槽相似。"内蒙古博物院研究员丁勇说,"在甘肃省庆阳市镇原县博物馆收藏有一件竖版的铜诏版,还流传着10块钱收回了稀世珍宝的故事呢。"

相传1976年,当时在县文化馆工作并主管文物的张明华在下乡时,有个老实巴交的农民找到他,手里拿着一块锈迹斑斑的长方形铜板,说是自家修房子挖地基时挖出来的。

张明华深知手中这块不起眼的铜板的分量和价值,对这位老实巴交的农民说:"你拿的这东西是个文物,是文物就要上缴国家的,这是规定。"这位农民看到张明华十分严肃和认真的神情,接过他给的10元钱,答应了将它上缴国家。

就这样,一件价值连城的国宝,从此被珍藏在镇原县博物馆。直到1995年始,才被有关文物专家所鉴定,证实为稀世珍宝"秦诏版"。

诏版呈长方形,上面竖行满刻秦始皇二十六年(公元前221年)统一度量衡的诏文:廿六年皇帝尽并兼天下诸侯,黔首大安,立号为皇帝,乃诏丞相状、绾法度量则不壹歉疑者,皆明壹之。共40个字。

诏文大意是,秦始皇二十六年(公元前221年)统一了天下,百姓安宁,立下皇帝称号,于是下诏书于丞相隗状、王绾,依法纠正度量衡器具的不一致,使有疑惑的人都明确起来,统一起来。

"秦铁权在准格尔旗的出土,一是证实了秦始皇'书同文，车同轨，量同衡，行同伦'改革措施的真实存在；二是，它证明了统一后的秦朝真正实现了'海内为郡县，法令由一统'，就连当时边远的北疆地区也毫无例外地实施了秦法，体现了秦朝对边疆地区的有效治理。"陈永志说。

无独有偶，20世纪70年代末，敖汉旗也采集出土有一件秦铁权，现为敖汉旗博物馆馆藏。

丁勇说："秦朝时期将蒙古高原南缘纳入版图，这使得北疆地带密切了同中原内地的经济文化交往，进一步成为多种经济生产方式和多种文化汇聚交融的地区。"

创制立法，世界标准化的先驱

存世的秦权为数不多，而且极为珍贵，据丘光明、邱隆、杨平在2001年的统计，只有59件。(《南京博物院藏秦权的设计与美学》陈雪晴)

"带有铭文的秦权，并非一般意义上交易或征收活动中使用的普普通通的秤砣，而是由官府监制、具有法律效力的标准器，是专门用来校正、核准衡器的。"陈永志说。

顾钦在《中国度量衡史话》中提到："从春秋战国时期留存的实物来看，各国的度量衡无论从单位名称、器物形制、单位量值、管理制度等各方面都存在着差异。"

而秦统一后，各地区间的经济联系日益加强，亟须一个统一、明确的标准，来结束货币混乱、计量单位不一给商品交换、经济发展带来的不便。

"秦始皇统一度量衡的核心是统一量值，秦权的量值有120斤、30斤、24斤、20斤、16斤、8斤、5斤和1斤等多种。还制定了严格的管理和校验制度,所有的度量衡器具在领用前都必须经过官府校正,而且每年至少校正一次。云梦睡虎地秦简中的《秦律·效律》详细规定了度量衡器具允许出现的误差范围,超过这个范围,负责管理权衡的官啬夫要受到惩罚。"(《河北大学博物馆藏秦代两诏铜权》邵凤芝 李文龙)

书同文,车同轨,量同衡,行同伦。不仅是度量衡,秦始皇制定了一系列的标准。

"这使秦始皇不仅成为中国标准化的始祖,从世界范围来看,他也是世界标准化的先驱。"(《秦权当歌》黄宏)

单就制定文字标准这一项来说,就意义非常。

傅东华先生曾说:"秦同文之举,正所以继往开来,而奠定我中华民族二千年来文化政治统一之基础,其功不在禹下。"

秦始皇在行政制度、经济制度、司法制度、礼仪制度、文化制度等各方面标准、制度的确立,不仅促进了秦大一统的政治格局的形成,更对后世产生长久深远影响。

瞿兑之就"统一""一统"政治格局的创立评价秦汉的地位:"中国成为一统国,自秦启之,而汉承之,虽遇乱世,终犹心焉一统,人人皆拭目翘足以为庶几复见太平。二千年来如一日,此又秦汉之所赐也。"(《秦汉:穿越千年的文化符号》王子今)

正如张居正所说:"三代至秦,浑沌之再辟者也。其创制立法,至今守之以为利……"

"创制立法",令后世依制绵延二千余年。秦权,作为这一伟大历史进程的见证者,慢慢地,成为各民族共享的中华文化符号。

艺术探索，对中华民族精神的传承

随着时间的推移，秦权，早已失去了它的功用，可它的含义却越来越丰富。

"秦权所代表的意义，不仅仅是科技史上具有称重功能的标准衡器，还包括艺术史范畴中受到广泛关注的造型和文化因素。"（辛培《"技"与"艺"——试论古代度量衡工具的文化流变》）

可以说，人们在艺术范畴对秦权的审美叠加了它的意义。

中国人是感性的，喜欢类比、总结。中国人有独特的审美情趣，追求意境美，审美时要从面前的"物象"生出具体的感性的"意象"，再去窥探"象外之境"，以期可以达到"近乎道"的审美意境。

对中国人来讲，最极致的美，就是"含不尽之意，见于言外"。

秦权本身自带"话题"。秦作为中国两千多年大一统政治格局的创立者，秦权所蕴含的开创精神、进取精神毋庸置疑，而秦的速亡，又让它有了兴亡盛衰的反思，引人警醒。

因此，失去功用的秦权，渐渐作为审美物象走入人们的视野。最先受到关注的是秦权所呈现的书法艺术。据了解，自金石学兴起之时，与秦权有关的藏品开始被一些人关注。

中国人民解放军国防大学教授黄宏认为，秦权历来为金石学家所重，是因为其书体"上承古籀，下开汉隶，气势磅礴"。黄宏总结了他所收藏的6枚秦权所呈现出的书法艺术的几个特点：一是，篆隶相杂，显示出一种由篆向隶的过渡性特点。二是，率性天真，野性与文性并存。三是，随性而变，更接近文字的本性。

率性天真、随性而变。秦权所呈现的书法艺术营造了与人们审美意向相合的意境。

还有造型艺术。

"从清早期开始，秦权的造型中工艺美术领域被重新发现，其造型被很多器物广泛采用。"辛培在《"技"与"艺"——试论古代度量衡工具的文化流变》一文中说，"拟秦权造型的器物中，最受关注的器物当属秦权壶。"

"整齐、厚重、稳妥"的秦权，经匠人的手，摇身一变，成了一把把典雅、古朴的紫砂壶。"秦权壶"将二千多年的历史风云融于一壶，家国情怀、个人使命，充溢其中。引导人们自省，要谨记不骄奢、不放纵，要有"天下兴亡，匹夫有责"的社会责任感、历史使命感，要用自强不息、积极进取的态度去看待、参与历史的发展。

正如刘红仙在《以史为鉴，可以知兴替——论紫砂作品"秦权"的创作》一文中所说：将"权"融入紫砂壶的创作中，既记录了这段历史，传承了古人的智慧，使古代历史文化有迹可循，又传承了生生不息的发展精神，给人以无限的精神力量。

（图片由内蒙古博物院提供）

战国青铜剑:再现群雄争霸峥嵘岁月

■ 徐跃

一把绝世宝剑,凝聚天地灵气,彰显勇者气魄。

中国古代青铜剑不仅是用于防身和战争的兵器,也是身份和地位的象征,尤其在春秋和战国时期,佩剑之风盛行,铸造技术达到历史巅峰,取得了杰出的科技成就。

技术的传播是客观规律,也是势不可挡的,先进的铸剑技术,让南北互联、民风互通,引发了一场关于"青铜剑"的铸造潮流。

与越王勾践剑形制相似

在内蒙古博物院,有一把来自战国时期的青铜剑,它出土于呼和浩特市和林格尔县土城子镇,与湖北博物馆镇馆之宝"越王勾践剑"颇有渊源。

内蒙古博物院院长陈永志介绍:"这把青铜剑与越王勾践剑的形制是一样的,虽没有那种复杂的工艺,但是从整体的形状来看,带有这种环形剑柄的剑,都是越式剑。"

陈院长告诉我们,这与古越国铸剑技术北传有直接关系,春秋战国时期的剑都是这样一种形制,这也说明当时越国的铸剑技术很快传播到了整个中原地区和北方地区。

在土城子遗址出土的这把青铜剑长40厘米,宽5.5厘米,剑茎呈双环节状,剑身单脊直刃,通身为青铜铸造。

关于青铜剑的出土背景,内蒙古博物院研究员丁勇说:"这把青铜剑的出土地和林格尔盛乐古城是内蒙古呼和浩特地区最大的古代城市遗址,其城镇建置的历史最早可以追溯到商周时期,自古以来就是中原民族与北方民族交流融合的大舞台。"

据史料记载,公元前594年,作为春秋时期中国北方强悍民族的北狄为晋景公所败,盛乐古城地区成为晋国的管辖范围。在盛乐古城外围的墓葬群当中,也发现具有鲜明的晋文化因素的墓葬与出土文物。到战国时期,赵国势力膨胀,西进蚕食晋国领土,公元前403年,赵国正式成为诸侯国,公元前376年,韩、赵、魏三家分晋,晋国的西北地区皆成为赵国的领地。公元前300年,赵武灵王建云中郡,盛乐古城地区属云中郡管辖。

在这里出土的诸多文物,包括卷云纹瓦当、圜底陶釜,城外墓葬出土的折肩绳纹罐、蔺字圜钱等器物以及青铜剑,都充分说明了青铜剑的发掘地盛乐古城在历史上是民族交融的地方。

青铜,实际上是金灿灿的铜,在与空气中的氧气和水分接触后,生出了青绿色的铜锈,这就是为什么我们看到许多出土的青铜剑是绿色的原因。而越王勾践剑之所以没有被氧化是因为它在埋葬时带有剑鞘,贮藏条件非常好,且它的

土城子遗址出土的青铜剑

表面被镀上了一层含铬的金属，不易腐蚀，所以在出土时仍然寒光凛冽、锋利无比。

想要了解青铜剑，就要走进那段铸剑的历史。褪去绿色铜锈，宝剑中隐藏的那段沧海沉浮的乱世春秋仿佛在剑影中浮现。

青铜剑铸造技艺的兴起

关于青铜剑铸造的最早记载，来自于古文献《史记·黄帝本纪》："帝采首山之铜铸剑，以天文古字铭之。"可见在黄帝时期就已经开始铸造铜剑了。

但从考古发掘资料来看，目前发现最早的青铜剑是在山西保德县林遮峪与柳林县高红出土的铃首短剑，年代约为商代晚期，此时剑身较短，制作也比较粗糙。

西周时期的青铜剑出土相对较多，年代集中在西周早期，也均为短剑，制造技术较商代没有太大的改进，但剑的装饰都较为奢华，此时青铜剑象征的意义大于实用意义，主要是由于西周时期的战争以车战为主，多使用戈、矛、戟等长柄武器，青铜剑在车际格斗中没有用武之地，这从根本上限制了青铜剑的发展。

春秋晚期至战国是青铜剑的鼎盛时期，一方面奴隶制日益土崩瓦解，礼制的樊篱被冲破，佩剑并不局限于奴隶主和贵族，普通士大夫阶层也普遍开始佩剑，这在《史记》中有较多记载，如孟尝君的食客冯谖，寄人篱下，"甚贫，犹有一剑耳，又蒯缑"；韩信流落市井，乞讨为生,但"好带刀剑";荆轲"好读书击剑"等等。另一方面此时车战不断衰落,步兵发展成为战争的主力,剑作为近战的兵器越来越受到重视。

成书于春秋末期的《周礼·考工记》中记载:"攻金之工六",即有6种和青铜生产制作有关的工匠,其中将铸造青铜剑专列为一个工种,这与当时青铜剑的兴盛是有关系的。

《荀子·强国篇》记载:"刑范正,金锡美,工冶巧,火齐得,剖刑而莫邪已。然而不剥脱,不砥厉,则不可以断绳……",这充分表明在战国时期铸剑工匠就已经完全掌握了铸造性能优良青铜剑的5个关键问题,即:模型和外范要规矩周正;铜和锡的质量要好;铸剑工匠的技艺要精湛;合金熔炼的火候要恰当;最后要进行修整,去除剑身的附着物,精细打磨。

事实上,整个过程都在考验铸剑工匠的技艺。在熔炼过程中,温度的控制极为重要,温度过低或过高,都会产生铸造缺陷,不利于形成致密的铸件。在当时的条件下,没有温度测量的设备。而在合金熔炼的生产实践中,工匠们已经摸索出测量温度的有效方法,就是凭借肉眼观察"火候"。如何通过火候推测温度的高低,判定合金液是否适合铸造,在《考工记·栗氏》中就有明确的记载:"凡铸金之状,金与锡,黑浊之气竭,黄白次之;黄白之气竭,青白次之;青白之气竭,青气次之,然后可铸也。"

经过现代科学的验证,上述判定方法是非常科学、准确的,因为铜、锡等金属元素和掺杂其中杂质的熔点均不相同,熔化后产生的气体颜色也不相同。随着温度升高会生成不同颜色的气体,首先是熔点低的杂质挥发,产生黑浊之气,随后锡熔化挥发,产生黄白之气,温度再上升,铜熔化挥发,又产生青气。青气出现表示铜、锡已完全熔化,此时合金液就可以进行浇铸了。这就是比喻技艺纯熟的成语"炉火纯青"的由来。

这一阶段,铸剑工匠已经较好地掌握了青铜合金成分配比与力学性能和铸造工艺性的关系,并能娴熟地运用到生产实践中,也为铸造技术的传播打下了坚实基础。

剑文化的传播

通过对一系列史料的研究不难发现,在文明的进程中,我们的祖先较早掌握了先进的铸造技术,甚至有人认为,当时的剑刃精磨技艺水平可以同现代机器相媲美。

在一些青铜剑身上,专家们还发现了"复合金属工艺"。这些青铜剑的剑脊处含铜多,剑的韧性就好,不易折断。而在剑刃的部分含锡量高,不但会增加宝剑的硬度,还会使剑锋利无比。同一把宝剑,剑的不同部位却有着不同的金属配比,这要求在铸造过程中,必须分两次浇铸才能使器物融合为一体。我国早在两千多年前就掌握了这项技术,实在令人惊叹。

此外,在剑体表面,人们还发现了不同地区的青铜剑拥有相同的刻字习惯。

为了标记剑主人身份,有一些剑是刻有铭文的,如越王勾践剑就在正面近格处刻有"越王勾践,自作用剑"的鸟篆铭文。

据丁勇介绍,在1986年8月内蒙古呼和浩特市和林格尔县土城子古城东侧的墓葬区,也发现了一把铸有铭文的青铜剑,剑身一面篆书"耳铸公剑"四字,经学者考证认定为晋文公重耳所用之剑,现藏于乌兰察布市博物馆。而特别引人注目的是近几年在古城墓葬区又相继出土了十几件青铜剑,其中有4柄青铜剑与"耳铸公剑"的形制一模一样。

大量青铜剑在土城子遗址相继出土,且形制和铸剑习惯如此相似,进一步印证了在当时"以剑为媒",各地区相互交流和影响的历史事实。

剑出鞘,展赫赫天威;锋芒渐收,藏于乱世。

随着冶铁技术的提高,性能更为优良的钢铁兵器替代了青铜兵器,青铜剑逐渐退出了历史的舞台。

中国古代对于青铜剑的铸造技术,为青铜剑的保护和修复提供了有效借鉴,更有助于改进和提高当今艺术铸造的水平,对于继承和弘扬中华民族科技文明具有十分重要的意义。

青铜剑生于纵横捭阖的乱世,却在今日发挥着不同于此的重要的作用。

悠悠苍天,千年轮转,长歌不散。

(图片由内蒙古博物院提供)

龙首青铜灶：从饮食中见证中华文明

■ 李倩

年三十的饺子刚吃罢，正月十五的元宵又下了锅。

可以说，年，是盛大的食物狂欢。

王学泰先生曾说过，"中国人善于在极普通的饮食生活中咀嚼人生的美好与意义。""一个异质文化的人通过饮食，甚至通过与中国人一起进食，持之日久都会对中国文化有些感悟。"

细心感悟就会发现，在中国人的极普通的饮食生活中，蕴含着丰富而深刻的价值观念，如顺应自然、和谐共生、孝亲爱人、团结互助等，而这些价值观念，又以礼俗的形式固化在饮食生活中。人们通过这些共同遵循的价值观念和行为模式，维系着家庭内部、宗族之间、亲友之间的情感联结，实现着民族身份的认同。

三孔灶头，设计精巧高效

此刻，在年这一重大的节日，中华民族共饮共食，共享节日食物带来的欢乐。

呼和浩特市市民胡女士在朋友圈中晒出了她精心烹制

的年夜饭,获赞无数。这些美食,有的从垒砌的土灶台中端出,有的在煤气灶上炖煮,有的在电磁炉上沸腾,有的经过烤箱炙烤……

那几千年前的古人呢?他们有着怎样的灶具?

"从未想过,也难以想象。"胡女士说。

当她参观内蒙古博物院《边关岁月》展厅时,这尊汉代的龙首青铜灶给她带来了巨大的震撼。

"天哪,竟然那么精致!还是三孔的!"

"这件不是日常生活所用的灶,而是冥器,陪葬品,可以把它理解成日常生活中灶的模型,主要是用来模拟逝者生前生活场景的。汉代有'事死如生'的丧葬习俗,反映出了汉代人们对死后依然追求美好生活的向往以及对逝者的尊重与哀思。"内蒙古博物院院长陈永志说,"这件铜灶是内蒙古地区迄今发现个体最大最完整的一件。"

只见灶呈船头形,正面为长方形灶门。灶面上附三釜,一大二小,大釜上有甑,釜均为敛口,折腹,圜底。灶两侧各饰铺首衔环纹,灶底下附四个相互对称的兽蹄足。后插烟筒,系昂首嘶吼的龙头造型。

陈永志介绍,器物为灶、烟筒、釜、甑分制组合而成。甑,是古代的蒸食用具,底部有许多透蒸气的孔格,置于鬲上蒸煮,如同现代的蒸锅。

"蒸锅?那这两个不会是炒锅、汤锅吧?"胡女士惊呼。

"有可能。多火眼灶的出现,使人们可以在同一时间进行几项烹饪:煮饭、烧菜、煮水等等。"陈永志说,"灶在一定程度上代表了当时经济发展的形态,锅的丰富,代表了饮食的

龙首青铜灶

丰富程度,锅的数量越多,也说明生活质量越高。"

"从它身上,我们也可以看出古代匠人在设计制作灶具时的智慧和精湛的技艺。"内蒙古博物院研究员丁勇说。"看,它灶身长,灶门窄,烟囱高,这些设计都能让火烧旺,最大限度地利用热能,更好地烹饪。"

原来,高耸的龙形烟囱,除了运用了我们中华民族的吉祥符号,代表着吉祥的期盼外,它优越的身高也利于吸风拔火,提高火力,同时出烟效果好,使人们避免了烟熏火燎之苦。

交融地带,形制功用相同

"灶与中原文明紧密联系,是定居生活的产物。"陈永志说,"龙首青铜灶在此地出土,也说明了内蒙古地区是一个多民族聚集区,是游牧民族和农耕文化冲突、交融的地带。"

这件龙首青铜灶出土于呼和浩特市赛罕区八拜乡格尔吐村,八拜古城就在其出土地的北端不远处。古城平面大体呈长方形,北墙长640米,西墙长520米,南墙长620米,东墙长550米。城墙夯筑而成,城内地表散布大量陶片及绳纹砖、瓦等。

汉王朝为了稳定边疆的统治,在内蒙古地区实行郡县制管理,营建了大大小小40余座边疆城镇,并屯垦开发。"呼市地区属云中郡管辖,云中郡下设11县,结合相关史料推断,八拜古城应当为汉代云中郡原阳县县治所在。"丁勇说,"在汉代之前,原阳曾经是战国赵武灵王推行'胡服骑射'的骑兵训练场所。"

灶的起源,或许可以追溯到史前的那一堆堆篝火。

火的运用,使先民们进入熟食时代,这促使了炊具和灶具的出现。

"最初是没有灶具的,只有像陶釜、陶罐、陶鬲、陶鼎之类的不需要另置灶具就可以蒸煮的炊具。"丁勇说。

"从考古资料来看,在真正意义上的灶具形成之前,灶经历了几个过渡形态,篝火——火塘——灶。"(《史前至秦汉炊具设计的发展与演变研究》张耀引)

"渐渐地,大约在商周以后,灶具渐渐在住宅中有了其固定的位置,'锅台式灶''垒砌式灶'出现。有学者认为,这与当时院落组合雏形的出现以及农耕定居生活方式的进一步巩固不无关系。"丁勇说。

到了秦汉时期，人们对灶更加重视。

"秦汉时灶具的功能和形态呈现出多样化的特点，既有固定式垒砌灶，也有可移动式小型金属灶；既有单火眼（即灶口）灶，也有多火眼灶。"王阵在《史前至汉代厨具艺术设计的演变探析》一文中说，"固定式垒砌灶不仅推动了釜具朝着后世铁锅的方向演化，而且成为随后两千年人们一直沿用的基本灶具形式，对中国传统炊具造型的发展产生了巨大的影响。"

陈永志说："秦汉时期，文化高度统一。在内蒙古地区发现的井仓、灶等与中原地区的形制、功用基本一样。"

从历史图像的记载可以看到类似于青铜灶的灶具使用情况。如徐州出土的汉画像石表现庖厨宴饮的画面很多。

"而画像石中的灶台和放置在灶台上的锅、釜，与博物馆中（河套博物馆）的青铜灶、陶灶的基本结构有着类似的形态。同样是一个到三个火口，用于放置锅之类的器具，对食物进行加热。（《人机工程学与河套地区青铜灶造型研究》丁诗瑶　顾平）

在内蒙古和林格尔汉墓壁画中的宴饮图中，也传递着饮食习俗。

在和林格尔东汉壁画墓中的宴饮、庖厨场景描述是："前室北耳室：甬道门左壁，绘'共官橼史'，为管理膳馔之官，上部为主客对坐宴饮，下部为厨工、杂役及宰羊、击牛等活动。甬道右壁绘有厨炊、井、灶及鱼、肉、雉、兔等食物……"。（《内蒙古中南部地区汉代炊煮器研究》丁诗瑶）

好一派热闹的备宴景象！

烹制三餐，传递家国情怀

"有蒸羊羔、蒸熊掌、蒸鹿尾儿、烧花鸭、烧雏鸡、烧子鹅、卤猪、卤鸭、酱鸡、腊肉、松花小肚儿、晾肉、香肠儿、什锦苏盘、熏鸡白肚儿、清蒸八宝猪、江米酿鸭子……"

大年初三，就地过年的市民李江涛先生邀请工友们聚餐，同事孩子表演的一段经典相声贯口《报菜名》迎来了满堂彩。

"我们大家都是外地来呼市打拼的，大家聚在一起，都各自点点家乡菜，热闹热闹。"李江涛说。

只见旋转圆桌上，既有本地的手把肉、东北的锅包肉，又有四川的毛血旺、麻婆豆腐，还有山东的糖醋鲤鱼、宫保鸡丁……

吃家乡菜，可以解乡愁。

"中国精神文化的许多方面都与饮食有着千丝万缕的联系，大到治国之道，小到人际往来都是这样。"(《中华饮食文化精神》王学泰)

饮食在中国文化中有着特殊的地位。

成书于西汉的《礼记》载："凡进食之礼，左殽右胾。食居人之左，羹居人之右。脍炙处外，醯酱处内，葱渫处末，酒浆处右。以脯脩置者，左朐右末。"这段话中讲的饮食礼节，详细到每道菜的具体摆放位置一点不能疏忽。不仅正式场合如此，家居生活也一样。(《汉代宴饮与烧烤绵延不绝的人间烟火》武利华)

"饮食礼俗是家庭日常饮食、宗族聚族而食、国家祭礼、节庆饮食、宴请宾客等遵循的饮食规范。"李明晨、江畅在《伦理视域下中华饮食文化的传承》一文中说，"在中国传统社会中，中华饮食传统以礼俗的形式，秉承着敬畏自然、维系着血脉宗亲、强化着邻里亲友之间的情感联结和实现着民族身份认同。"

甚至，"日常饮食中的饮食器具成为民族身份的象征"。比如筷子及其使用礼仪。

"中华饮食文化中的民族身份认同就是家国情怀在饮食中的存现。"（《伦理视域下中华饮食文化的传承》李明晨　江畅）

饮食文化离不开饮食器具，离不开加工、制作美食的灶具。

甚至，离不开，灶台里的那一簇火苗，这簇火苗几千年来燃烧不息。

就如李宗新在《火苗扑闪的灶台》一文中说："哪怕是再黯淡的岁月，总有一簇火苗，扑闪在眼前，也扑闪在心中。只要有这簇火苗的扑闪，灶台飘散出的炊烟，就会袅娜起平淡日子的烟火味。"

而这人间烟火，养育我们，温暖我们，给我们以继续前行的力量！

（图片由内蒙古博物院提供）

和林格尔东汉墓壁画:印证民族融合历史场景

■院秀琴

　　他,眼神坚定,峨冠博带,身着华服位于画面中央,周围有疾驰的骏马、彪悍的武士、精彩奇绝的乐舞百戏……这些画面看上去遥远而陌生。

　　它们从哪里来?

　　在内蒙古博物院《边关岁月》展厅里,和林格尔东汉墓葬出土的壁画摹本值得我们驻足仔细观摩,这是迄今为止已发现的最完整的东汉地主庄园图画资料。

　　展厅中陈列了《使持节护乌桓校尉出行图》《举孝廉、郎、西河长史出行图》《宁城图》《护乌桓校尉幕府图》和《牧马图》共5幅壁画摹本。

　　壁画所承载的历史信息异常丰富,是我们研究东汉时期政治、经济、文化、艺术的珍贵实物资料。和林格尔汉墓壁画以其广泛多样的题材、丰富翔实的内容、娴熟高超的绘画技术,向我们展示了东汉晚期内蒙古地区的人文地理风貌和民族融合图景。

讲述墓主的传奇一生

1971年9月的一天,呼和浩特市和林格尔县新店子公社小板申村的社员们在浑河北岸的一处高地上修造梯田,他们偶然间发现了一座大型的砖室墓。1972至1973年间,当时的内蒙古自治区文物工作队(现称内蒙古文物考古研究所)对该墓葬进行了发掘与清理,揭开了这座新中国成立以来我区发现的最为重要的东汉时期壁画墓的面纱。

这座汉墓位于呼和浩特市和林格尔县东南40公里,黄河支流浑河北岸的高地上,高地两侧有对称的双翼形山冈,如展翅飞翔的凤凰,凤头前伸入河床正好与河对岸凸起的黑红色山冈相对,地理位置十分优越。

古墓全长19.85米,由墓道、墓门、前室、中室、后室及3个耳室组成,平面呈双十字形,墓室以青灰色条砖平砌成穹隆顶,墓高3.6—4米,前、中、后室皆以方砖铺地,砖面书写有"子孙繁昌,富乐未央"8字。墓葬早年被盗,在前室券顶处有一个大型盗洞,墓内随葬品大部分被盗,余下已成碎片,棺木焚毁,尸骨仅存牙齿、椎骨、臂骨等,从破碎的陶器残片中,整理出土罐、鼎、案、尊、耳杯等文物71件,并出土有残铜镜1件,铁器7件,漆器残片若干。

"该墓葬最重要的收获是在墓壁及甬道两侧发现了大面积的壁画,颜色鲜艳、画幅巨大,内容丰富,共计56组,57个画面,榜题250条,总面积有100余平方米。"内蒙古博物院研究员丁勇告诉记者,全部壁画是一个相互联系的整体,着重表现的是墓主人一生的主要经历,围绕着墓主人主要的仕阶画面,还描绘了与之有关的出行、幕府、人物故事、庄园生活、经史故事、忠孝祥瑞等内容。

《使持节护乌桓校尉出行图》中浩浩荡荡的车乘紧随他

的左右,《护乌桓校尉幕府图》中气势恢宏的建筑是他的宅邸,《乐舞百戏图》中优美灵巧的汉代杂技供他欣赏……透过这些,我们能够清晰地看到,当年鲜衣怒马的墓主人是多么意气风发、神采飞扬。

墓主人名叫阙如,壁画将他的一生经历,描绘得非常清楚,宛如气韵生动的墓志铭。他以"举孝廉"的方式进入仕途,随后担任了郎,后又担任西河长史,此项工作是向已经归顺的南匈奴发放财物、赏赐。阙如做得井井有条,因此升任了行上郡属国都尉一职,监督后来归顺的北匈奴部落。他生前担任的最高官职是护乌桓校尉,成为驻守一方的"封疆大吏",这是一个拥有赤节,佩带银印,秩比二千石的高级地方官。

描摹东汉的时代全貌

炎炎暑气时,流光闪烁,闲居深院,水阁凉亭,主人坐于亭间与客闲话,观看亭前捕鱼为乐……和林格尔东汉墓壁画内容形象生动,不仅描绘出墓主人瑰丽而完整的人生路径,还展现出东汉时期鲜活的政治、生产、生活场景,这为今人了解那个时代的全貌,提供了不可多得的视角。

内蒙古文物工作队、内蒙古博物馆1974年发表于《文物》的《和林格尔发现一座重要的东汉壁画墓》一文中记载:

壁画分上、中、下3层:中层画墓主人生前的官宦事迹,下层画他的下属官曹,顶部画灵异等神话传说。

前室主要描绘墓主人从"举孝廉""郎""西河长史""行

上郡属国都尉""繁阳令"到"使持节护乌桓校尉"的做官经历。墓主人举孝廉出行场面为乘轺车,从骑,主车上方榜题"举孝廉时"。

西壁中层的中部画有黑盖轺车7辆,主车旁榜题"郎"字,两旁有护骑,表明墓主人举孝廉之后即为"郎"职。"郎"即"郎中",是东汉时期的朝官,是一种无具体职责、无官署、无员额限制的特殊官职。西壁中层左上方画"西河长史"出行场面,从骑簇拥主车,且行且猎。汉制郡守之下即是长史,实际上是兼郡丞与都尉两职的实权人物。

前室南壁中层往左,是"属国都尉出行"图,主车周围有众多武官、武士相随,左右点缀有狩猎场面。"属国"为郡级行政单位,主要职能是管辖境内的少数民族,属国都尉秩比两千石。

中室东壁中层即是墓主人任繁阳县令时所居府舍图。繁阳县治设有子城,城墙高大,内设重檐仓楼,榜题有"繁阳县令官寺"等字。

中室甬道券门上方,描绘的是墓主人赴宁城县(上谷郡)就任护乌桓校尉时途经居庸关的场景,墓主人的车骑途经一平顶桥,桥下水头之上榜题"居庸关"3字,桥上车骑之上榜题"使君从繁阳迁度关时"等字,这是有关居庸关的最早记述。

再绕回前室中层,横跨东北西3面墓壁即是《护乌桓校尉出行图》。墓主人所乘轺车,驾3匹黑马,榜题"使持节护乌桓校尉"等字,主车前后有鼓车、斧车,层层环护众多武官、兵丁,随从有"别驾从事""功曹从事""校尉行部"等下属官职,连车列骑,旌旗飘扬,场面极为壮观。

　　中室东壁下半部描绘的是《宁城图》与《护乌桓校尉幕府图》。《宁城图》画有城垣、城门、衙署等内容,其中宁城南门外武士持戟列队、身着胡服的少数民族人物徐徐入内的场景最为突出。占据主画面的是《护乌桓校尉幕府图》,由于任护乌桓校尉官职是墓主人一生中最值得炫耀的经历,所以,此图描绘得最为详细夸张,是整个壁画中的核心部分。整个幕府分为堂院、营舍和庖舍3个部分,堂屋为高大的庑殿式房屋,墓主人端坐堂上,堂下艺人在表演乐舞杂耍,少数民族人物伏拜觐见,周围环立官吏武士,场面喧嚣隆重。营舍位于幕府后院,是幕府中管理军务的机构所在,庖舍位于幕府的西南角,掌管幕府厨饮之事。

　　中室西北壁的《燕居图》、后室北壁的《武城图》,描绘的是墓主人晚年养尊处优的生活场面,图中墓主人夫妇周围侍仆簇拥,墓主人居室内外金玉满堂、鸡鱼满仓,正如汉乐府诗《相逢行》中所言:"黄金为君门,白玉为君堂;堂上置樽酒,作使邯郸倡;中厅生桂树,华灯何煌煌。"

再现融合的真实场景

　　《后汉书·乌桓鲜卑列传》记载:建武二十五年,乌桓部族首领郝旦率部族九百二十二降汉,光武帝命其迁居至东北边郡之内,招募愿意归附汉朝的乌桓族人。司徒掾班彪上疏建言,请设护乌桓校尉。光武帝从之,于上谷郡宁城县(今张家口市万全区一带)设护乌桓校尉府,并命护乌桓校尉府和鲜卑互通往来。乌桓是我国古代北方游牧民族之一,原为东胡部落联盟中的一支。自此,东汉中央王朝开始了对乌桓、鲜卑等少数民族的有效管辖,这一时期北方少数民族地区社会安定有序,人民安居乐业,文化艺术互鉴融通。

护乌桓校尉阙如墓葬后室南壁描绘的是一幅《庄园图》。庄园群山绿树环抱,坞堡、廊舍、栏圈、桑园、池塘、园圃以及马、牛、羊、猪等家畜无一不有,展示了一幅生机勃勃的庄园生活画面。

丁勇介绍,"二牛抬杠"的牛耕场面,说明在汉代先进的耕作方法已经推广到了内蒙古北方草原地区;《厨炊图》中的酿造场景,证实了《四月民令》中记载的制酒、酱、醋的事实;《桑麻图》中女子采桑、沤麻的场景,是《汉书·食货志》中记载的"还庐树桑"情景的再现;《牧马图》《牧牛图》《牧羊图》及《渔猎图》,是大地主庄园自给自足经济生活方式的真实体现;《宁市图》中围墙式交易市场的画面,展现了中国北方草原地区各民族之间经济贸易往来的繁荣景象……

在中室南壁、北壁、西壁描绘有圣贤、忠臣、孝子、勇士、列女等人物故事,共80多则,以榜题形式明确标示的有:"晏子二桃杀三士""伍子胥逃国""孟贲""王庆忌""鲁漆室女""鲁义姑姊""后稷母姜嫄""契母简狄""京师节女"等,除此以外,还画有"青龙""朱雀""玄武""灵龟""白狼""白鹤""玉马"等瑞兽图,这些图案周围,还点缀有祥云星月,使整个墓室充满了浓郁的神秘气息。

与谶纬内容相呼应的是儒学教育画面的出现。中室壁画的中层绘有学堂,堂内经师端坐在方榻之上,边侧榜题有"使君少授诸先时舍"等字,堂内堂外听经学生恭敬肃立,以示"弟子弥众"。

　　除了这些展示精神思想的内容,还有娱乐嬉戏的画面,在中室北壁绘有乐舞百戏场面,内容有飞弹、飞剑、舞轮、倒立、对舞等杂技项目,其中最为精彩的是橦技表演,一人仰卧在地上,手擎樟木,樟头安横木,横木两端各一人做反弓倒挂状,这就是杂技里最惊险的"跟挂倒投"动作,所有表演者均是赤膊、束髻,肩臂缠绕红色飘带,人物造型矫健优美。"这组画面完整真实地向人们展示了中国杂技发展的历史状况,与东汉张衡《西京赋》中对当时乐舞百戏的描写正好吻合,说明东汉时期杂技艺术已经扎根于民间,在民族文化交流与融合方面起到了重要的作用。"丁勇说。

　　在这寂静的祖国北疆,在那些厚重的沙砾之中,和林格尔东汉墓壁画再现了岁月的声音,再现了历史的光彩。在这片土地上,如同护乌桓校尉阙一样,无数的先人长眠于此,北迁的中原汉民族和南下的边疆少数民族,共同守望着我们美丽的家园,那样的情景,无声、无言而又令人激动。

汉代四夷尽服瓦当

汉代瓦当:见证团结统一鼎盛时代

■徐跃

　　岁月在屋檐上凝结,便成为了瓦当。

　　它是房檐最前端的一片瓦,俗称瓦头;它是兼具实用与装饰于一体的建筑配件,也叫滴水檐。

　　它起源于春秋晚期,在东周时鼎盛一时;它在汉代又有了较大的创新和发展,由纹饰瓦当升级为文字瓦当。

　　数年前,考古工作者们在包头市南郊召湾汉墓发现了大量刻有文字的汉代瓦当,这些瓦当见证了那个四夷尽服的鼎盛时代。我们今天所要介绍的"单于和亲""单于天降""四夷尽服"瓦当就是其中的主要代表。

"单于和亲",昭君出塞的千古佳话

　　"和亲是一种政治上的联合,也是一种文化交流的方式,在召湾汉墓中我们发现的这枚'单于和亲'瓦当意义很大,是民族交融的重要见证。"内蒙古博物院院长陈永志说。

　　关于那个时期的汉匈关系,范文澜在《中国通史》中介绍道:"汉宣帝时,匈奴统治阶级内部发生纷争,五个单于争夺统治权,最后呼韩邪与郅支两个单于据地对抗,前52年,呼韩

邪单于降汉,愿为汉防守阴山,前36年,汉西域副都护陈汤在康居击杀郅支单于,呼韩邪单于复得匈奴全部土地。从此匈奴亲汉,不再南侵。此后六七十年间,汉北部边境呈现了边城晏(晚)闭,牛马布野的和平之象。"

根据历史记载,自竟宁元年(前33年),呼韩邪单于迎娶王嫱(王昭君)为妻,实现汉匈和亲,促使此后多年汉北部边境呈现和平繁荣的景象。昭君出塞进一步加强了人民之间的团结和了解,具有深远的影响力。

这枚"单于和亲"瓦当的出现,恰恰成为西汉时期汉匈和亲这段历史最有力的证明。之所以能够成为历史的见证,还要从这枚瓦当的发掘地说起。

"位于包头市九原区的麻池古城及周边分布的汉代墓葬,从20世纪50年代直到今天的考古发掘研究证明,这里是汉代五原郡的五原县城和九原县城,是汉代黄河北岸、阴山以南至关重要的一座边城。西汉前期,汉与匈奴共10次和亲,只有呼韩邪单于这次和亲与五原郡关系较大。因为五原郡是呼韩邪单于第一次朝汉的接头地点和回程的必经之地。"包头市文物研究院研究人员姚旭介绍道。

"单于和亲"瓦当的发掘地召湾汉墓群,就位于包头市南郊,墓群分布于召湾与召背后村之间及其以西的土梁上,南距黄河4千米,东北距麻池古城4千米。召湾地势略高,被视为建墓的风水宝地。包头召湾墓葬出土的"单于和亲"瓦当等汉代瓦当正是反映西汉时期匈奴呼韩邪单于附汉和昭君出塞的史实。

昭君出塞无论对汉还是匈奴都是一次非常隆重而盛大的政治事件,汉改元"竟宁",匈奴尊王昭君为"宁胡阏氏",这是汉匈交往历史上前所未有的事件。"单于和亲"文字瓦当凝结着这段历史,是极为珍贵的实物见证。

"单于天降",对汉王朝的文化认同

在呼和浩特市南郊昭君博物院展厅内,一枚巨大的"单于天降"瓦当置于墙壁之上,在灯光的投射下十分醒目。

据前来参观的孩子们介绍,在中学课本中亦有对该瓦当的描述。随着匈奴的兴起及与汉朝和战关系的演变,呼韩邪单于归附汉朝,这是汉匈关系历史的转折点,"单于天降"瓦当的文物价值也在于此。"单于天降"瓦当是汉匈和好关系的重要物证。

"'单于天降',意指老天让单于来投降的,实际上是宣传汉朝的功绩。天子单于的说法,也是受到汉文化的影响,他把自己纳入到中原的皇帝称谓中来,从这个角度来讲,也是一种文化上的认同。"陈永志说道。

"单于天降"表现匈奴人的天命思想,友好中含有敬重,这样的宣传也是匈奴人所乐于接受的。在汉朝方面,所说"单于天降"是在怀柔政策下的尊重,无损汉朝的天威。

瓦当中所指的"单于"在典籍中的解释也印证了这一说法。《汉书·匈奴传》中记载,单于姓挛鞮氏,直译为"天子单于"。西汉政权初期对匈奴贵族采取现实主义态度,承认匈奴单于有与汉朝皇帝同等的权力和地位,即"天子"的权力和地位。冒顿单于给汉文帝的书信中,开头称"天所立匈奴大单于敬问皇帝无恙"。文帝回信称"皇帝敬问匈奴大单于无恙"。"单于"一词即表达"胡者,天之骄子"之意。

而同时出土的另一枚"四夷尽服"瓦当也表达了这一思

想,释义与海内一统的含义接近,大意是指周边的少数民族都归附大汉王朝,大汉王朝统治者的文治武功令人敬佩。

翻阅史料,我们能够找到许多与瓦当所呈现的内容相呼应的历史佐证。据史料记载,当时草原曾遭受灾害,汉朝让五原郡、云中郡调拨粮食赈济灾民。数年之间,呼韩邪单于辖内人口大增,生产发展一片兴旺,于是呼韩邪单于请求北返单于庭。从公元前51年呼韩邪单于第一次朝汉,到公元前43年返回漠北单于庭,呼韩邪单于留居河套北面塞下达8年之久。

两汉时期,北方游牧民族与中原政权大体以长城为纽带,双方在政治、经济、军事、文化等方面发生了广泛而深刻的联系。中原汉王朝对该地区实施了有效的经略和管辖,与北方游牧民族接触频繁,形成了独特的地域文化,并对后世民族融合的进一步深入发展变化产生了巨大的历史影响。

可以说,汉朝边民将远离战火的心情寄托在瓦当"单于和亲""单于天降"和"四夷尽服"这些建筑装饰物身上,表达出他们对和平的美好憧憬。

文字瓦当,建筑与人文的和谐统一

文字瓦当的由来,要从瓦当装饰说起。

瓦当装饰,源于青铜纹饰,秦汉以后陆续发现了文字瓦当,其中大多以吉祥祝语为主,常用于建筑功能分门别类的用途上,使其建筑更富于功能氛围,达到建筑环境与人文的和谐统一。

如同"单于和亲""单于天降""四夷尽服"瓦当,印有特指汉匈关系的文字内容,所指的就是西汉中晚期匈奴呼韩邪附汉、和亲的重大政治事件。

根据召湾汉墓清理报告,"单于和亲"和"单于天降"瓦当出土过两次,1953至1954年,内蒙古文物工作队在包头郊区召湾清理汉墓时,在木椁填土中掘得"单于和亲""单于天降"瓦当,瓦当曾陈列于中国历史博物馆。1981年夏,包头市文物管理所在召湾74号汉墓木椁墓填土中,亦发现"单于和亲""单于天降""四夷尽服"瓦当各一枚,以后该类瓦当残片如"千秋万岁""长乐未央"都陆续有少量发现。

据内蒙古博物院研究员丁勇介绍,"单于和亲"瓦当,直径15.5厘米,"单于天降""四夷尽服"瓦当直径约为17.5厘米,较"单于和亲"瓦当略大。这些瓦当质地细腻、坚硬,颜色深灰,格局一致,皆以瓦当圆心为中,单线划正"十"字为四等分,各等分内阳文书刻一字,从右诵读,边轮宽大。

瓦当的文字多为篆书,其笔划粗犷,大气磅礴,书体脱于秦篆笔意又隶中有曲,用笔精悍,风格疏朗流丽。

篆书之美是建立在象形基础上演化出来的线条章法和形状结构之上。在瓦当有限的空间内,淋漓尽致地展现了书法之美。据统计,瓦当篆文的变化有120多种,还有少量运用美术变体的,充分发挥了篆文书法的装饰艺术作用。

瓦当中所绘制的文字是中国艺术宝库中的一个极具特色的艺术种类,不仅能给人以美的享受,更是研究我国书法、篆刻的珍贵资料,对研究古代的政治、经济、文化都有一定的参考价值。

在今人看来,瓦当更像是古人在建筑上的一种装饰符号。在相当高度的屋檐上,在有限的面积里,在仰视和远视的重重局限下,瓦当尽可能地以最醒目的姿态呈现,散发着无穷的装饰之美。

而文化的魅力,在千年之后,愈加凸显。

（图片由内蒙古博物院提供）

居延汉简：
农耕游牧文明互鉴融通

■院秀琴

纸张问世以前，简牍是我国书籍的主要载体。

古人将文字写在削成长条形并磨光的竹片、木片上，用丝、麻等编制成册，称其为简。牍多为木质，与简不同之处是加宽好几倍，呈长方形，故又叫作"方"或"版"。牍多用来书写契约、医方、历谱、过所（通行证）、书信等。

简牍文献流行于先秦，两汉时期最盛，作为主要的文献形式在中国使用的时间长达千余年，直到东晋末年才被已发明四五百年的纸质文献所取代。

这其中，最负盛名的就是居延汉简。

居延，是匈奴语"天池"的译音，在汉代名为居延泽，魏晋时被称为西海，唐代起被称为居延海。这里是穿越巴丹吉林沙漠和大戈壁通往漠北的重要通道。

在华夏民族浩瀚灿烂的辉煌历史上，居延海、居延城一带，是北方游牧民族南下河西走廊的必经之道，作为边防要塞，这里历来都是兵家必争之地。汉代的匈奴，唐代的突厥、回鹘，宋代的西夏等民族，都曾在这块土地上扬鞭策马，南征北战，留下自己的辉煌篇章。

居延汉简，这些穿越两千年的木片，看似不起眼，但模糊的文字，却隐藏着大量信息。那隶意十足的斑斑墨迹中，记录下一个多民族共同繁荣发展的大一统时代。

作为汉之遗墨、国之瑰宝，居延汉简是长城边塞文化的重要历史见证，与殷墟甲骨文、敦煌遗书、故宫大库档案并称为20世纪中国文化史上的四大发现。

意义非凡的汉代文献

1930年，由中国、瑞典、德国、丹麦等国人员组成的西北科学考察团发掘出土汉代简牍1.4万余枚，震惊世界。居延汉简从此成为考古界耀眼的名字，风云激荡、色彩斑斓的汉代西北边疆，也由此渐渐呈现在人们面前。

1972年至1976年，中国考古界又在居延地区进行了为期4年的集中考察，共发掘出土汉简2万余枚，其他文物2300余件。其中仅在甲渠候官一个面积不足6平方米的房舍遗址内，就发现近900枚木简，其中有约40余册完整或基本完整的公文册。有的公文册编绳虽已朽断，但出土时仍保持册形。人们猜测这大概是甲渠候官的档案库。这些汉简被称为居延新简。

这是我国历来发现简牍最多的一次考古发掘，被誉为"世界文化史上的一件大事"。

此后，内蒙古考古所于1999年、2000年、2002年又在居延地区进行了发掘，获得汉简500余枚，其中王莽时期的册书颇为重要，现以额济纳汉简命名之。

"居延汉简内容非常丰富,它不仅记述了居延地区屯戍活动的兴衰,而且保存了西汉中期到东汉初年的重要文献资料,最早是汉武帝太初三年(公元前102年),最晚是汉灵帝建宁三年(公元170年),时间跨度达270多年,堪称当时西北边疆军政生活的百科全书。"内蒙古博物院研究员丁勇告诉记者。

已发现的3万余枚居延汉简,大多是汉代边塞上的屯戍档案,如记载政策和重要事件的文书、官吏任命书、追捕罪犯的通缉令、边境备警的通知、烽燧制度及烽火信号的规定等,还有一些抄写的残简,如《算术书》《九九术》《卷颉篇》等,以及一些医简,反映了汉代的科技文化水平。有的简册可以弥补文献古籍略而不载或载而不详之不足,有的可以纠正史书上记载的错误,还有的可以为文献古籍上述而不明之处作诠释,成为《史记》《汉书》之外存世数量最大的汉代历史文献,为研究汉代的政治、经济、军事、文化、科技、哲学、民族以及日常生活等,提供了极为珍贵的第一手资料,具有极高的科学、历史与文物价值。

西汉武帝时,国力强盛,试图解决北部边区安全问题,发动了对匈奴的一系列战争,大大削弱了匈奴的实力。经过河南之战、河西之战及漠北之战,匈奴主力退出河套及以西一带。河南之战及漠北之战后,西汉兵锋直指漠北匈奴单于庭,所控地域北界已经达到蒙古高原中部。汉朝在弱水黑河两岸建城池、筑长城、修塞障,戍边屯田。大湾城、地湾城、肩水金关等一座座要塞、烽燧紧密相连,成为河西四郡的重要屏障和桥头堡。

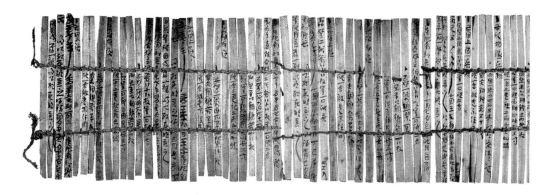

居延汉简

然而，不要说汉代在西北边疆如何驻军防卫，有多少烽燧、多少兵马，《史记》《汉书》没有告诉我们，甚至连"河西四郡"究竟是哪四郡，各是何时设立，都无从知晓。

而居延汉简，为我们描绘出一个司马迁、班固也未曾告诉过我们的汉代。

千年遗墨里的时代风云

居延汉简出自汉代西北边疆要塞驻军遗址，因而其主体多是西北边塞烽燧亭障的文书档案，大都是当年锁在文件柜、档案库里的军事秘密。

丁勇向记者介绍了1974年在居延甲渠候官遗址发现的一份《塞上烽火品约》简册。

这是一份写在17枚木简上的文件，是研究汉代烽燧制度和边塞防御系统的重要资料。这个册子是居延都尉辖下的甲渠、卅井、殄北三塞临敌报警、燔举烽火、进守呼应、请求驰援的联防条例。在边塞的不同部位、敌人人数、时间、意图、动向以及天气变化异常等各种情况下，各塞燧燔举烽火的类别、数量、方式、如何传递应和、发生失误又如何纠正等，条例都有详细规定。

从简文中我们知道，太初三年(前102年)，汉武帝为有效防御匈奴的南下侵扰，派徐自为在阴山北部修筑新的长城及城障列亭，史称"外城"。汉外长城从五原塞以北数百里之地修起，曲折向西，与强弩都尉路博德在居延泽一带修筑的长城相连。汉外长城筑成以后，汉武帝派兵驻守，在北边形成了郡守—都尉—候官—部—燧等一系列完整的边防军事建制。

汉长城建立起了墙体与亭燧、城障等相结合的较为完备的防御系统。在汉长城内外，凡适于瞭望的地方，都设置了烽燧作为警讯之用。烽燧原始形态一般为方锥体，现多呈圆锥体或覆钵状，最高达10米以上，有的在底部或附近有戍卒居住的"障"或"坞"。城障是长城城墙的主要依托，又是军事指挥枢纽、行政管理治所、官府手工业及屯垦农业基地，一般选择在沿边要害及东西适中之地修筑。城障多以夯筑土墙围就，平面呈方形或长方形，边长在数十米至百米不等。

汉代边塞候望系统的职能是明烽火、谨候望、备盗贼，以确保沿边的安全和军情的传递。戍守者平时居高远望候视敌情。白天举旗燃草升烟叫"烽"或者"烽烟"；夜间点燃柴草升火叫"燧"或者"燧火"。只要有一处烽燧烟火升腾，相邻烽燧便以同样方式点放，彼此呼应，讯息在短时间内便可传至千里。

共有36枚的《建武三年十二月候粟君所责寇恩事》简册，因为记录了一件两千年前的经济纠纷案件，成为居延汉简最知名的简册。

根据简上的内容,我们试着将其还原成一个故事:

寇恩,这起官告民经济诉讼往事中的被告,一介中原河南流民,拖家带口,沿弱水遁入居延。粟君,官告民经济诉讼案中的原告,甲渠候官,在权利的刀刃上行走多年。

建武三年(公元27年),甲渠候官粟君向居延县起诉该县居民寇恩欠债不还。二人因雇佣关系中账目不清、口头约定没有履行等互相扯皮。这起诉讼案经过都乡、居延县的审理后,结论是寇恩不欠粟君的债,并如实上报给甲渠候官,而甲渠候官将简册通通存档,并标其卷为"建武三年十二月候粟君所责寇恩事"。

这则案件完整反映了东汉初年从诉讼到审讯再到结案的整个司法程序。粟君虽为甲渠候官,但他并没有倚仗权势上门逼债,而是通过法律程序来解决问题。这说明当时法律及司法制度已较为完备。同时,此案的民事主体双方居于平等位置,草民寇恩敢于和甲渠候粟君这样的官吏打官司,居延县也让当事人根据对方的起诉或答辩提供各自的证词,由此可以看出,早在东汉时期中国已经有了法律面前人人平等的意识。

互鉴融通的实物见证

汉风西传,居延汉简记录下农耕文明与游牧文明的互鉴融通。

从汉代开始直至唐代,中原与西域的交通主干线是举世闻名的丝绸之路,即从长安出发经兰州进入河西走廊,经敦煌出玉门关通往西域诸国。

事实上,还有一条居延古道,作为汉唐"塞上草原丝绸之路"的一部分,在游牧文明与农耕文明的碰撞交流中,也曾发挥了不可磨灭的巨大作用。丁勇告诉记者,居延古道以经甘肃省高台县和金塔县通向内蒙古额济纳旗的居延海地带为中心,东面通往河套地区,为"东路";南面沿弱水流域通到甘肃河西走廊,为"南路",南北线路总长有上千里,是古代华夏通往漠北的一条重要通道,张骞第二次出使西域就曾沿着这条古道一路向西。

历史车轮滚滚向前,时代潮流浩浩荡荡。曾经的居延古道,如今已成为国家"一带一路"倡议中伸向西部边疆的又一条重要通道,它把内蒙古与祖国内地紧紧相连,成为推动各民族团结进步和共同繁荣的桥梁,它向全世界敞开中国"各美其美,美人之美,美美与共,天下大同"的宽广文化胸怀,将历史的温度、文化的温度、情感的温度、心灵的温度传递到世界各地。

回望历史,一个时代浓缩于一个边疆要塞,一个边疆要塞浓缩于一枚木简。

3万枚木简,就是一部汉代西北边疆生活的百科全书,为我们描绘了3万个从前,如同复活了汉代的3万个细胞,继而复活了一个时代的生命气息。

那时的小吏与平民,仍存于尺牍,可以阅读,可以理解,可以想象,可以在尺牍之间,看到那些被汉代大风起兮吹拂过的生命与时光。

(图片由内蒙古博物院提供)

"归义侯"金印：方寸之间印证民族交融

■徐跃

古代的官印作为一种身份、地位的象征，是君王授予官位的一种凭证，功能类似于现在的公章。

印章虽小，却代表着一种权利、一种约定、一种信任、一种职责，通过考证可以了解当时的官吏制度、行政地域设置、社会文化形态和民俗文化等等信息。

出土于乌兰察布市凉城县小坝子滩遗址的两枚"归义侯"金印，身上就携带了这些文化信息，对于我们了解西晋时期的历史发挥了重要作用。金印所散发出的金属光芒，经过千年轮转并未褪色，它们就像两枚金色钥匙，帮助我们开启寻找"归义侯"的大门。

同一遗址发现两部族金印

1956年，在内蒙古凉城县西北25公里处的小坝子滩村发现了一处金银器窖藏，有"晋鲜卑归义侯"金印、"晋乌丸归义侯"金印，以及"晋鲜卑率善中郎将"银印等等，还有多件具有拓跋鲜卑特点的金饰牌。

奇特的是，最受瞩目的"晋鲜卑归义侯"金印和"晋乌丸归义侯"金印虽然同出于一个窖藏，却分别属于两个部族

——鲜卑和乌桓。

"晋鲜卑归义侯"金印,印体扁方形,印纽呈卧驼状,昂首前视,体刻兽毛。印面阴刻"晋鲜卑归义侯"6个字,篆书。长2.5厘米,高2.6厘米。

"晋乌丸归义侯"金印,印体扁方形,印纽作卧驼状,昂首前视,体刻兽毛。印面阴刻"晋乌丸归义侯"6个字,篆书。长2.3厘米、高2.8厘米。

仔细研究这两枚金印的基本信息,能够发现许多共同之处:名称相似,都为"归义侯";外形相似,都呈卧驼状;字体一致,都是用篆书所写。

这不禁引发人们的好奇,不同部族的金印为什么会出现在同一个遗址?形制为何如此相似?关于产生金印的那个年代,一定发生了不被知晓的交往历史。

经过专家学者多年的研究,这个谜题被解开了。

"从两枚金印的发掘地来看,凉城小坝子滩位于内蒙古中南部,在阴山支脉蛮汗山山麓,历史上就是匈奴、鲜卑等北方民族活动的地区,距离鲜卑拓跋部的活动中心甚近。"内蒙古博物院研究员丁勇说。

历史上,乌丸在魏晋以前称乌桓。《后汉书·乌桓鲜卑列传》:"灵帝初,乌桓大人上谷有难楼者,众九千余落,辽西有丘力居者,众五千余落,皆自称王;又辽东苏仆延,众千余落,自称峭王;右北平乌延,众八百余落,自称汗鲁王。"建安十二年(207年),"曹操自征乌桓,大破蹋顿于柳城,斩之,首虏二十余万人……其余众万余落,悉徙居中国云。"据《晋书·刘琨传》记载,晋怀帝永嘉六年(312年),"上党太守袭醇降于聪,雁门乌丸复反,琨亲率精兵出御之。"

汉代晋鲜卑归义侯金印

"由此推断,西晋时期拓跋鲜卑猜也部的活动地区与雁门乌丸相距不远,二者之间可能有接触,因此,同一窖藏内出现乌丸印和鲜卑印并非偶然。"丁勇说。

"归义侯"称谓的由来

"归义侯"金印是西晋王朝赐给各部族首领的印信。对于"归义侯"这个称呼,史书中曾有记载。《晋书·武帝纪》:"太康四年(公元283年)八月鄯善国遣子入侍,假其归义侯"。

"侯"是爵位,古代爵分公、侯、伯、子、男五等,"侯"为五等爵中的二等。秦汉魏晋南北朝时期治理少数部族的措施,往往是分封其首领为"王、侯、君、长"。

"归义"是西晋政府给予其统辖的边远少数民族首领的一种封号。"归义"一词亦多见于汉印:"汉匈奴归义亲汉长""汉归义羌伯长""汉归义胡师长"等,这些都是对各边疆部族所施行的一种安抚怀柔政策。根据《晋书·武帝纪》记载:"咸宁三年(公元277年),是岁西北杂虏及鲜卑匈奴五夷三国前后千余辈,各帅种人部落内附",金印很可能就是西晋王朝封发给鲜卑族首领的封印。

内蒙古博物院院长陈永志介绍:"'王侯将相'是中原的体制,'晋鲜卑归义侯'金印所反映的是鲜卑南迁进入中原之后,鲜卑民族主动融入到汉文化当中来,吸纳中原的礼乐典章制度的历史史实。"

在当时,各部族首领成为"归义侯",也经历了一段坎坷的历史。

以乌桓来说,乌丸是乌桓的别称,为东胡系统的古代民族之一,属于阿尔泰语系,无文字,刻木为信。西汉高祖元年(公元前206年),东胡被匈奴首领冒顿单于击破,部众离散,一支逃至乌丸山(在今内蒙古赤峰市阿鲁科尔沁旗西北),遂以山名为族号,游牧于饶乐水(今西拉木伦河)一带。其生产方式以畜牧业为主,辅以弋猎、农耕,史称其"俗喜骑射,弋猎禽兽为事。随水草放牧,居无常所。"

乌桓人以乌丸山为起点,并一路向南迁徙,直至进入中原各地,与建都中原的封建政权在政治、经济、军事、文化等各方面密切交往,并逐渐融合于其它各族之中。

陈永志说:"乌桓断断续续存在了几百年,有关乌桓族的文物却寥寥无几。'晋乌丸归义侯'金印的发现,印证了在两汉乃至魏晋之际乌桓的历史。金印中所刻'归义侯'字样,本身就代表了一种文化的认同。"

透过文物看融合

小坝子滩窖藏共出土文物13件,种类有金印、银印、饰牌、饰件、戒指等。

丁勇告诉笔者,1962年9月22日《内蒙古日报》曾刊登过文章《凉城县发现西晋时期的鲜卑之物》,使得一批沉寂千年的珍贵文物得以重见天日。小坝子滩出土的金银器,可以补充史籍记载的不足,为研究西晋王朝各民族文化和活动区域提供了极其重要的实物资料。

从这些文物身上,我们也能够看到当时部族间审美理念的相互影响。

该窖藏出土的动物形金饰牌、金饰件与拓跋鲜卑金饰牌的风格接近。工艺上,单体动物采用铸造、圆雕、镶嵌工艺,立体感极强。群体动物以同种动物两两相背、上下排列为组合,采用透雕工艺,并结合浮雕,具有很强的装饰效果。

除了从外形上进行观察比较,在小坝子滩出土的金银器中,有一些还刻有文字,所传达的信息更为直接。

"其中有一件四兽纹金饰牌的背面刻有'猗金'三字,这三个字明确了这批重要文物的归属。猗金三字中的'猗',指的是拓跋鲜卑的领袖人物猗、猗卢兄弟二人中的猗。他于西晋末年助并州刺史司马腾打击刘渊有功,西晋王朝授以金印、银印及黄金饰物的赏赐品,这批文物正是拓跋鲜卑猗部的遗物。凉城县小坝子滩正是当时'居代郡参合坡北'猗部的属地,这也与《魏书·序纪》记载的史实相吻合。"丁勇说。

透过文物看历史,文物的价值需要被发掘、被看见。

小坝子滩窖藏的金银器,让后人从细枝末节处看到了包容与认同的力量。"归义侯"金印更是作为古代官位授予的印信凭证,见证了民族交融的另一种打开方式。

虽然,"晋鲜卑归义侯"金印和"晋乌丸归义侯"金印曾经的主人已不得而知,但他们的一生所为,以及所处时代的历史印记,却被这一枚小小的金印带到了今天,被更多人知晓。

(图片由内蒙古博物院提供)

辽代鸡冠壶：
多民族文化交融的见证

■院秀琴

　　瓷，出于土，而炼就文明。经历淘、烧、踩、揉、晒、画、雕等一道道复杂的工序，久经磨炼而成为器，最终浴火生变，呈现形态各异的样子。

　　而它——鸡冠壶，是辽代瓷器中最特别的器型之一，不仅为我们了解辽代文明提供了一个窗口，而且是中华瓷器文化传承谱系上的重要符号。

　　这些各式各样的鸡冠壶，式样上既有相似之处，又带有各自的时代特征，它们代表着辽代制瓷工艺的最高水平，它们不仅是中国古代瓷器中不可或缺的重要组成部分，还是我国各民族相互学习、相互融合的缩影。

便携皮囊转呈瓷质再现

　　在内蒙古博物院大辽契丹展厅，陈列着一个白瓷皮囊式鸡冠壶，它釉质细腻，色泽仿若羊脂白玉，器型保存非常完整。这件鸡冠壶和另一件褐釉皮囊式瓷鸡冠壶，均出土于赤峰市阿鲁科尔沁旗的耶律羽之墓。

辽代鸡冠壶

　　该墓葬出土的2件鸡冠壶都可谓上乘之作。白瓷皮囊式鸡冠壶形制为直流、半口形提梁、扁圆腹、平底，流底部装饰了一周圆凸棱线，正面腹径24厘米、侧面腹径22.5厘米、底径11.4厘米、高30.4厘米。褐釉皮囊式瓷鸡冠壶形制相同，尺寸有别，正面腹径24厘米、侧面腹径23.5厘米、底径10.8厘米、高28.8厘米。

　　鸡冠壶以其顶部形状酷似鸡冠而得名，是辽代陶瓷的典型器物。辽瓷在我国陶瓷文化发展史上占有重要的地位，其造型可以分为中原式辽瓷和契丹式辽瓷两大类。中原式类型就是仿照中原地区的瓷器风格烧造出的产品，契丹式类型的瓷器则是依据契丹族使用的皮制和木制容器的样式烧造出的品种，鸡冠壶是契丹式辽瓷的代表。

　　公元907年，契丹族首领耶律阿保机建立辽国，这是当时我国北方地区最强大的少数民族政权，耶律羽之是耶律阿保机的堂兄弟，曾跟随耶律阿保机平定当时的渤海国，设立附庸于大辽王朝的东丹国，后出任东丹国左相。

契丹族最初以狩猎为生,后来开始放牧。他们很早就使用皮囊盛水装酒,皮囊携带方便,但也有缺陷:装在皮囊里的水和酒,时间长了容易变质。怎样才能解决这个问题呢?

据史料记载,皮囊这种器物传入中原地区以后,汉族的制瓷工匠模仿它的外形,烧制出鸡冠壶。仿皮囊的鸡冠壶既清洁又美观,长时间储存水和酒都不会变质,所以这种样态和皮囊很相似的瓷壶,也叫皮囊壶。

内蒙古博物院院长陈永志告诉记者,耶律羽之墓出土的两件鸡冠壶,是来自定窑的"订制"瓷器。定窑是我国古代五大名窑之一,它是继唐代的邢窑白瓷之后兴起的一大瓷窑体系,主要产地在今河北省曲阳县,又因曲阳县古属直隶定州管辖,故名定窑。定窑原为民窑,北宋中后期开始烧造宫廷用瓷,以产白瓷著称,兼烧黑釉、酱釉和绿釉瓷。

鸡冠壶传到北方地区后,深受契丹族喜爱。于是,许多汉族工匠从中原来到北方,大量烧制鸡冠壶,中原的技艺与契丹民族的风俗习惯、文化艺术互相融合,使得鸡冠壶在辽的辖域流行开来。

斑斓釉色映射文化交融

辽政权历时209年。透过鸡冠壶的形制演化,可以清晰地看出契丹族从游牧为主的生活方式逐步发展成为农业生产为主的生活方式的历程。

"出土鸡冠壶形制的演变和壶体的装饰,反映了契丹族受汉文化影响逐渐转向定居生活的趋势。早期鸡冠壶器身矮小扁圆,随着契丹族受农耕文明影响的加深,鸡冠壶器形不断加高,仿皮囊式装饰风格也逐渐消失。"内蒙古博物院大辽契丹展厅策展人郑承燕介绍。

根据冯恩学、彭善国、杨晶等学者的研究,辽代鸡冠壶根据形态差异大致可以分为提梁与穿孔两种。穿孔式鸡冠壶非常适合骑马携带,上部的圆孔,用来系绳以悬挂在马背上,顶部的另一侧有一个细高的壶口,即使马匹奔跑,水也不容易洒出来。提梁式鸡冠壶美观大方,更适合在居室里摆放,适应了契丹族定居下来的需求,因而逐渐占据了主流地位。

鸡冠壶外形的变化和辽代的经济发展密不可分。公元1004年,北宋皇帝宋真宗和大辽萧太后缔结盟约,结束战争状态,并且开展贸易往来,互派使者。辽地经济从此进入最繁盛的时期,与中原两地的文化元素和生活方式互相影响、共同发展。这时的辽代制瓷业充分吸收北宋陶瓷的特点,其产品从最初的结实耐用转为精致纤巧、富贵华丽。

"鸡冠壶器身高度的增加使其更适宜放置在桌案上,从侧面说明随着辽的南下以及与汉文化融合程度的加深,具有传统草原特色的鸡冠壶在形态上表现出更适宜定居生活的特征。"郑承燕告诉记者。

从壶体的装饰上也可以看出鸡冠壶的变化。早期的鸡冠壶,仍然保留着皮囊的外形,有些鸡冠壶上,按照皮囊仿制的棱线和针脚都清晰可见。随着时间的推移,鸡冠壶上象征皮囊的装饰逐渐消失,取而代之的是汉地常见的卷草、花卉等刻划装饰,使得鸡冠壶变得更加精致,有的鸡冠壶上还贴塑了动物、人物造型,显得更为灵动。

和谐共处促进和合共生

1977年出土于小吉沟墓葬的绿釉塑猴鸡冠壶是辽代鸡冠壶的典型代表。它高30厘米,扁身平底,短管口,顶部有盖,盖的两旁有双孔鼻,鼻后装饰着一对顽皮的猴子,呈攀伏状,形象十分生动。

猴子这种动物喜欢在温暖潮湿、绿色植被丰富的地区生活,在寒冷干燥的北方地区并不多见。居住于北方地区的契丹族所使用的鸡冠壶上,出现了猴子的造型,这说明中原文化已经渗透到契丹族的日常生活中。

碰撞产生火花,交融创造新的色彩。鸡冠壶是契丹民族辉煌历史的实物见证,也是中国乃至世界上极为珍贵的物质文化遗产。风格鲜明的契丹族文化深受中原文化影响,却也像是一盘色彩艳丽的颜料,浸入到了中原文化当中。

"契丹人建立的辽王朝,将存在于中国北方的农耕与游牧两大经济形态完美地结合与统一,结束了中国北方诸民族长期对抗纷争的无序状态。"陈永志说。契丹人所创造的辽文化是举世瞩目的,契丹社会多元汇聚的文化内涵与南北文化的互鉴融通,促进我国古代北方各民族和合共生的文化进步。

"万国河山有燕赵,百年风气尚辽金""涿州沙土饮盘桓,看舞春风小契丹",契丹民族在中国北方游牧民族的大舞台上所展示的民族风采异常醒目,从"华夷同风"之绝唱,再到"我本丹东八叶花"的豪叹,无不证实契丹人所创造的文化,早已深深地融入了中华民族博大精深的民族文化之中。

(图片由孔群摄)

穿带瓶：交流交融中催生的珍品

■院秀琴

草原、荒漠，高寒干冷之地，这里是大辽的疆域。

相较于大宋的气候宜人、沃野千里，这里并不是生产生活的最佳选项，然而这里却和大宋一样，孕育了辉煌灿烂的文明，成为中华文明的重要组成部分。

辽瓷在我国陶瓷文化发展史上占有重要的地位，它继承了大唐的传统技术，吸收了五代和北宋中原地区新的工艺，又进行了发展创新，形成了鲜明的地方特色和浓郁的游牧民族特点，反映了契丹民族勇猛、刚烈、剽悍的气质。不仅是当时政治、经济、文化、社会生活等的见证，更是我国各民族相互学习、相互融合的缩影。

穿带瓶就是辽瓷的代表性器物之一。珍藏在内蒙古博物院大辽契丹展厅的白瓷盘口穿带瓶更是我国陶瓷史上的珍品。

我国陶瓷史上的珍品文物

白瓷盘口穿带瓶形制为喇叭形盘口、长颈、圆腹弧收、圈足略外撇，两侧肩部与腹底各有一组对称桥形穿系，穿系间有带槽,肩部饰三周凹弦纹,圈足内底亦施釉。口径12.8厘米、腹径23.3厘米、底径12.5厘米、高37.3厘米。这件穿带瓶出土于赤峰市阿鲁科尔沁旗耶律羽之墓。

该墓葬共出土穿带瓶3件,其中2件为白釉,1件为绿釉。另一件白瓷穿带瓶形制为折沿盘口、颈部上粗下细、腹部圆鼓、矮圈足。绿釉穿带瓶瓶口、颈残失,圆肩,鼓腹,下接矮喇叭状圈足。肩腹部两侧有对称的桥状穿系两组,穿系间为带槽,圈足上与穿带相应的部位有扁穿孔。肩、腹部均贴塑纹饰。肩部纹饰自上而下依次为垂鱼、联珠、垂鱼、弦纹、垂鱼;腹部纹饰为联珠纹带围绕及连接的扇形纹,扇形纹两侧及下部饰展翅昆虫。圈足底部的一周三角纹饰黄釉。

公元907年,契丹族首领耶律阿保机建立辽国,这是当时我国北方地区最强大的少数民族政权,耶律羽之是耶律阿保机的堂兄弟,曾跟随耶律阿保机平定当时的渤海国,设立附庸于大辽王朝的东丹国,后出任东丹国左相。

契丹人逐水草而居,在游牧过程中常需探寻水源,并取回驻地以供日用,自唐代沿袭而来的穿带瓶便备受契丹民族欢迎。

据相关文献记载,穿带瓶器形高大,辽境出土的穿带瓶高度大都在23—37厘米之间,是专门盛装液体的器皿,其腹部长圆容量大,盘口便于液体注入,而细颈使液体不易蒸发和流失。

在赤峰市克什克腾旗二八地一号墓的石棺画上,再现了用盘口穿带瓶背水的场景——两位契丹人身着短衣,脚穿黑毡靴,各背负一个盘口、长颈、长腹瓶,一前一后行走在"营盘"所在的草原上。

辽代盘口穿带瓶

多元文化的互动融合

辽代文化早期受大唐风情影响,瓷器有中原陶瓷制品的影子。

内蒙古博物院大辽契丹展厅策展人郑承燕介绍,耶律羽之墓出土的白瓷盘口穿带瓶胎白而细腻,釉色浓厚润泽,制作精细,圈足底部亦施釉,器物造型及烧制工艺具有唐代遗风,工艺水准并不低于辽代中晚期制瓷水平,是辽瓷之佳品,也是多元文化碰撞、交融与传承的产物。

公元960年,北宋政权建立,经济快速发展、文化高度繁荣,陶瓷制造业达到了顶峰,这对辽代陶瓷制造产生了深刻而长远的影响。

澶渊之盟的签订,使宋辽百年睦邻,经贸、文化交流不断,又成为和平状态下契丹民族借鉴、学习中原陶瓷制作技艺的重要契机。

据相关文献记载,辽代契丹人墓葬出土的青白瓷器中,盏托、注壶、注碗、熏炉、粉盒等具有中原文化风格,用于饮茶、饮酒、焚香、贮粉的实用器具很多。

此外,在制瓷技艺方面,辽金瓷器在装烧技术和装饰技法上,均受到中原地区窑口的深刻影响。辽代大量流行定窑及仿定窑瓷器,以龙泉务窑为代表的北方诸窑口,不论在瓷器种类还是造型、装饰和烧造工艺上均体现出中原定窑的深刻影响。辽代契丹人墓葬出土的具有典型游牧风格的瓷器中,拉坯、贴塑、印坯等主要成型方法以及装烧技术等,均是中原早已发展成熟的制瓷技艺。

凝聚在瓷瓶里的中国智慧

在内蒙古博物院大辽契丹展厅,白瓷盘口穿带瓶无疑是最吸引游客的文物之一。走近细看,它在明亮的展柜中熠熠生辉、光彩照人,我们仿佛能从它晶莹清透的气质和挺秀丰满的身姿中,窥得那源远流长的文化和众多鲜为人知的历史故事。

"白如玉、明如镜、薄如纸、声如磬",自古以来,瓷器似乎总是以优雅的姿态吸引着人们的目光,瓷器是中国文化的标志性符号之一,是中华文明发展脉络的重要载体之一,也是全世界耳熟能详的艺术语言,凝聚在瓷器里的中国智慧、中国理念、中国精神,让全世界惊叹和着迷。

"澶渊之盟签订之后,辽瓷的许多器物是在中原定烧的,契丹民族把自己的民族文化因素植入到中原文化当中,同时吸收了中原文化瓷器制造的高超技术,融合起来形成了一种非常有特点的瓷器风格,体现了中华民族的智慧。"内蒙古博物院院长陈永志告诉记者。

辽瓷作为中国陶瓷的重要组成部分,是民族的瑰宝,是中华文化的艺术化表现,也是中国智慧的结晶。

此刻,玲珑剔透的白瓷盘口穿带瓶中不再盛满清澈的山泉,却盛满了一个承前启后的时代,盛满了中华民族勤劳、质朴的禀赋与品质,盛满了中华民族追求精巧、追求极致的细心和耐心,盛满了中华民族聪颖、灵巧的智慧和理念。

（图片由内蒙古博物院提供）

琥珀璎珞：
多文化元素越千年惊艳

■徐跃

辽代是中华文化多元一体格局形成的一个重要环节。

耶律阿保机开启了辽代光辉灿烂的文明进程。经济方面"重工重商、农牧并举"，文化方面"尊孔办学、实行科举"，科技方面"吸纳百家、勇于创造"，艺术方面"取长助长、发扬特色"，造就了辽代文化"多元共荣、和合并进"的精神内核。

时至今日，在陈国公主墓出土的几组琥珀璎珞身上，这些辽文化的精神特质被集中展现。它的原料来自波罗的海，雕刻内容取材于中原文化，发掘于辽代贵族墓葬……这些信息足以使其成为辽代多种文化交融史上极具说服力的实物见证。

成对出现的琥珀璎珞

璎珞，又称缨络，是串联珠玉等配件而制成的装饰品，多用于颈饰，少数臂饰和胸饰，是辽代墓葬中常见的饰物。

从文献记载看，早在北魏时就已经出现了璎珞。《明集礼》记载："魏制公主嫁礼，赐真珠翠毛玉钗六头，真珠琥珀玉水精璎珞五项。"到北宋时期,珍珠、琥珀、璎珞是诸王纳妃定礼的物品之一,与黄金钗钏、珍珠玉翠并举,佩戴者男、女性皆有。就其形制而言,通常由琥珀或是玛瑙管、镂空金属球及心形、T形等坠饰串联制作而成。

中期辽代贵族墓中,璎珞保存最好、最为精美的,当属圣宗开泰七年(1018年)的陈国公主墓,公主、驸马各佩戴两组。

公主所戴璎珞置于公主颈部,下垂至胸前。一组由5串257颗琥珀珠和5件琥珀浮雕饰件、2件素面琥珀以细银丝相间串缀而成,周长159厘米。其中5件琥珀饰件呈红褐色或橘红色,略呈椭圆形,饰以蟠龙、行龙、莲花等纹饰;另一组由60颗琥珀珠和9件圆雕、浮雕琥珀饰件以细银丝相间穿缀而成,周长133厘米。其中9件琥珀饰件7件呈椭圆形,采用圆雕和浮雕技法,刻有行龙、蟠龙等纹饰,另外两件素面琥珀饰件分别呈鸡心形和圆柱形。

驸马璎珞同样置于颈部,下垂至胸腹。一组由416颗琥珀珠和5件琥珀浮雕组成,周长173厘米,琥珀珠及饰件均呈红褐色或橘红色,其中5件琥珀饰呈椭圆形,浮雕行龙纹、蟠龙纹、双龙戏珠纹、对鸟纹等纹样;另一组由64颗圆形琥珀珠和9件琥珀饰件以银丝相间穿缀而成,周长107厘米,其中琥珀饰件分为圆雕和浮雕,造型有狮子、狻猊、行龙,刻画得生动活泼,另外还有鸡心形和圆柱形两件素面琥珀饰件。

从琥珀璎珞考究的用料和精美程度,能够猜测出墓主人的身份和地位不一般。陈国公主为何人?璎珞为何会成对出现?

辽代琥珀璎珞

陈国公主与驸马合葬墓位于内蒙古自治区通辽市奈曼旗青龙山，是辽代时期保存最完好且出土琥珀饰品数量最大的大型贵族夫妻合葬墓。据墓志记载，陈国公主姓耶律氏，先漆水人也。辽景宗皇帝之孙女，吴国公主之妹。以开泰七年(1018年)戊午三月七日因病薨。陈国公主初封太平公主，后晋封越国公主，死后追封陈国公主。驸马名为萧绍矩，曾任泰宁节度使、检校太师，圣宗仁德皇后之兄，其祖父是四朝要臣萧思温，姑母乃是历史上赫赫有名的萧太后，由此可见公主和驸马在当时地位显赫。

内蒙古博物院大辽契丹展览策展人郑承燕告诉我们："陈国公主墓是在辽国实力最强盛的时期修建的，与中原和西方等地交流频繁，琥珀璎珞是最具代表性的实物见证之一。"

原料来自遥远的波罗的海

琥珀璎珞的看点之一在于它的原材料，这些大而美的琥珀来自于遥远的波罗的海。

琥珀是石化的植物树脂，属于有机质宝石，陈国公主墓出土的琥珀首饰颜色多呈红褐色或橘红色，选料精细考究，它的来源还要从辽国的地理位置说起。

辽王朝作为我国北方地区建立起来的政权，有着先天的地理优势。南面有来自中原地区的文化交流，西部有来自中亚和西亚地区的文化往来。

内蒙古博物院院长陈永志介绍："当时波罗的海到地中海有一条琥珀之路，琥珀之路又与草原丝绸之路相连接，就这样琥珀传到了这里。心形和 T 形琥珀饰件也是受西方影响，在这几件文物身上体现了中西文化的交流。"此外，《辽史》《契丹国志》中多处有西域诸国进献琥珀的记载，从另一个角度说明产自波罗的海地区的琥珀取道进入辽地的事实。

辽代贵族墓中发现大量以琥珀作为首饰的主要材质，其数量和质量是历史上任何朝代都无法与其比拟的。史料记载，我国对琥珀的使用可以追溯到距今三千年前的四川广汉三星堆遗址时期，在以后历代都有出现过，但数量很少，唐代仅有三处遗址出土琥珀制品，宋元出土的琥珀制品亦屈指可数，这与辽代大规模使用琥珀制品形成了鲜明对比。

除琥珀以外，其它贵重装饰品在辽代也被大量使用。1986 年由内蒙古文物考古研究所与当地相关部门共同发掘的陈国公主墓，随葬品多达 3227 件，带把玻璃杯、长颈玻璃瓶、乳钉纹玻璃盘等具有浓郁西亚风格的随葬品不在少数，还有早期的耶律羽之墓、吐尔基山辽墓等，首饰的材质就有金、银、玉、玛瑙、水晶、珍珠等，种类丰富。

独特的地理因素和频繁的贸易往来丰富了辽代饰物的种类，也造就了多元包容的辽代文化，这些交往的印记在中华民族多元一体格局形成过程中发挥了重要作用。

纹样取材于中华传统文化

琥珀璎珞的另一大看点在于它的纹样，浮雕行龙、蟠龙、行龙戏珠、云纹对鸟、荷叶双鱼等象征性图案取材于中华传统文化。

"这件琥珀璎珞包含很多文化符号，它以龙、凤、狻猊、鱼等极富生活气息的装饰题材为主,多是中原汉族常用的传统纹饰,与唐宋艺术一脉相承。琥珀璎珞充分体现出辽代文化兼收并蓄的特征。"郑承燕说。

中原传统纹饰的广泛应用,是辽代人民心向中原、仰慕中原文化的内心写照,同时也体现了他们包容开放的审美观念。

作为辽代鼎盛时期的贵族大墓,陈国公主墓出土的首饰在一定程度上代表了该时期的手工艺水平。辽代中期其手工业部门已经发展得相当完备,金银加工、玉石雕刻日臻成熟。辽代的琥珀工艺也取得了很大发展,大多随型雕刻,普遍采用镂雕、浮雕、圆雕等雕琢技法。公主、驸马佩戴的琥珀璎珞中琥珀饰件多是采用圆雕、浮雕,双面雕刻,有很大的发挥空间,同时大量采用阴刻细线,寥寥数刀即可表现出所刻画饰物的形象,可见辽代琥珀制作工艺的成熟。

"交融是各个角度、多方面的,有深有浅。辽代人民从心底里仰慕中原,在文化、生产方式上自觉进行改变。通过这些遗存,能够反映出中华民族多元一体格局形成的历史进程。"郑承燕说。

作为中华文化的重要组成部分,辽代文化尤为绚丽多姿。辽代陈国公主墓出土的琥珀璎珞,不仅包含契丹本民族的文化因素,更反映出西方文化、中原汉文化和宗教文化因素。随着时间的推移,承载在琥珀璎珞身上的闪光点逐渐被人们发掘,它关乎爱情、关乎审美、关乎融合……善于学习创新、勇于开拓进取的先民,通过一件首饰,向千年后的我们展示了一个蔚为壮观、多元包容的辉煌时代。

(图片由内蒙古博物院提供)

辽砚：
我从山中来 独秀四宝斋

■院秀琴

从深山中一块微不足道的石头，变成工匠手里一方精雕细琢的砚台，再辗转至人们的书斋，终日与诗书为伴，供人们研磨、欣赏。

器以载道。琢砚者、赏砚者赋予砚台以文化内涵，让它实现了自器向道的转变，臻达艺术与哲学的胜境，让它逐渐由器物上升为一种中华民族所独有的文化象征和符号。

辽砚，我国名砚之一，它吸收和借鉴了汉唐以来的制砚技艺，又进行了发展创新，最终"自成一派"，成为我国多元文化互动融合的重要见证。

传承借鉴中原文化

在赤峰市阿鲁科尔沁旗耶律羽之墓，出土了一方金花银龙纹"万岁台"砚。该砚台长18.4厘米，宽11厘米—13.6厘米，高7.6厘米。根据耶律羽之墓出土的墓志铭，可知其年代为辽会同四年，即941年。砚盒为银质，平面略呈梯形，内置箕形石砚，盒底有花式足13个，周边錾刻花纹。

《万岁台砚》一文中记载：

辽代风字形玉砚

金花银龙纹"万岁台"砚盒盖正面为栖顶式样,凹凸有形,错落有致:下端錾刻波涛,翻滚奔腾,蓄势待发;中部横冲腾龙,曲身回首,虬髯飘逸,极具视觉冲击力;三枝立莲穿绕于龙身,其中一朵盛开,经龙嘴衔立于龙头顶部,花蕊之上竖刻"万岁台"三字;上端錾刻远山浮云,一轮骄阳冉冉升起,恰似契丹政权悄然兴起于北方大漠,焕发着勃然生机。盒盖四边錾刻牡丹、忍冬卷草花纹。盒内为箕形石砚,内装毛笔两支,毛笔上饰银箍,亦錾图案,应为耶律羽之生前使用的物品。

此砚盒造型优美,装饰华丽,采用鎏金錾花工艺制作而成。金花银是银器制作工艺的一种,先在银器上錾出图案,后在图案上鎏金,这样既突出了图案,又产生了黄白相间、相互映衬的视觉效果,工艺虽显繁缛,但可使银器富丽堂皇,富有立体感,是极为难得的珍稀之物。

錾花工艺始于春秋晚期,盛行于战国,到唐代已经成为一种独具特色、工艺精湛的传统技艺,辽代对其进行了传承和借鉴。

"在辽代,金银器主要为皇室贵族使用,普通百姓望尘莫及,然'万岁台'砚虽精美,砚盒内之石砚则相对拙朴,制作工艺粗放简洁,恰与契丹游牧民族粗犷气息相吻合。"内蒙古博物院文物保管研究部主任郑承燕介绍,"契丹人长期游走于大漠之中,以骑射骁勇著称,同时又能以开放的情怀,兼容并包其他民族的先进文化。"

史载耶律羽之是耶律阿保机的堂兄弟,曾跟随耶律阿保机平定当时的渤海国,设立附庸于大辽王朝的东丹国,后出任东丹国左相,并长期实际主政东丹国,耶律羽之本人在征战之余,喜读书,好方术之学,具有深厚的汉文化功底。其主东丹国王耶律倍对于汉文化亦十分推崇,汉学造诣深厚,砚盒錾书"万岁台"中"万岁"应系耶律倍代称。

博采众长中"自成一派"

"辽砚"因始产于辽代而得名。大辽这个契丹民族建立的王朝,十分重视中原文化,善于博采众长。相传辽景宗时,北枢密院史兼北府宰相萧思温,为世代以骑射骁勇著称的契丹民族少有像汉人那样精于文章者而遗憾,更为汉人的文房四宝所吸引。一次他去庙堂还愿,途经桥头镇小黄柏峪(今辽宁省本溪市平山区桥头镇河东村小黄柏峪),相中了那里的石料,回来后便派人前去开采。经过精选石料,再由能工巧匠精雕细刻,很快就制作出十几方精美的砚台。这些砚台送进宫后,深受景宗和皇后萧燕燕(萧思温之女)喜爱。景宗对一方龙凤砚爱不释手,反复品味、鉴赏,赞不绝口,索性将自己御案上的端砚换下,并欣然挥毫在砚台上题了"大辽国砚"四个字,辽砚便从此得名。

萧皇后更是喜出望外,封辽砚为"御砚",从此,"大辽国砚"便成为宫廷贡品,每年都要选出上等石料运入宫中,按照严格的规定制作出做工考究、图案精美的砚台,为王公贵族专用。

随着社会的发展和时代的进步,辽砚也愈益散发出耀眼的光芒。

据相关文献记载,民国十八年(1929年),张学良下令征集辽砚,参加首届"全国西湖博览会",并在"首都国货陈列馆"展出。当时辽砚闻名遐迩,与端砚齐名,有"南为端砚,北为辽砚"的称谓。张学良与蒙师白永祯合作绝句"关东山里奇宝开,蓝天红霞凝石材。能工巧匠雕辽砚,珍品独秀四宝斋"来赞美辽砚。

独有的文化象征和符号

位于通辽市奈曼旗青龙山镇的辽代陈国公主与驸马合葬墓出土了3件玉质文房用品,材质皆为青白色软玉,其中2件风字形玉砚,1件玉水盂。

风字形玉砚平面呈风字形,墨池为斜面,前部有两个矮足。一件长12厘米、宽7.1厘米、厚2.6厘米、足高0.8厘米;另一件长8.5厘米、宽5.2厘米、厚1.9厘米、足高1.1厘米。玉水盂形制为椭圆形口作四出花瓣形,弧腹,平底,高2.3厘米。

"风字形玉砚是唐代盛行的箕形砚台,是随葬品,用贵重的玉做成砚台,足见砚台在人们心中的特殊地位。"内蒙古博物院院长陈永志告诉记者。

"四宝砚为首,笔墨兼纸,皆可随时收索,可与终身俱者,惟砚而已。"宋代苏易简《文房四谱》亦道出人们对砚的珍视与看重。

笔恣肆挥洒,墨黝黑内敛,纸容纳百川,却终有用尽之时。而砚,则沉静自若、经久不坏,可伴随其主人一生,漫长岁月中的默默陪伴自然地让人生起一种惺惺相惜之感。

砚不仅是书写文化知识的工具,其自身也形成了我国独有的文化现象。

我国制砚历史悠久,经秦汉,越魏晋,到了唐宋,呈现出一派繁荣的景象,广东的端砚,安徽的歙砚,甘肃的洮河砚,和出自山西、河南的澄泥砚被并称为"四大名砚"。

据统计,我国古砚达百余种。除了"四大名砚",有名的砚台还有山东的鲁砚,宁夏的贺兰砚,江西的金星砚、罗纹砚,吉林的松花砚,四川的陕砚,山西的段砚,浙江的西砚,河南的天坛砚,河北的易水古砚等。

今天,我们能看到的每一方砚台,都能让我们感知到中华民族悠久的历史和深邃的文化,因为它们不仅仅是研墨器,也是中华民族灿烂文化的有机组成部分。

（图片由孔群摄）

宝山辽墓壁画：千年珍品再现往日时光

■徐跃

辽墓壁画，闻名遐迩。

彩色壁画犹如一幅幅保存千年的"老照片"，将墓主人生前的生活享受和习俗信仰绘制成像；又如一条条精美的地下艺术长廊，将辽代社会的方方面面记录下来，成为珍贵的历史资料和艺术珍品。

辽墓壁画唐代画风

步入内蒙古博物院《大辽契丹》展厅，数百件辽代文物精品神秘而耀眼，国宝级文物比比皆是，令人目不暇接。

其中有一幅壁画的画风显得"格格不入"。

内蒙古博物院院长陈永志向我们特别介绍："这幅壁画名为《颂经图》，出土于赤峰市阿鲁科尔沁旗宝山辽墓，它的奇特之处在于，画中是一位唐朝女子在教一只鹦鹉，背景还出现了南方植物——竹子，这是一件很有意思的事情。"

辽墓壁画为什么是唐代风格？种植于南方的竹子为何在此出现？带着这些疑问，我们逐渐揭开了宝山辽墓壁画的神秘面纱。

这一切还要从壁画的发掘地宝山辽墓说起。

1993年和1996年,考古工作者先后对内蒙古赤峰市阿鲁科尔沁旗宝山辽代早期契丹贵族墓地进行发掘。其中,最重要的收获之一,就是发现了大量不同风格的壁画。

1号墓中的《降真图》《高逸图》和2号墓中的《颂经图》《寄锦图》尤其受到学者们的关注。

刊载于《文物》1998年第1期的发掘简报着重介绍了2号墓石房内南北壁带有榜题的两幅壁画。据考证,这两幅壁画是以唐代流行的"杨贵妃教鹦鹉图"和"苏若兰织锦迥文图"为蓝本绘成。

无论是在绘画风格上,还是绘画题材上,这几幅宝山辽墓壁画都显示出了强烈的唐五代汉地艺术风格。

一般而言,壁画中描绘的契丹族人物笔法简练、追求写实,而以传说故事为题材的《颂经图》和《寄锦图》,以修竹、棕榈为主要背景物,画面着重传统风貌,工笔细腻、色彩浓艳,极具观赏性。这与契丹绘画风格形成了强烈对比,相较于其它辽墓壁画,具有明显的独特性。

心生仰慕临摹效仿

据发掘简报记载,2号墓石房中的两幅壁画都是选择女性传说故事为题材,这显然与墓主人的性别有关,故而推测宝山辽墓2号墓主人为一成年女性。

绘于2号墓石房内北壁的《颂经图》,高0.7米、宽2.3米,用工笔重彩绘制,具有晚唐风格,是再现杨贵妃真容的稀世绘画珍品。

《颂经图》

壁画右上角题诗一首："雪衣丹觜陇山禽，每受宫闱指教深。不向人前出凡语，声声皆(是)念经音。"

《颂经图》描绘的是杨贵妃教鹦鹉诵读心经来帮助其禳避祸难。画中杨贵妃衣着华丽，神色泰然，端坐于高背椅上，身边有仕女与男仆站立左右，贵妃面前一张桌案上铺展着佛教经典《般若波罗蜜多心经》，鹦鹉"雪衣娘"立于桌案右侧，似在全神贯注地念诵佛经。

贵妃与鹦鹉的故事，在唐代郑处诲撰写的《明皇杂录》中有详细记载：开元中，岭南献白鹦鹉，养之宫中，岁久，颇聪慧，洞晓言词。上及贵妃皆呼为雪衣女。性既驯扰，常纵其饮啄飞鸣，然亦不离屏帏间。上令以近代词臣诗篇授之，数遍便可讽诵。上每与贵妃及诸王博戏，上稍不胜，左右呼雪衣娘，必飞入局中鼓舞，以乱其行列，或啄嫔御及诸王手，使不能争道。忽一日，飞上贵妃镜台，语曰："雪衣娘昨夜梦为鸷鸟所搏，将尽于此乎？"上使贵妃授以《多心经》，记诵颇精熟,日夜不息,若惧祸难,有所襄者。上与贵妃出于别殿,贵妃置雪衣娘于步辇竿上,与之同去。既至,上命从官校猎于殿下,鹦鹉方戏于殿上,忽有鹰搏之而毙。上与贵妃叹息久之,遂命瘗于苑中,为立冢,呼为鹦鹉冢。

《颂经图》又名《杨贵妃教鹦鹉颂经图》。多年来,墓主人在墓中绘制壁画的意图不断被人们解析,普遍认同的一种说法是:墓主人被贵妃和鹦鹉的故事感动,在生死之际也希望通过念诵佛经而求得实现"抖擞垢秽衣,脱度生死轮"的愿望。

凄美故事绘于石壁

画于宝山辽墓2号墓石房南壁的壁画《寄锦图》,画面清晰、色泽饱满,所画内容是在晋唐时期广为流传的经典故事——"苏若兰织寄回文锦"。

壁画的中央位置是一位雍容华贵的妇人,也是故事的主角苏若兰。她头梳蝶形双鬓髻,满插金钗,柳眉凤目,脸庞丰盈。身穿红花蓝地交领窄袖衣,红色曳地长裙外套蓝腰裙,着垂蝶结丝带,肩披淡黄色迴纹披帛。在贵妇前侧有一个男僮和一个侍女,身后另有4名侍女。侍女发型、装束与贵妇相似,但服装的花纹、色彩各不相同。

南壁的榜题诗记述了壁画中的故事内容:苏娘名为苏若兰,夫婿远行征辽,年深不归。苏娘思念不已,精心织成回文锦,寄与远方的征人,表达眷恋之情。

东晋王隐撰著的《晋书·列女传》中曾描写过这则故事:"窦滔妻苏氏,善属文。符坚时,为秦州刺史,被徙流沙,苏氏思之,织锦为回文诗以寄滔,循环宛转以读之,词甚凄切。这则故事在晋以后有多个版本流传,武则天也亲自撰写过一篇《织锦迥文记》,除详细记载苏若兰与窦滔的家世之外,故事情节更加曲折完整,人物形象也更为生动丰满。

《寄锦图》题材中苏若兰在才情上"善属文",编织的回文锦"五彩相宣、莹心耀目",不仅锦缎华美,其上所附诗词更是"纵横反复皆成文章";在品德上,她不移其志,"谦默自守,不为显扬"的崇高品德令世人感叹。唐代以来,苏若兰织寄迥文锦的故事开始入画。据《宣和画谱》著录,北宋宫廷收藏有唐代画家张萱的《织锦迥文图三》,北宋著名画家李公麟也曾画过一幅《织锦迥文图》。

可见,苏若兰的形象和故事被历朝历代的人们所欣赏,有见贤思齐的作用。对品德高尚的女性的赞美与推崇,满足了大众的审美需求,也得到了辽代贵族的认可,遂将其画于墓中。

互通互鉴寄情于画

宝山辽墓壁画闻名于世的重要原因,一个是形成反差的绘画风格,另一个则是叹为观止的精美画工。

这些壁画的技法深得周氏画风(唐代擅长绘制贵妇仕女的大师周昉等人)的真传,具有晚唐辽初时期高超的绘画技巧。壁画中垂柳、竹林、芭蕉、棕榈、菩提树等亚热带植物画得形象逼真,如果不是北方人亲自到南方目睹这一场景,或者南方画家来到北方作画,光凭想象是很难做到的。由此人们推测,壁画很有可能是契丹人聘请中原画师所画。绚丽多姿的宝山辽墓壁画采用多种绘画技法,集浑厚与细腻、素雅与浓艳、写实与夸张于一体,描绘生动、构图准确,表现出高超的艺术水准,是辽代初期的杰出画作。这些典型中原文化元素的运用,也从侧面说明在一千多年前,辽代先民已经生活在中原文化和辽文化相互交流、相互影响的环境当中。

据考证,宝山辽墓是迄今为止所发掘的建造年代较早的辽代贵族墓葬之一,墓主人下葬年代正处于唐辽交替之际,唐五代汉族文化对辽代契丹族文化的影响很大。中原的绘画艺术潮流深深地影响着北方民族的审美和文化。

宝山辽墓壁画能够真切地反映出中原与北方民族文化融合的历史史实。浓郁的南方园林特色和经典的历史故事情节是宝山辽墓壁画向世人发出的一封邀请函,巧妙的艺术构思和巨大的文化宝库亟待人们去挖掘。

在浩瀚的辽墓壁画宇宙里,宝山辽墓壁画只是冰山一角,丰富多彩的门吏图、出行图、散乐图、备茶图、花卉图、射猎图……如繁星般分布于不断发现的辽墓之中。

历经千年,犹如新绘。

（图片由内蒙古博物院提供）

契丹文铜镜:你曾照映过啥样的脸庞

■院秀琴

在内蒙古博物院大辽契丹展厅,有一面契丹文铜镜安静地悬挂在展柜中,穿越千年,依然闪着微光,让经过它的人不禁遐想,这面镜子,曾经映照过啥样的脸庞?

每当光线穿过尘埃,落在这一方镜面之上,契丹文铜镜在光线的照射下反射出点点光斑。在这些星辰般的光影里,我们仿佛看到了人类在历史的洪流中前行的脚步。契丹文铜镜制作精良,形态美观,图纹柔和,铭文清晰,是我国古代青铜艺术文化遗产中的瑰宝。

匠心独运　寄予祝福

《内蒙古喀喇沁旗出土契丹小字铜镜考释》记载:"1973年春,内蒙古自治区昭乌达盟喀喇沁旗永丰公社当铺地大队社员在本队'房身地'地方平整土地时发现八角形铜镜一面。经仔细研究,知道是铸有契丹文字的珍贵文物。"

这一珍贵文物就是契丹文铜镜。该铜镜形制为正八角形,边长5.6厘米,最大直径14.6厘米。八角形是辽代铜镜最常见的形制之一,八角形镜为等边八角形,八角都比较圆润。八角形镜在唐代就已经出现,辽代铜镜可以看作是对前朝的仿制。

契丹文铜镜镜背正中有纽,纽有系穿。镜背由双线正方形分为内外区,外区形成四个梯形,内饰卷草纹,内区铸有4个契丹文小字,为吉祥语句"寿长福德"之意。镜体质地优良,线条古朴匀整,展现了契丹民族新颖的构思与高超的工艺。

"这4个契丹小字所表达的意思,是一句源自中原地区的祝福语,代表了契丹人对未来的美好憧憬和愿望,希望镜子的主人健康长寿、福德绵长。"内蒙古博物院大辽契丹展厅策展人郑承燕告诉记者。

契丹文铜镜左下侧阴刻汉字"宝坻官","官"字下有一签押。所以此镜也被称为"宝坻官"镜。据《金史·地理志》记载,宝坻为大兴府县名,金世宗大定十二年(公元1172年)置。金代连年争战,货币短缺,铜禁严苛,严禁私自毁钱铸镜,即便是家藏的古镜也要送交有关部门检验签刻方为合法。因此专家推测,契丹文铜镜为辽代所制,在金代被宝坻县的县官检验时签刻上"宝坻官"3字,证明它不是毁钱私造的铜镜。

文字精巧　文化交融

宋辽金时期,是中华民族大融合的重要历史时期,各民族交往频繁,不仅中原文化受到少数民族文化的影响,少数民族文化也浸染了浓厚的中原文化色彩。

契丹民族广泛地接触和吸收以汉民族为主体的中原先

进文化,尤其是澶渊之盟缔结后,辽宋百年无战事,契丹民族与中原汉民族的往来更加频繁,发展达到鼎盛时期。

契丹文铜镜就是多元文化融合的一个重要见证。"契丹社会的文化交融已经渗透到各个角落,在随葬品里也有体现。"郑承燕介绍,"此外,铸刻在契丹文铜镜上的契丹小字在造字的时候也借鉴了汉字的偏旁部首。"

【辽代契丹小字铜镜】

即使与世长辞,契丹人也会和中原地区的先民一样,将铜镜带入地下,希望铜镜辟不祥、祛邪魅,营造清净安宁的另一个世界。

辽代契丹民族本无文字,据史料记载,辽太祖耶律阿保机建立契丹国之后,先后创造了契丹大字和契丹小字两种不同类型的文字。契丹大字和契丹小字之称不是由于字写得大小,而是由于创制时间的先后,还有其他一些诸如拼音程度强弱的本质性的区别。契丹大字始制于辽太祖神册五年,即920年正月初二。契丹大字的制作,共用了8个半月的时间。约于天赞年间(公元922年—926年),耶律阿保机皇弟耶律迭剌又仿回鹘文,并吸收汉字某些成分,制成一种自上而下连续直书的单音缀方块字,称"小简字",即通常所谓的契丹小字。

根据出土文物得知,契丹大、小字的字形,均是借用汉字行草或楷书的偏旁拼合而成。这种文字,至金代初年仍沿袭使用,章宗明昌二年(公元1191年),下令停用,后逐渐废止。

镜中千秋　时代更迭

站在契丹文铜镜的展柜前回望历史,我们仿佛窥见中华文明的脉络。

《说文》中说："监（监，后为鉴）可取水于明月，因见其可以照行，故用以为镜。"

在古代，"鉴"就是镜子的意思。最早的时候，称"监"，没有金字底。远古时代，镜子是用瓦做的，类似于我们今天的大盆子，装水之后，就可以当镜子用。到了商代，出现了"铜监"之后，鉴才有了金字底。及至秦朝，人们渐渐发现铜鉴使用起来更加方便，因而铜鉴开始大量出现，制作也越来越精良。

汉代是铜镜发展的一段鼎盛时期，汉镜大多制作精良，常常镶嵌有珠宝，且多数有自警自励的铭文。深埋地下几千年的汉镜，今天照样可以拿来使用，镜子上的花纹绮丽华美，均匀干净，铭文笔画清晰，纵横之间，卓然不群。

到了唐代，开始有透光镜，镜背面的文字清晰可辨。唐人雍容的气度，赋予了铜镜别样的内涵。"以铜为鉴，可以正衣冠；以古为鉴，可以知兴替；以人为鉴，可以明得失。"唐太宗李世民和魏征的这一段"镜鉴佳话"成为了千古"君臣"的典范。

今天，我们在内蒙古博物院所见的契丹文铜镜，是历史留给我们的见证。从文物当中，我们可以不断探寻历史的根源，建立文化的自信。

（图片由孔群摄）

元代景德镇窑青花貘纹碗：
瑞兽与青花的完美邂逅

■ 徐跃

元青花，青花瓷中的翘楚，诞生于元代的景德镇。

貘，中国传统典籍中记载的瑞兽，传说具有避瘟驱邪的能力。

这两种元素碰撞在一起，成就了独一无二的艺术珍品、国家一级文物——元代景德镇窑青花貘纹碗。

作为兴安盟博物馆3件镇馆之宝之一，元代景德镇青花貘纹碗的特别之处在于，它是我国截至目前公开发表的资料中唯一一件以"貘"为主题纹饰的瓷器。

对中国传统文化的追求与青睐，让这件元青花在文化碰撞与融合中大放异彩，尽显中华传统之美。

元青花惊现马来貘

貘（mò）是一种外形奇特、较为古老的哺乳动物。它长着一个长长的鼻子，外观奇特。貘数量极少，有亚洲貘和美洲貘之分，亚洲貘主要分布在泰国、缅甸、印尼、马来西亚等东南亚国家的深山丛林中，其中以马来西亚貘最具代表性，所以通称为马来貘。

很早以前,我们的祖先就对貘有着十分深刻的印象。

马来貘约在1700年前的三国时代传入中国。古籍《尔雅·释兽》中说貘:"似熊,小头痹脚,黑白驳,能舐食铜铁及竹骨,骨节强直,中实少髓,皮辟湿。"唐代的白居易因患有"旧病头风",于是请人在床前的小屏风上绘制貘的图像,并有感而发创作了《貘屏赞》。明代冯梦龙的《东周列国志》中也出现过对貘的细致描述,文中记载晋文公重耳早年流亡到楚国时,在一次狩猎后与楚王有了"退避三舍"的约定,就是在这次狩猎中,他们擒到了貘。

由此看来,貘虽然是一种长相奇怪的动物,但古人们并不觉得可怕,还把它看成是一种吉祥的奇兽。在中国古代传说和典籍中,貘是一种能避瘟辟邪的祥瑞之兽,因为貘能食铜铁,吃掉兵器,所以貘的出现代表了太平盛世,象征吉祥之意。更有传说貘专吃噩梦,把它的形象雕刻在屏风上,或者绣在枕头上,能够安枕无忧、尽享美梦。

从出土的文物来看,以貘为形象的器具并不多见,这件元代景德镇窑青花貘纹碗是难得的珍品。

兴安盟博物馆工作人员邢莹向我们介绍:"貘自古以来就是中华民族传统纹样,在一些典籍中都有过貘的出现。北方民族善于学习中原汉文化,元代游牧文化与农耕文化相互交织融合,貘纹碗就是文化融合的产物。"

多种文化融于一碗

元代景德镇窑青花貘纹碗的发现是一次偶然。

元代景德镇青花貘纹碗

　　1992年春天,内蒙古兴安盟乌兰浩特市义勒力特苏木西白音嘎查的一个村民,在嘎查南面的一座方形土城遗址的东侧发现了一处元代窖藏。一口倒置的铜釜内,藏有多件元代瓷器。瓷器包括沥粉五彩描金、青花、卵白釉、青白釉等品种,器型为高足杯、碗和盘,都保存得十分完整。元代景德镇窑青花貘纹碗就是其中一件,后交由乌兰浩特市文物管理站收藏,直到2010年9月转入兴安盟博物馆集中保管。

　　邢莹说:"在我国公开发表的资料中,以貘为题材的瓷器仅此一件。当时我们并不知道它叫什么,后来经过专家的研究,知道了这只动物叫貘,与现代貘的外形极为相似。"

　　文化的碰撞让元代景德镇窑青花貘纹碗的诞生成为必然。

　　它的烧造年代是元青花盛行的元代。史料记载,元代在中国瓷器史上是一个颇具创造性的时代,元青花是元代景德镇窑创烧的陶瓷新品种。元青花的出现促进了中西方贸易往来,推动了中国制瓷业的发展。它的烧制历史虽然很短暂,但其高超的工艺和稀少的存世量,使其成为了中国青花瓷中的瑰宝。

那么，貘为何会出现在元青花瓷器上？邢莹解释道："元朝统一后，蒙古民族不断接触并学习中原汉人以及周边其它民族的多彩文化，在激烈的文化撞击之下，元青花瓷大改传统瓷器含蓄内敛风格，纹样取用中国传统纹饰，以豪迈大气的风格和艺术原创精神，将青花绘画艺术推向顶峰，而青花貘纹碗就是具有代表性的瓷器之一。元代的统治者因为喜欢貘的形象，从而将貘烧制在青花瓷器上。此碗出土于内蒙古兴安盟地区，烧造于景德镇窑，这一点也体现出元代各民族跨区域流动、交错杂居、互动频繁的历史史实。"

瑞兽彰显青花之美

貘与青花的组合是奇特的，也是惊艳的。

据了解，我国早在商周时期，就已经出现了貘造型的青铜器，其中著名的莫过于美国弗利尔艺术博物馆所藏和陕西宝鸡出土的两件貘形尊。中央电视台的《国宝档案》节目曾专门介绍过这两件器物。它们均为背部开口的一种容器，貘的样子十分相近，都是长有向前伸的长吻、四足短而粗壮、圆蹄、身体肥硕、胖腹微垂，一副富贵模样，丝毫没有凶猛的样子。

从国内目前可见的资料来看，元代青花瓷器上绘制的动物纹样有很多，主要有龙、凤、麒麟、狮子、鸳鸯、游鱼等，而此碗上的瑞兽貘极为少见。不难想象，貘的形象也是经过人们长时间的神化加工而定形的，和这些形象一样，在貘的身上能够找到现实世界的影子。

貘与青花的组合是绝妙的,也是唯一的。

此碗器型、尺寸与北京市西城区旧鼓楼大街窖藏出土的盘龙纹碗、内蒙古包头市郊区燕家梁出土的荷塘鸳鸯纹碗相近,而内容却有所不同。

这只保存完整的国家一级甲等文物,整件器物最突出的装饰就是碗心的那只在如意云下欲做跳跃状的花斑瑞兽——貘。它长着长长的鼻子,凶恶的豹眼,长脸,紧咬的牙齿中有一颗突出的獠牙分外抢眼。一对长毛耳朵下垂,颈下一周鬣毛向外怂张,宽胸、肥腹,周身长有花斑纹,四足短而粗壮,爪如虎,长尾上扬。

除了貘图案抢眼外,整个碗形线条流畅,极具美感。碗高8.3厘米、口径17厘米、底径6厘米,撇口、弧壁、圈足。碗施青白釉,绘青花纹饰,发色清幽淡雅。外壁有4朵莲花,纹饰颇具元代青花瓷器绘画特征,布局疏朗、手法粗放而娴熟。碗内口沿至中壁,绘有一周缠枝菊花纹,同样绘有4朵莲花,且所绘位置与外壁的莲花内外呼应。整个碗的画工十分精细,毫无粗放之感,犹如一幅立体工笔画。

素胚勾勒浓转淡,一抹青花千古传。

众所周知,青花瓷被誉为"国瓷",青花瓷的英语也是China,它是中国的名片更是中国的骄傲。在元代景德镇窑青花貘纹碗的身上,蕴含了一切关于青花瓷的美好想象,更有古人对待艺术的巧思与追求。任时光流转、朝代更迭,这件青花貘纹碗依旧鲜活灵动、花开不败,这就是青花瓷的永恒魅力。

(图片由李铁军摄)

小宋自造钧窑香炉：
多元文化共融典型之作

■高瑞锋

"高山云雾霞一朵,烟光凌空星满天。峡谷飞瀑兔丝缕,夕阳紫翠忽成岚。"

古人空灵绝美的诗句,从来都是意有所指。没错,这首古诗也如此,形容的是钧窑瓷器的美色。

钧瓷创烧于唐,历经宋、金至元代,绵延数百年,各代各风韵,唐钧丰满高大,宋钧古朴典雅,元钧粗犷大气,但在每代钧瓷之间,又可见前代文化的氤氲气象。

内蒙古博物院镇院之宝——元代的小宋自造钧窑香炉,从中就可窥见元代和宋代审美间的交糅汇集。

代表元钧最高制作水准

小宋自造钧窑香炉的发现,是在50多年前。

丰州城遗址,位于呼和浩特市白塔村东南约500米处。1970年12月的一天,内蒙古大学历史系的学生们在这里参加生产劳动,无意中发现了两个窖藏,窖藏为两个盖有铁釜的黑釉瓮。考古工作人员闻讯赶来后,经勘查,发现两个大

元代小宋自造钧窑香炉

瓮中还藏着6件瓷器,分别是钧窑香炉一件、钧窑镂空高座双螭耳瓶一对、龙泉窑缠枝牡丹纹瓶一对、龙泉窑缠枝莲纹瓶一件,器型大、胎骨厚重、风格雄壮浑厚是它们的共同特点。

研究证实,这批瓷器属于元代窖藏,代表了元代瓷器制造业最高水平,其中小宋自造钧窑香炉更是让人惊为天物。

小宋自造钧窑香炉,口径25.5厘米、高42.7厘米,双立耳、圆鼓腹、三兽足,足尖刻出三条爪痕,口沿两侧各有一长方形直耳,口沿至肩部两侧装饰有兽形耳。颈部雕贴3个麒麟,正面一双麒麟间有一方形题,刻"巳酉年九月十五小宋自造香炉一个"楷书铭文,背面一只麒麟行走于颈部。腹部饰四个兽面铺首衔环纹与兽面纹,因浓釉垂流经过,局部轮廓略显模糊,虚实相映。

细看铭文,"巳酉年"中的"巳"是一个错别字,因为我国天干地支纪年法中,并没有"巳酉年"。"经考证,这个'巳'应为'己',己酉年是公元1309年,属于元代时期。之所以是'巳',

可能是当时工匠的笔误,也可能是有意为之,我们今人不得而知。'小宋',可能就是这个工匠,也可能是当时出资烧造香炉的人。"内蒙古博物院"交融的魅力"展厅策展人张彤说。

尽管如此,也无损这件香炉成为国宝级文物。

元代钧瓷出土较多,这件香炉在元代钧瓷中脱颖而出,目前尚无超越,是元代钧窑的代表作,国家一级文物。"它上面篆刻的铭文使其更加弥足珍贵,现为内蒙古博物院的镇院之宝。是迄今为止,我国发现的器型最大、最完整,制作最精湛的钧窑香炉。"张彤说。

硕大器型体现元人审美

钧窑,始于唐盛于宋,起源于河南省禹州市附近,在宋代五大名窑中,以"釉具五色,艳丽绝伦"而独树一帜,位列五大名窑之首。

钧瓷是世界上唯一的高温窑变瓷,价值连城,自古就有"纵有家产万贯,不如钧瓷一片""黄金有价,钧无价"的说法。其中宋钧更属奇珍异宝,是宋代帝王御用贡瓷之一,传世甚少。

历代钧瓷各有特点,但总的来说,基本都是窑变成色,釉色为各种深浅不同的蓝色乳光釉。纯粹匀净的釉色,给人以极大的艺术享受,有"雨过天青"之美名。

经过了宋的兴盛,钧窑在靖康之变中,因战乱停烧,金大定后恢复并进一步发展。金、元时期,除今河南很多窑场烧钧瓷外,邻近各省的一些窑场也都在仿烧,形成了一个庞大的钧窑系。

1309年,元朝统一全国日久,社会相对稳定,经济得到恢复,包括瓷器制造业在内,手工制造业得到了迅速发展。此时的钧瓷已远远比不上宋代,胎骨厚重,釉厚欠匀,已由官用转换为民用,在民间普及,成为盘、碗、瓶、炉、盆之类的生活用瓷。但是,钧瓷的价格还是会比其他日用瓷器要高。

小宋自造钧窑香炉是元代钧瓷中少有的工细之作。它通体施天青色釉,因施釉较厚,以致烧制时纵横流于器表,形成天青釉面与土黄色露胎处的强烈对比,具有铜器的金属质感。由于积釉浓淡不一,色彩如水墨画般晕染开来,颇有水流凝滞之感。其基本釉色是各种浓淡不一的蓝色乳光釉,色调古朴优美,胎质层次分明,造型浑圆饱满、古朴典雅、浑厚凝重。

史料记载,宋迁都杭州后,北方的能工巧匠汇集杭州,钧瓷的制作工艺也传播到了南方,在江南地区仿钧瓷之风在当时风靡一时。考古发现,仅在浙江金华地区的铁店窑就发现元代烧制的仿钧瓷器物20多种,以盘、碗、罐、炉、洗、花盆为多。

唐宋时期,钧瓷有"钧不过尺"的定律,即钧窑瓷器不超过一尺。而这件元代香炉却远远超出了这个范围,可称之为"器型硕大"。"元王朝多元一体,各民族的经济、文化交流融合已经达到了一个前所未有的高度,他们喜欢大的物件,这件香炉在器型上完全体现了元代人的审美,而烧造工艺、釉色,却是延续了前代,它既有中原文化的气韵,兼有北方游牧文化的粗犷。"张彤说。

出土地为繁华交通枢纽

丰州城,香炉的出土地点,始建于契丹神册五年(920年),

辽金元沿用,长达450年之久。当时,呼和浩特一带大部分地区属丰州管辖。

元代的丰州延续前代,依然是一座相当繁荣的城市,而且还成为了中原地区通往漠北的交通枢纽。元代初期名臣刘秉忠写过一首《过丰州城》诗:"山边弥弥水西流,夹路离离禾黍稠。出塞入塞动千里,去年今年经两秋。晴空高显寺中塔,晓日平明城上楼。车马喧阗尘不到,吟鞭斜袅过丰州。"诗中描绘了当时丰州古城的繁盛。

现在的丰州遗址西北隅,矗立着一座辽代佛塔,名为万部华严经塔,俗称白塔,高约56米,为八角七层的楼阁式砖塔。塔内有双重梯道,游人可从梯道攀登至顶层,眺望附近秀丽的山川景色。

元代时,作为南北与东西交通交汇点,途径丰州城的各民族、各阶层的人络绎不绝。作为城内一大名胜,到白塔上拜谒和游览的人日益增多,不仅有本城的居民,还有大量来自四面八方的各族人士。

为了纪念自己曾到此一游,登塔者多在白塔内壁留下墨书题记。经统计,时代最早的题记是金代,数量最多的是元代,题记者所使用的文字有汉文、八思巴字、契丹小字、西夏文、藏文以及古叙利亚文等多种民族文字,内容非常丰富。

可见,元代时期的丰州城就是一座南方和北方以及中西方各民族经济、文化的交融汇集之地。

国宝无言,本自留痕。

潮起潮落中,天地万物无不是在斗转星移间交合共融,你中有我,我中有你,从而创造出新的历史和文化,推动文明步步向前。

（图片由内蒙古博物院提供）

青花双凤纹高足杯：
见证元代路级城市繁华

■高瑞锋

元代的一个月夜，无风。繁华的集宁路古城万籁俱寂。

一富庶人家的偏僻厢房里，油灯微弱，男女主人把碗、瓶、壶、杯等珍贵瓷器小心翼翼地放进地下土坑里的大陶瓮里。之后，填土，踩实，堆上破柜烂柴，厢房看上去还是之前一样的脏乱不堪。

这是根据考古现场脑补的画面。

作为今人的我们，也许得感谢集宁路古城富庶人家月夜藏宝。若不是如此，600多年后的我们，也就不可能得知元代城市的繁华，也不可能领略到古代文明交流交融的深广。

代表元高超制瓷技艺

内蒙古博物院"交融的魅力"展厅，青花双凤纹高足杯静立在众多珍品中，特立而不炫耀。

它高9.5厘米，口径9.4厘米，足径3.4厘米，碗状式的杯口，竹节似的高圈足，细白的胎质散发着幽光，弦纹装饰着内、外壁口，两只青花发色浓翠的凤鸟伸着细细的脖子、舒展着双翅，似乎要从外壁上飞跃而出……

这件元代珍品2003年出土于集宁路古城遗址，或许就是月夜藏宝中的一件。

元代集宁路古城遗址，位于乌兰察布市察右前旗巴音塔拉乡土城子村，北靠110国道，南临黄旗海，西距乌兰察布市府所在地集宁区25公里。

1923年，这里曾发现一座石碑，上有"集宁路""皇庆元年"（公元1312年）字样。据此得知，这里曾为元代"集宁路总管府"所在地。

2002年至2005年，自治区文物考古研究所组织乌兰察布市博物馆、察右前旗文物管理所，联合组成集宁路考古工作队，开始对这里进行考古发掘。

内蒙古博物院院长陈永志，时任自治区文物考古研究所副所长、考古工作队队长。回忆之前的发掘，他记忆犹新。

"发现了大量金、元时期的瓷器，出土完整瓷器500余件，可复原瓷器标本7800余件，其他各类珍贵瓷器标本上万件，涉及磁州窑、景德镇窑、龙泉窑、钧窑、定窑、耀州窑、建窑等七大窑系，还有高丽瓷器中的珍品。"陈永志说，其中釉里红玉壶春瓶、钧窑香炉、景德镇窑青花高足杯、青花盏、青花梨形壶、龙泉窑三足樽等61件瓷器是最为重要的藏品。"这些瓷器制作精美，品相极佳，青花、釉里红、枢府釉、青瓷、黑瓷等各个品类均有，代表了元代高超的瓷器制造技术。"陈永志说。

2003年，元代集宁路古城遗址位列当年全国十大考古新发现之一。

明确元青花创烧时间

元青花瓷,历来珍贵。

为何?

存世量少首当其冲,目前国内外不足400件;青花颜料钴珍贵,产自西亚;纹饰较之唐宋更加精美;釉质独特,无法仿制。

元代青花双凤纹高足杯

集宁路古城遗址在发掘中,共发掘了9个瓷器窖藏,出土了8件青花瓷,成为整个考古发掘的最大亮点。其中在一户有30多间房屋的富庶人家,则出土了6件完整的景德镇窑青花高足杯,这是目前出土元代青花高足杯最多的窖藏,震惊了现场所有考古人员。

这些标有纪年和名号的瓷器的出土,除了珍贵,还颠覆了学术界的一种认知。在此之前,学术界通常认为,元青花瓷的创烧是在元朝至正年间,即14世纪中叶。

"集宁路古城遗址出土的青花瓷器,从器形、釉色、胎釉装饰及画面构思等诸多方面看,其烧造技术已经相当成熟。"陈永志说。

史料记载,1351年(元至正十一年),元朝爆发了红巾军起义之后,全国各地农民起义风起云涌。1352年,生产青花瓷器的江西景德镇也覆巢无完卵,到公元1354年(元至正十四年),元朝在江西各个地方的政权次第垮台。

"没有中央政权强有力的管理和稳定的社会秩序、生产秩序,不可能烧制出质量上乘的青花瓷器,特别是烧制高质量青花瓷器所需的钴料必须从西亚输入,战乱必然会给原料供应带来困难。"陈永志说,当时南北交通因各地农民起义而被阻断,这批珍稀且娇贵的青花瓷器很难在战火纷飞中运至位于北方的集宁路地区。

陈永志说,从景德镇到位于漠南草原的集宁路,距离数千公里,人畜辗转运输,一路坎坷,保守估算,路上所用时间至少需要三至五年,再结合集宁路古城遗址出土的纪年瓷器,最晚的年号为至正元年。据此推断,这批工艺成熟的元青花瓷器为1341年(元至正元年)之前,约1313年前后(元延祐年间)的产品。

"由此,结合考虑瓷器烧造技术有一个产生、发展和成熟的过程,从而推断元青花瓷器极有可能在至元初期就创烧成功了。"陈永志说。

见证集宁路商贸繁荣

"高足杯又称马上杯,通常用作酒具,是元代常见的器皿。其实,它就是一个固定样式,除了瓷质,还有其他材质的高足杯。"内蒙古博物院"交融的魅力"策展人张彤研究员说:"这件高足杯上的凤纹,是中华传统文化里惯用的纹样,它出现在元代常见的高足杯上,可见中原文化和北方游牧文化的融合。"

两种不同背景文化的融合,除了体现在瓷器上,还有哪些方面呢?随着考古发掘的逐步深入,一个商贸繁荣、高度融合的元代城市呈现在了大家面前。

史料记载,元朝统一全国后,实行行省制,下设路、府、州、县,全国按地区分为十一个行省,阴山以北的漠北瀚海地区设为岭北行省。建立于1192年(金明昌三年)的集宁路古城在元代被升为路级(相当于今天的地级)城市,是北方与中原内地进行商贸交易的市场。

按发掘确定出的城垣结构测算,集宁路古城的北城墙长为640米,西城墙长为940米,古城呈长方形,城垣面积为60多万平方米。

城址的中西部中心地带,是集宁路古城进行商品交易的主要场所市肆所在地。市肆遗址东西长100米,南北宽60米,一个个"门脸房"房址分布于十字街道两侧,均由正南北向多开间的多组房屋组成。

集宁路古城遗址除出土了大量瓷器外,还出土了大量古钱币、坩埚、铜渣、料珠、箭镞、铁刀、铁钉、犁耙锄,以及骨器具、皮革加工器具、牛马用具、首饰器物等。这些实物说明元代的集宁路古城作为一座塞外商业城市,城市功能较为完备,商品交换内容广泛,它与岭北蒙古各部贸易往来繁忙,是岭北行省通往中原内地的物资集散地或中转处、加工场。在这里,农与牧交流,蒙古、汉、女真、契丹多民族交融。

陈永志说,元朝陆路贸易的发达程度不亚于海上贸易,而位于古阴山(今大青山)以北农牧结合带的集宁路古城即是欧亚商贸往来与文化交流过程中的枢纽与桥梁,是草原丝绸之路东端的一个重要起点。

(图片由内蒙古博物院提供)

莲花形金盏托:奢华之中见证神秘西夏

■高瑞锋

西夏,一个由党项人建立的神秘国度。

二十四史中没有西夏史,其他史料中也少见记载。

但是,随着黑水城文献的重见天日、西夏陵的考古发掘、高油坊古城遗址金器的华丽出土……一个曾经雄踞于中国西北的文明古国,伴随着激越的牦牛角号声,穿越金戈铁马的历史烽烟,迈着彪悍的步伐缓缓走来,告诉了世人一个强悍、包容、善学的西夏王国。

中华文明闪耀西夏王朝

在内蒙古博物院"交融的魅力"展厅,国家一级文物莲花形金盏托在众多同时期文物的衬托下,闪耀着迷人的光芒,低调而华贵。

莲花形金盏托的托盘高4.5厘米、直径12厘米;碗盏高3.5厘米、口径10.6厘米,通体呈莲花状,托盘、碗托外缘均錾刻缠枝花草纹,做工精致,造型美观,出土于巴彦淖尔市临河区高油坊西夏古城遗址。

静默的文物背后,折射出一个强悍而善学的神秘古国西夏。

史载,西夏由党项最强大的一支拓跋部建立。该部落在李继迁、李德明、李元昊祖孙三代的努力下,不断发展壮大。公元1038年,李元昊正式称帝建国,并仿照唐宋建立起一套完整的政治制度。

"党项部落发源于青藏高原东部,唐朝初年,在吐蕃势力的压迫下离开故土,迁往陇右庆州一带。安史之乱前后,逐渐进入陕北和鄂尔多斯地区。西夏强盛时,东尽黄河、西达玉门、南接萧关、北控大漠,约有几十万平方公里的面积,大致相当于现在的宁夏中北部,甘肃西部,内蒙古西部,陕西北部,以及青海部分地区。"宁夏大学中华民族共同体研究院院长、西夏学研究院院长杜建录说,西夏完成了西北地区的局部统一,为元代大一统奠定了基础。

杜建录说,西夏立国189年,历经10位皇帝,前期与北宋、辽对峙,后期和南宋、金鼎立,是我国历史上第二个"三国鼎立"时期。西夏称宋为南朝,称辽为北朝,自称西朝,是当时中国大地上的三个兄弟政权。

西夏统治者高度重视农业、牧业、冶铁业、采盐业和商业交换,鼓励开荒和农耕,中原地区较为先进的农业生产技术被广泛引入,西北地区的农业生产取得了空前发展,建成了仅次于长安城的西北地区大型城市兴庆府(今银川市)。

杜建录说,西夏和周边民族的商业交换非常密切,早在唐五代,党项马是最受中原欢迎的商品;"夏人剑"享誉天下,广受宋朝达官贵人的喜爱,宋钦宗也经常随身携带。

西夏以儒治国,崇宗乾顺重视文教,大力发展儒学,建立学校;其子仁宗仁孝,提倡文教,实行科举,颁布以儒家思想为指导思想的《天盛改旧新定律令》,尊孔子为文宣帝,使西夏尊崇儒学达到了顶峰。

"西夏文字的创制完全借鉴模仿了汉字,汉文和西夏文是西夏的通用文字;西夏纪年采用我国古代传统的年号纪年;国主在位时上尊号,去世后上庙号、谥号,陵墓有陵号。"杜建录说,但是,在接受汉文化的同时,西夏依然保留了本民族的自然崇拜等习俗。

中原文化融入西夏日常

"莲花形金盏托是西夏上层人士使用的茶器,莲花在中国传统文化中象征着圣洁、吉祥、平安,托盘、碗托外缘上的缠枝花草纹,是中国传统纹饰。"杜建录说,显而易见,它的造型取材于宋瓷中最常见的莲花,其素雅的风格、优美的造型,大体与两宋时期的金银工艺一致,可谓"宋风"浓郁。

史载,党项人食肉饮乳,特别需要茶叶帮助消化,西夏立国后,在中原文化的影响下,达官贵人和普通老百姓的日常生活都离不开茶,对茶叶需求量很大。西夏虽然占据着河套平原和河西走廊的富庶之地,但是毕竟不产茶叶,只能通过"贡使贸易"来获取所需。宋、夏交好时,西夏定期向宋派遣使者进贡马匹、土产,而宋则回赠茶叶、绢帛、金银、衣物、瓷器等。

"党项人早期曾使用木碗,内迁定居后,渐用瓷器。"杜建录说,近年来,根据出土的西夏碗、壶、盏等饮食器具可知,单

西夏莲花形金盏托

调的白色、黑色和褐色陶瓷是西夏普通百姓的用具,官营作坊中的细白釉瓷器供官商人士所用,皇室贵族除了使用精细瓷器外,还使用金银器做成的饮食器具。

金器,在中国古代社会,多是皇家和上层贵族拥有的奢侈品,西夏也不例外。

"西夏的金银铸造业十分成熟,已熟练地掌握了铸、锻、锤、拉丝、织金银、镂雕、抛光、切削、镏金、镀金、贴金等技术,工艺相当精细。"阿拉善博物馆研究员蔡彤华说,但是,西夏境内金银资源缺乏,除了宋朝每年岁赐外,他们还到处购买,致使宋朝"京城金银价贵"。因资源缺乏,西夏王朝严格规定金银器使用范围,规定只有皇室贵族才有权享用,平民庶人不得使用。

杜建录说,西夏是一个以党项为主体的多民族政权,境内还有鲜卑、吐蕃、回鹘等其他民族,在长期的交往交流交融中,形成了以中原汉族文化为核心,杂糅党项文化、鲜卑文化、吐蕃文化、回鹘文化等成分的西夏文化,可谓你中有我,我中有你,绚烂多彩,成为辉煌灿烂中华文化中的重要组成部分。

中华大地散落西夏遗珠

公元1227年,随着成吉思汗大军的到来,西夏灭亡,图书典籍随之也荡然无存。在宋、辽、金三史中,只保留了篇幅较小的《西夏纪》《夏国传》,长期以来,人们对中国的这段历史了解甚少。

西夏,在后人心里披上了一层神秘面纱。

公元1804年,即西夏灭亡577年后,清代著名学者张澍在甘肃武威发现了一块"重修凉州护国寺感应塔"碑,碑上一面是汉文,一面是类似汉文、却比汉文繁复的方正字体,这就是消失了几百年的西夏文。它的发现,为后人研究西夏历史打开了一条通道。

位于额济纳的黑水城,是现今已知唯一一座用党项人语言命名的城市,20世纪初,里面发现了大量西夏时期的陶器、铁器、瓷器、西夏文文献等珍贵文物。其中一本文献名为《蕃汉合时掌中珠》,里面汉文、西夏文对照互译,相当于现在的字典。黑水城珍贵文物的发现,直接促使一门新的学科诞生——西夏学。

西夏的神秘面纱至此被缓缓揭开。

20世纪五六十年代,高油坊西夏古城遗址被发现,挖掘出土了莲花形金盏托、金指剔、金耳坠、金碗等金器以及瓷器、钱币等一批珍贵的西夏文物,另外还有大量的宋代瓷器、钱币以及少量的金代钱币等。

20世纪70年代初,西夏陵的考古发掘工作开始持续展开,为世人揭示了一个更加立体的西夏。

"在西夏时期,像现在内蒙古的鄂尔多斯市、乌海市、阿拉善全部、巴彦淖尔市的大部分地区,都是西夏的版图。"蔡彤华说,除了阿拉善和巴彦淖尔发现了西夏遗存外,鄂尔多斯发现了西夏城坡古城遗址,出土了大量西夏兵器,乌海发现了西夏石雕像。

据初步统计,迄今为止,在原西夏境内发现西夏遗址数百处;故地之外,河南、陕西、河北等地,也陆续发现了西夏文石碑、石幢,西夏皇裔族谱等稀世文物。

这是否说明,西夏灭亡后,有遗民流落到此呢?

"西夏灭亡后,西夏遗民除留居本土的外,还有大量人随着蒙古大军西征南伐,战争结束后就地转业,散居到了大江南北、黄河两岸,经过几代人繁衍生息,逐渐融合到了汉族、蒙古族当中。"杜建录说,至今,内蒙古鄂托克前旗聚居着一部分被称为"唐古特斡孛黑坦"的党项人,他们早已按汉族习俗改为唐姓,还有一部分改为王姓和马姓。

西夏人,早已在奔腾向前的历史长河中,从"他们"变成了"我们"。

因为多元,所以强大;

因为一体,所以生生不息;

这,就是中华文明源远流长的根本。

(图片由内蒙古博物院提供)

陕甘宁边区政府贺年信:讲述内蒙古的红色记忆

■高瑞锋

　　草原上的惊雷,因幽旷而更显猛烈和闪耀。百年前,中国共产党的诞生如惊雷劈开厚重的乌云,使马克思主义真理之光遍撒草原。

　　因着这光的指引,内蒙古英雄儿女同许许多多仁人志士一样,一路向着光明披荆斩棘,勇往直前,抛头颅、洒热血,不惧白色恐怖,抗击日寇、保家卫国,捍卫民族大义,写就了篇篇壮丽华章。

共产党人的好朋友

7月的呼和浩特,温度宜人,绿草茵茵,繁花似锦。

　　在内蒙古博物院三楼的"草原丰碑"展厅里,参观者络绎不绝,讲解员铿锵有力的话语介绍着一件件革命文物的来历和它们背后的一段段内蒙古革命史。

　　一个角落的展柜里,柔和的灯光照着一张年代久远的泛黄纸张,这是陕甘宁边区政府致乌审旗西协理奇国贤的贺年信,国家一级文物。

　　奇国贤何许人?

为什么陕甘宁边区政府会给他发来贺年信?

奇国贤,又名道布庆道尔吉,蒙古族,1910年出生于伊克昭盟乌审旗沙尔利格。青少年时期,奇国贤深受革命运动影响,萌发了反抗剥削压迫,追求光明进步自由的思想意识。多次受打击和摧残后,他由同情革命转变为追求革命。

1936年春,他与共产党人高岗、张爱萍、曹动之、田万生结拜为兄弟,表示赞成共产党的政策主张,并开始向人们宣传共产党的政策主张。

"奇国贤与一般的蒙古族群众不同,他是蒙古族黄金家族后裔,又是执政的上层人士,有权有势。"乌审旗档案史志馆档案研究馆员郝继忠说。

1940年,奇国贤任乌审旗西协理,按照国民党乌审旗政权里的排位,札萨克王爷下来是东协理、西协理,奇国贤算是旗里的三号人物,相当于现在的副旗长。

作为旗里执政的上层人士,奇国贤毫不畏惧国民党顽固派的监视,和共产党人成为了好朋友,公开与他们交往,几次去过延安,给驻守绥德的359旅购买过大量军马,利用职务之便促使旗札萨克特古斯阿木古朗和中共乌审旗工委建立联系,创办学校招收进步青年。

在他的影响下,他的家人以及好多的进步青年、进步上层人士都跟共产党建立了亲密友好的关系,有的进步青年

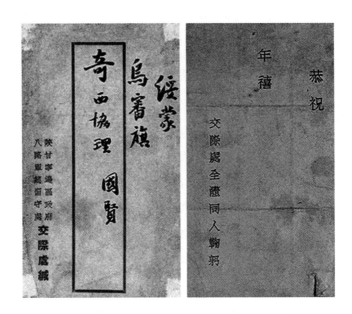

陕甘宁边区政府致乌审旗西协理奇国贤的贺年信

甚至直接跟着共产党投身革命。

"他为共产党在伊克昭盟南部地区,特别是乌审旗地区的活动提供了极大方便。"郝继忠说。

团结一致抗击日寇

1935年,毛泽东率领中央红军长征到达陕北后,把目光投向伊克昭盟(即今天的鄂尔多斯),乌审旗成为他重点关注的地区。

彼时,伊克昭盟是阻断日本侵略者攻占大西北的咽喉地带,西北之锁钥,战略地位十分重要。共产党和国民党都对伊克昭盟十分关注。

1935年12月20日,毛泽东以中华苏维埃人民共和国中央政府主席的名义发表了《对内蒙古人民宣言》,宣布将国民党陕北军阀霸占的伊克昭盟土地、盐池交还内蒙古,同时派出毛泽民、高岗、赵通儒等一批干部深入以乌审旗为中心的周边地区开展工作。

这是毛泽东主席对蒙古民族发表的第一个宣言,阐述了中国共产党对蒙古民族的基本方针、政策。受到了奇国贤等蒙古族上层人士的欢迎。

1938年11月22日,《中共中央关于绥蒙工作的决定》再次指出"我们党与八路军在绥蒙工作的任务,是要去唤起和团结蒙汉一切力量,一致联合抗日"。

"依靠强有力的政治军事后盾,中国共产党在乌审旗的工作得以逐步展开,抗日民族统一战线的政策主张产生良好的影响,乌审旗部分上层人士也积极与共产党人建立了联系。"郝继忠说。

前仆后继无惧牺牲

"草原丰碑"展厅墙上的历史照片中,奇国贤一行于1939年到延安的黑白照片也在其中。照片中的他面庞清癯,神情严肃,嘴唇紧抿,眼神坚定。这坚毅的神情,昭示着他跟着共产党走到底的决心。

彼时,邻近陕甘宁边区的乌审旗西南部,已被国民党顽固派视为赤色区域。奇国贤的亲共举动,也逐渐引起国民党所属的乌审旗政府护理札萨克奇玉山及特务的敌视和仇恨,国民党绥蒙党部将奇国贤列为重点监视对象,企图暗害。

1942年11月2日，奇国贤被伊克昭盟守备军司令陈长捷诱捕。他不惧严刑拷打和威逼利诱，拒绝供出中共乌审旗工委的组织及活动情况，并说："我已横下一条心，一条路走到底，决不回头！"11月13日，奇国贤英勇就义，年仅32岁。

茵茵草原向光而生，内蒙古英雄儿女无惧腥风血雨，前仆后继走在追寻真理的革命大道上。

在奇国贤牺牲的第二年，1943年3月26日，札萨克旗爆发了反抗国民党军事高压政策的"伊克昭盟事变"。4月5日，奇国贤堂哥、乌审旗西蒙抗日游击队第一支队原大队长奇金山率部起义，接受共产党领导，改编为西乌审保安团，这是伊克昭盟第一支受共产党领导的团级建制的蒙古民族武装。1944年12月，西乌审革命根据地成立了抗日民主政权——蒙汉自治抗敌联合会，奇金山任主任。1945年2月，奇金山被国民党东乌审部队偷袭杀害，时年52岁。

那顺德力格尔，西乌审进步人士、新三师骑兵营长，因受国民党顽固势力排挤，脱离新三师。1940年8月，他在中共乌审旗工委的帮助下前往延安，受到毛泽东、朱德等领导人的接见。他先后担任延安民族学院蒙古文教授、陕甘宁边区政府委员等职。1943年7月，47岁的那顺德力格尔病逝于延安。

除了奇国贤、奇金山、那顺德力格尔这些赫赫有名人物，乌审旗还有毛罗扎木苏、赵玉山以及很多蒙古族群众都和共产党亲近,很多人还曾到延安参观,并受到毛泽东、朱德的接见。

郝继忠说:"抗战期间,1941年中共中央西北局成立后,民族工作成为西北局工作重点。民族工作里最成功的是对蒙古民族的统战团结工作,这之中最有成果的地区是乌审旗和鄂托克旗南部。"

百年大党,认定团结就是力量,永远把各族人民放在心中,各族人民也把共产党视为自己的依靠。

诚如1943年8月7日延安《解放日报》发表的那顺德力格尔临终遗言所言"中国共产党及其领袖毛泽东先生,中国共产党领导下的八路军和陕甘宁边区,是唯一能够指导和帮助我们蒙古民族解放的力量,因为他们是真正为一切被压迫民族和人民谋利益的先进革命力量。共产党的奋斗方向,就是全中国人民的奋斗方向"。

(图片由内蒙古博物院提供)

货郎担:草原儿女投身革命见证

■院秀琴

　　"我们是各民族的优秀子孙,我们是中国真正的主人。汉、满、蒙、回、藏、苗、彝,亲密团结在一起⋯⋯"这是延安民族学院的校歌。这些音符,唱出了民族地区各族儿女内心的情感,也成为我们民族基因里的红色印记。

　　1937年,中共中央、中央军委机关迁驻延安,从此,延安成为中共中央所在地和抗日战争的指挥中心。在中国共产党抗日民族统一战线的感召下,大批爱国青年、革命者冲破重重阻力、跋山涉水奔赴延安,他们在延安民族学院接受共产主义思想教育,学习马列主义理论和文化知识。

　　在内蒙古博物院解放之路展厅陈列着一件国家一级文物——货郎担,它见证了贾力更烈士乔装成"货郎",护送蒙古族、汉族革命青年赴延安民族学院的动人故事。

创办民族学院　　倡导民族团结

　　1938年11月6日,毛泽东主席在中国共产党六届六中全会上提出:"我们的抗日民族统一战线,不但是国内各个党派、各个阶级的,而且是国内各个民族的。"口号提出后,全国各地各民族青少年纷纷奔赴延安。

随着日本侵略者的步步紧逼,绥蒙地区抗日形势日趋严峻,培养一批熟悉本地区情况的民族干部,更好地开展对敌斗争,成为迫切需要解决的问题。

"1939年至1941年,大青山地区党组织动员选派100余名蒙汉青少年到延安学习,年龄最小的云照光只有10岁。"内蒙古博物院研究员云小青指着陈列柜里的货郎担介绍,"贾力更烈士在归绥城郊开了个杂货店,经常肩挑货郎担,手摇拨浪鼓,走街串巷,出入乡村,以此为掩护从事地下工作。他就是挑着这副货郎担护送革命青年去延安的。"

资料显示,货郎担由箱、货筐、货郎鼓、垫架、盖帘、扁担组成。扁担长209厘米,宽5.3厘米;货筐口径45厘米,高26厘米;箱长48厘米,宽35厘米,高40厘米。

1939年7月,在贾力更、张禄的带领下,布赫、奇峻山、云照光、云晨光、云成烈、李文精、朱玉珊、李永年、云世英、巴增秀、云曙碧、张玉庆等22名蒙古族青少年踏上了去往延安的征途。他们打扮成农民模样,挑着货郎担,以打短工为名,向黄河边进发,他们走了一个多月,每个人的脚上都磨起了水泡,在经过米脂、绥德之后,终于到达了红色圣地——延安。中共西北工委很重视这批蒙古族学生,把他们集中编成蒙古族青年第55队,送往陕北公学参加学习。

1939—1941年间,贾力更烈士先后选送了三批蒙古族青年赴延安学习,为培养民族干部做出了贡献。1941年3月,贾力更奉调带领一批青年赴延安学习。19日,行至绥西张启

贾力更烈士乔装"货郎"时用过的货郎担

明沟时与敌遭遇,突围时不幸牺牲,时年34岁。

这副货郎担,担起了贾力更烈士在革命道路上的初心使命,担起了培养民族干部的希望。

1940年陕北公学成立少数民族工作队,1941年6月又成立民族部,这就是延安民族学院的前身。随着少数民族学员不断增加,成立一所专门培养少数民族干部学校的行动开始酝酿。

"为加强党的领导及开展少数民族地区的工作,中共中央西北局1941年成立。"云小青研究员说,随着抗战形势的发展,迫切需要培养大批的少数民族干部,1941年9月18日,中共中央西北局在陕北公学的基础上,把中央党校民族班、西北工委民族问题研究室、抗日军政大学、中国女子大学、鲁迅艺术文学院等院校的少数民族学员集中起来,创办了第一所培养少数民族干部的学校——民族学院,院长由中共中央西北局书记高岗兼任,乌兰夫任教育处处长。入校学习的蒙古族、回族、藏族、彝族、苗族、满族等少数民族和汉族学员共200多名,其中蒙古族学员占40%,在延安民族学院人数最多。

弘扬红色传统　培养革命火种

英雄虽已牺牲,承载在货郎担里的希望火种和不怕牺牲的伟大精神,代代相传。

我国著名法学家王仲方20岁时到延安民族学院执教,学校里没有统一教材,王仲方就根据学生的情况、文化程度自己编著教材。他在接受媒体采访时说:"这些学生因为来的地方不同,各个学生文化程度也不一样,在这个情况下,组织教学还是挺不容易的。"

王仲方从各种课本里面、从党的文件里面、报纸里面甄选出一些适当的材料,自己刻钢板,再油印出来,供学生们学习。《义勇军进行曲》《国际歌》《三大纪律八项注意》《党的抗日十大纲领》……都曾经是他们的学习材料。

曾任延安民族学院教育处副处长的宗群1958年在《中国民族》撰文《回忆延安民族学院》记载:"学院的教学组织是以班为进行教学的单位。每班设主任教员一人,相当于今天的班主任。他们的职责除了进行政治思想工作外还做联系各科教师的工作。各个班基本上是根据学生的汉语文程度组成的。多数是各民族的混合班……各班的教学计划是根据学生们的具体情况制订的。课程主要是文化课和政治课，有汉语文、数学、史地、政治和时事等课。各班文化课的多少和他们的文化水平成反比。为了发展各民族的语言文字，蒙古族学生还要学习蒙语文，藏族学生要学习藏语文。此外，还有不定期的关于民族问题的报告。"

深入学习马克思主义民族问题理论和中国共产党的民族政策，使每一名学生对民族关系都有了崭新的认知。

此外，生产劳动也是延安民族学院的一门"必修课"。《回忆延安民族学院》记载："有的到几十里路以外的山上去开荒种地；有的参加季节性的锄草、送粪；为了冬季取暖有的去到山林里伐木烧炭，有时会遇上野猪和黄羊，有时会听到豹吼和狼嚎。也有的从事纺棉线或纺毛线，而且有些人还能纺头等线。有的学会了打窑洞，就三五个人组成一个小组进行打窑洞的生产，大约用十天到半个多月的工夫，他们就可以打成一孔冬暖夏凉的窑洞了。还有的参加集体种菜，同时个人种菜。义务的集体种菜劳动，所得的收益归集体所有，个人种菜的收益则归个人所有。每当收获蔬菜的季节，生产的南瓜、西红柿等大有吃不胜吃之慨。这样就实现了'自己动手丰衣足食'的目的。"

云小青研究员说："民族学院从1941年创办到1948年结束，历时7年。随着战争形势的需要，从延安迁址定边、城川，转战陕北。在极端困难的环境中，保持民族平等、团结友爱、自力更生、艰苦奋斗的优良校风，中国共产党高瞻远瞩，民族学院为抗日战争、解放战争及新中国的建设培养了大批优秀的民族干部。"

传承红色基因　赓续精神血脉

定边是红军到达陕北的第一站,由于党在定边卓有成效的民族工作及较好的文化教育基础,1944年5月民族学院迁址定边。为使少数民族学生直接融入民族地区锻炼,1945年3月民族学院由定边搬迁到伊克昭盟(今鄂尔多斯)鄂托克旗(今鄂托克前旗)城川镇,沿袭民族学院建制,改称城川民族学院。

随着抗战形势的变化,中共中央西北局决定从民族学院抽调一批干部和学员前往绥蒙地区和陕甘宁地区工作,高年级的学生纷纷离开延安民族学院,他们要到抗战前线去,到群众中去,到困难的地方去。抗战胜利后,延安民族学院部分师生,返回内蒙古地区开展自治运动,为内蒙古自治政府的成立做出了贡献。

延安民族学院培养了大批少数民族干部和从事民族工作的汉族干部,曾经,他们青春似火,怀揣着希望和信仰播撒革命的火种,如今,在他们曾经挥洒血汗的土地上,红色基因已经深深扎根。2002年,城川民族学院旧址上建立了延安民族学院城川纪念馆,2017年,又在原址恢复建立了城川民族干部学院。如今,"红色课堂""红色体验""红色活动""红色经历"正在城川纪念馆、城川民族干部学院如火如荼地开展。

"新时代,城川纪念馆、城川民族干部学院要更好地发挥作用,就必须坚持正确的办学方向,把学院办成民族干部党性教育的基地,办成铸牢中华民族共同体意识的基地。"内蒙古党校党史党建教研部主任孙杰在接受本报记者采访时说。

习近平总书记在中央民族工作会议上的讲话中指出:"要准确把握和全面贯彻我们党关于加强和改进民族工作的重要思想,以铸牢中华民族共同体意识为主线,坚定不移走中国特色解决民族问题的正确道路,构筑中华民族共有精神家园,促进各民族交往交流交融,推动民族地区加快现代化建设步伐,提升民族事务治理法治化水平,防范化解民族领域风险隐患,推动新时代党的民族工作高质量发展,动员全党全国各族人民为实现全面建成社会主义现代化强国的第二个百年奋斗目标而团结奋斗。"

击鼓催征,我们听到了踏上新征程的号角。

"……今天是各民族学习的伙伴,明天是革命中战斗的先锋。同志们,让我们携起手来,高举起民族革命的旗帜。迈步走向平等,幸福,各民族团结的新中国!"延安民族学院校歌激励各族人民团结协作、共创未来。今天,在伟大建党精神的激励下,我们肩上的"货郎担"担起的不仅仅是各民族共同团结奋斗、共同繁荣发展的初心,更担起了中华民族伟大复兴的中国梦。

(图片由内蒙古博物院提供)

◎ 看传统技艺·听融合故事

KANCHUANTONGJIYITINGRONGHEGUSHI

"文化认同是最深层次的认同,是民族团结之根、民族和睦之魂。"习近平总书记在参加十三届全国人大四次会议内蒙古代表团审议时的重要讲话,道出了各族人民亲如一家的文化根基,揭示了中华民族多元一体的精神血脉。

为传承和弘扬中华优秀传统文化,《看传统技艺·听融合故事》,以我区各族群众共同创造的非物质文化遗产以及独具特色的民间技艺为聚焦点,讲述内蒙古各民族文化交融互鉴、共同繁荣、传承发展的融合故事,激励全区各族各界、各行各业进一步铸牢中华民族共同体意识,增强文化认同,坚定文化自信,在建设现代化内蒙古的新征程上团结奋斗、勇往直前,奋力书写新时代高质量发展的内蒙古篇章。

龙灯鼓：多种艺术汇聚铿锵节奏

■院秀琴

浩浩荡荡的黄河水，擎着青藏高原的云烟，携着黄土高坡的风尘，一路奔涌而来。上游的最后一条支流——大黑河，在托克托县河口村汇入黄河。独特的地理位置使这里成为我国北方著名的水旱码头，持续了两百余年的繁荣，也造就了丰富多彩的民间文化。其中，龙灯鼓就是独具特色的民间艺术瑰宝之一。

"几股麻绳拧成一股"

河口所在的托克托地区，背靠阴山，面向黄河，气候温和，四季分明，土肥水美，宜牧宜农。清代以来，河口逐渐成为我国北方著名的水旱码头，商铺林立，走西口的各路人马往来云集，最繁盛的时候，狭长的小镇一度容纳四五万人。

商业的发达为文化的繁荣奠定了基础。随着商社、行社、同乡社等民间社团一同兴起的，还有河口的社火文化。社火表演包含各种杂戏、杂耍，河口龙灯鼓就是其中之一。

龙灯鼓是为龙舞伴奏的打击乐，由鼓、铙、钹3种乐器组成，当地俗称"隆咚鼓"。

河口是一个由移民聚居逐步发展起来的小镇,河口的龙灯鼓也同河口的居民结构一样,荟萃融合了晋、陕、冀、青、宁、内蒙古等地的民间艺术而逐渐成形,是山西威风锣鼓、陕西花鼓等多元文化元素相互吸收、相互交融的一种民间艺术。

祖籍山西原平的马开雄今年54岁,是呼和浩特市非物质文化遗产河口龙灯鼓的传承人,从14岁开始打鼓,到如今已经整整40个年头。马开雄的爷爷和父亲都是祖传的铁匠,沉浸于冶铁煅钢、浴火挥锤的节奏之余,对鼓乐也十分钟情。因为热爱,祖孙三代坚持擂鼓上百年,使河口龙灯鼓得到了传承和发展。

"就像麻绳一样,分成几股,最后到了一起、拧成了一股!"马开雄用一个形象的比喻向记者介绍起河口龙灯鼓的起源。

相传,当地"吃河路饭"的行业如财大气粗的船东、长期从事漕运的人员共同兴办起了"兴隆社",该社特制了两条大龙灯,龙头重达七八十斤,龙身长三丈余,由十二骨节和龙尾组成。一条龙头、龙皮为金黄色,人们称之为"火龙";另一条龙头、龙皮为青白色,人们称之为"水龙"。舞龙时,需两三班人轮舞,每班十余人。特别是掌龙头的,必须是身材魁梧的壮汉才能舞个一两场。

这两条龙体重身长型美,且制作时间较早,被人们尊称为"老龙"。每年元宵节活动时,水、火二龙轮流出演。伴奏龙舞的鼓曲就是龙灯鼓。

河口因水而生,因水而兴。随着水运的衰微,河口的繁华

河口龙灯鼓

渐渐落幕。然而龙灯鼓这一民间艺术形式,却保留了下来。

"耍得就是一种气势"

河口的鼓手多出自当地一个叫作"贾圪卜"的地方,据推断可能与此处居民世代以捕鱼为生有关。这里的男子从七八岁开始就上船敲梆子打河网,敲梆子的作用是惊鱼入网。"慢慢地就敲出了鼓点韵律,练成了打鼓的童子功,噔噔噔,噔噔噔……"马开雄说着敲起桌子打起鼓点。

在世世代代的传承中,河口龙灯鼓在保持原谱的前提下,经过艺人们不断潜心钻研、精益求精,创作出一套独特的打击技法,形成了特色鲜明的音色和韵律。

"我们现在一面鼓对应5个人,1个打鼓的,2个耍铙的,2

个垫钹的。"马开雄介绍，龙灯鼓还有一个特别之处在于，鼓身内部会安装当地有名的铁匠盘打的铁条弹簧。"鼓点急促的时候，鼓槌敲在鼓皮上会发出'嗡嗡'的颤音，我记忆当中是8根簧，后来有减到6根的、4根的，现在装簧的鼓越来越少了。"马开雄说。

千锤打鼓，一锤定音。河口龙灯鼓的打击法是铙倡鼓和，钹击节拍。杨诚、杨子扬编著的《古镇河口》一书中介绍，河口龙灯鼓以铙为演奏中的导引，整个鼓曲的音响高低、节奏缓急、速度快慢、着力轻重，都取决于铙手的控制。铙手舞铙的手法千形万状，令人目不暇接。两合铙片，相迎互击，径尺之际，分为上下左右、里外边心等不同音区，不同音区各有相应的技法，或击或擦或推或拉或旋或掏，灵活敏捷、变幻莫测。鼓手双槌与铙密切应和，在鼓面的不同方位或击或敲或抹或磕，鼓点花样翻新，槌法起伏多变。钹手根据铙、鼓的音域需求，或缓或急或高或低垫击节拍。铙、鼓、钹3件乐器浑然一体，丝丝入扣，时而声如轰雷，犹疾风暴雨倾天而降，时而轻缓昂扬，如和风细雨徐徐飘荡。这种"铙倡鼓应钹助势"的演奏方式，自然形成一种有问有答、有呼有应，紧凑和谐又跌宕起伏的气势，闻之令人欢欣鼓舞。

"龙灯鼓耍得就是一种气势，像一些大型的开幕式，一些社火表演、婚嫁仪式等日常喜庆活动中，敲起龙灯鼓就给人一种振奋的感觉。"马开雄说。

"因为热爱共同传承"
黄河流域的人们淳朴温厚、刚毅不屈，热爱家乡、依恋故土,世世代代都烙印着黄河文化和黄河精神的鲜明印记,他们骨子里固有的剽悍勇敢、百折不挠,在河口龙灯鼓上得到了很好的体现,百年来,河口龙灯鼓在人们的口口相传中历久弥新、生生不息。

2019年,马开雄自掏腰包成立了托克托县河口龙腾鼓队,这支30多人的队伍中,有60%的成员是女士。"都是女汉子,我们的队员们也都是因为热爱走到了一起,共同传承这个文化。"马开雄介绍,这支队伍因为对河口龙灯鼓的传承和对中华优秀传统文化的继承、弘扬数次受到呼和浩特市、托克托县的表彰。

今年38岁的刘娜是托克托县河口龙腾鼓队的队长,也是龙腾鼓队的第一名女队员。刘娜的老家在和林格尔,跟随丈夫务工来到托克托县,渐渐地喜欢上了河口龙灯鼓这种"有激情"的民间艺术。"我性格比较外向,爱唱歌爱跳舞,后来发现龙灯鼓既能强身健体,又是我们国家的传统艺术形式,就更喜欢了。"刘娜说。

海纳百川、兼容并蓄,是河口龙灯鼓绵延百年的秘诀。不限地域、不分性别、凭借一腔热爱就能学习和传承。

时过境迁,与旧时相比,新时代背景下的龙灯鼓已然有了新的内涵,人们用龙灯鼓来歌颂我们如今幸福美好的新生活,龙灯鼓更成为一种地域文化的象征,成为对故土乡愁的一种承载。

（图片由托克托县融媒体中心提供）

■一言

一鼓作气　传承创新

■苏永生

　　托县河口的龙灯鼓,演奏者分工明确协调统一,声音铿锵激越,伴随着欢快的舞龙表演,给观赏者带来绝佳的艺术享受。

　　这一历久弥新的传统技艺能够长期传承,一方面在于当地悠久的历史和深厚的文化底蕴;另一方面也在于那些热爱传统技艺、甘于为弘扬这一技艺而倾注心血和汗水的一代代传承人。

　　一鼓作气,再而衰、三而竭。让古老的优秀传统文化得到传承弘扬,也需要一鼓作气,认准了目标就果断坚决地去实践、去执行。否则慢慢拖下去,就会丧失当初的锐气,背离原来的设想,执行起来就会事倍功半、甚至不了了之。

　　每一项优秀传统文化,都是中华民族文化宝库中不可缺少的组成部分,都需要在继承的基础上不断进行保护和创新,才能让其在新时代发出耀眼的光彩。

　　保护传承创新中华优秀传统文化,是一个系统工程,不能仅仅依靠文化部门和传承者个人的努力。只有全社会积极行动起来,心往一处想、劲往一处使,共同为传承创新中华优秀传统文化支招出力,为优秀传统文化传承创新营造良好环境,才能把我们的优秀传统文化进一步发扬光大。

满族太平鼓舞:举手投足舞出盛世太平

■ 高瑞锋

音乐响起,身着满族服饰的女演员们迈着吉祥步,娉娉袅袅走向舞台中央,轻柔优雅;男演员们的舞步欢快跳脱,槌击鼓面,鼓声"咚咚",喜庆欢乐;鼓柄"哗哗",清脆悦耳……

这是呼和浩特市新城区文化馆老年满族太平鼓舞队表演时的一个场景。

满族太平鼓舞,属民间传统舞蹈。太平鼓也叫单鼓或羊皮鼓,俗称庆丰收鼓或得胜鼓。太平鼓舞,顾名思义,就是用鼓声和舞蹈来表达人们对于盛世太平的歌颂、民族团结的赞美和美好生活的向往,同时也包含了祈盼年景风调雨顺、祝愿长辈健康长寿的意蕴,流行于内蒙古、辽宁、吉林、黑龙江、河北一带。

呼和浩特满族太平鼓舞至今已有近300年的历史,2009年被认定为自治区级非遗代表性项目。

因城而起 因城而兴

太平鼓,直径30厘米左右,外形似团扇,鼓的正面有的绘阴阳鱼,寓意和谐平安;有的绘牡丹花,寓意富贵幸福,鼓的背面常书写"天下太平"四字,因此得名太平鼓。

太平鼓是单面鼓,用高丽纸或者羊皮、牛皮、驴皮等材料做鼓面;鼓柄下端有多个金属环;槌长30厘米左右,尾部系绸带或绦穗。

太平鼓舞分舞蹈和击鼓两部分,鼓点、舞步变化多达几十种,队形变化丰富多样。

于慎孝,呼和浩特满族太平鼓舞自治区级非遗传承人。他说,太平鼓舞发源于东北满族聚居地区,最早是满族举行祭祀、祈福等盛大仪式时跳的一种舞蹈,表达了对自然的敬畏和感恩之情,也祈祷来年风调雨顺、五谷丰登。

表演太平鼓舞时,舞者一般以满族传统服装为主,女性要走吉祥步,可以体现出高雅端庄的美;男性的步伐以武步、矮子步为主,多模仿骑射、鸟兽的动作。舞蹈时左手持鼓、右手持鞭。

"太平鼓舞流传到呼和浩特至今有近300年的历史。"于慎孝说,清乾隆年间,呼和浩特修建绥远城时(即现在的新城区一带),调来八旗军驻防。八旗军主要是满族人,同时还有蒙古族人和汉族人。他们的到来,把流行于东北的太平鼓舞带到了绥远城,并逐渐流传开来。

打太平鼓,唱太平歌,贺太平盛世。

太平鼓舞从起源至今,表达的就是一种热情、积极、自信的生活态度。

逢年过节或者隆重的日子,人们常会跳起这种舞蹈,表达欢快喜悦的心情。

重新打造　再创辉煌

敲起太平鼓,富贵吉祥来。

然而,随着时代的发展,多种艺术门类的出现,从20世纪60年代起,太平鼓舞渐渐远离了人们的视线,淡出了人们的生活。

1986年,40岁的于慎孝调到呼和浩特市新城区满族小学担任校长。

就是这个机缘,让沉寂了20多年的太平鼓舞重现舞台,重新回到大众的生活中。

于慎孝在学校的库房里发现了30多个太平鼓,了解到该校的学生曾经跳过太平鼓舞,但是没有留下相关资料。看着这些太平鼓,于慎孝陷入了深思,觉得这是一个民族宝贵的财富,应该重新挖掘出来,让它重回大众视野。

多方查阅资料后,于慎孝对太平鼓舞有了一个清晰的认识,从学校里挑选出30多个女生组建了太平鼓舞队。

但是,由于缺乏详细资料,怎么样把"舞"和"鼓"完美融合在一起,成了需要面对的难题。

于慎孝借鉴和太平鼓同源的蒙古族单鼓的基本表演技巧,教学生们从基本动作练起:左手持鼓、右手执槌,胸前鼓、肩前鼓、腹前鼓、背鼓、护背鼓、托鼓、护头鼓、抖鼓、扬鼓、缠头鼓……

这样一步步练下来,终于重现太平鼓舞原有的风采。

"我们重点练习吉祥步,这是最具满族特色的标志性舞步。"于慎孝说,他把动作要领归纳为"上身挺直端平肩,前后甩手如凫水,眼睛注视上甩手,高雅端庄走直线"。

经过一个寒假的刻苦练习,当年正月十五元宵节闹红火时,久违多年的太平鼓舞上街参加了文艺队伍展演,当即引起瞩目,成为展演亮点之一。

初试成功,再接再厉。

于慎孝精心整编了太平鼓舞,以舞蹈动作为区分,分为成人版和少儿版两个版本,成人版突出端庄高雅,少儿版突出生动活泼,同时请来内蒙古广播文工团的作曲家于国俊为太平鼓舞配曲,增加了舞蹈的美感和观赏性。

太平鼓舞的配曲,在继承满族传统音乐的基础上,又加入了呼和浩特本土二人台的基调,喜庆中更添欢快。

越来越充实丰满的太平鼓舞名声愈加响亮,多年来不仅参加过内蒙古大型运动会的出场表演,而且还走进了内蒙古大型庆典活动的礼宾队伍表演行列,先后获得过新城区级、市级、自治区级的表演奖项和奖励。

全民健身　和合共融

从1986年至今,太平鼓舞已经舞动了37年。

一手让太平鼓舞再现辉煌的于慎孝也从一个成熟稳健的中年人变成了一个两鬓斑白的老年人。

今年77岁的于慎孝早已退休多年。但是,他退而不休,一直在为太平鼓舞的传承发展努力着。

"作为人类非物质文化遗产,太平鼓舞不仅仅是满族的,更应该是国家的、全人类的。"于慎孝说,经过多年努力发展,太平鼓舞的舞蹈形式更加丰富,现在除了满族小学外,太平鼓舞还走进了苏虎街小学、呼和浩特民族学院等多所院校以及中山东路新华社区等,已经从一种文艺形式发展成为全民健身娱乐项目,融入了老百姓的生活中。

春回大地,天气渐暖。

随着早晨第一缕阳光照进窗棂,家住呼和浩特市新城区中山东路新华社区的刘大妈已经在宽敞的客厅里练起了新编排的太平鼓舞步。

只见她头戴旗头、身穿满族旗袍、脚踏花盆底鞋,左手拿鼓、右手握槌,迈着吉祥步、步步生莲……

刘大妈是地道的汉族人,今年60岁,加入新城区文化馆老年满族太平鼓舞队已经3年了。"我从小对满族文化特别感兴趣,退休后参加过多种社区活动,但是最终在太平鼓舞队坚持了下来,太平鼓舞队满足了我对满族文化的渴求。"刘大妈说。

于慎孝说,这支队伍每年都有积极加入的新成员,队员平均年龄在65岁以上,他们中有满族、汉族、蒙古族、回族等各个民族,大家和谐相处,平时除了健身娱乐外,还经常参加社区和新城区以及自治区举办的一些演出活动,表演的节目已经成为新城区文化馆的品牌项目。

龙腾虎跃耀九州,各族儿女一家亲。

走进新时代的太平鼓舞,舞台更加广阔。它将以原生态的魅力敲响时代铿锵鼓点、舞出太平盛世多彩华章。

(图片由于慎孝提供)

■一言

让非物质文化遗产更好地传承

■苏永生 ————————————————————————————

以鼓伴奏,鼓之舞之。

太平鼓舞以它独有的原生态魅力,吸引着人们的目光。

"筚路蓝缕,以启山林"。我们的先民在艰难的生活环境中,始终不忘寻找快乐和希冀,正是这样,才有了太平鼓舞这个技艺的世代流传。

今天,呼和浩特满族太平鼓舞已经成为了自治区级非物质文化遗产,得到了多方关注与支持,表演形式也逐渐从剧场舞台走向社区大众,呈现出良好的发展态势。

但是,太平鼓舞在得到发展的同时,像大多数非遗项目面临的困境一样,也面临着传承后继无人的问题。

从市场经济的角度看,由于非遗项目的经济效益不会立竿见影,在很大程度上影响着它的传承发展。但是,非遗项目的价值绝不能仅仅从经济效益的角度来衡量。作为非物质文化遗产,它更重要的价值在于能够增强人们的文化认同和文化自信,在于对历史的忠实见证和对后世的深刻影响。

一种非物质文化遗产,其产生、发展、传承,都会受到多种因素的影响。在传承过程中,自然离不开传承人的坚守、社会的支持和大众的认同。如何真正做到让非遗项目走入寻常百姓家,让传统技艺更好地传承,不但需要传承人精益求精地研究技术,而且需要政府有关部门和社会各界的广泛支持,还需要开展有针对性的宣传、培训,让更多的人认识非物质文化遗产、走近非物质文化遗产、热爱非物质文化遗产,加入保护传承非物质文化遗产的行列,让非物质文化遗产更好地传承,在新时代焕发出更加绚丽的光彩。

脑阁:凌空绝技焕发时代光彩

■院秀琴

　　远远望去,身着华丽戏服的小孩"悬"在2米高的空中,浓妆重彩、扮相可人、裙裾翩跹、从容不迫,在人们的惊呼声中挥洒自如。再看顶脑阁的汉子们,负重前行中一摇一晃、一扭一颤,时而沉稳轻缓,时而碎步疾走。

　　脑阁表演队伍已经走远,观看的人们仿佛还在回味。呼和浩特市土默特左旗,位于阴山山脉的中部,北面是连绵起伏的大青山,南面是广袤的土默川平原,孕育了古老而美丽的中国传统村落——腊铺村,也滋养了很多魅力万千、特色鲜明的民俗活动,国家级非物质文化遗产、曾获中国民间文艺最高奖"山花奖"的脑阁就是其中之一。

历史悠久　成绩斐然

　　脑阁艺术的起源,可以上溯至隋唐时期。早期的"抬阁""节节高""背棍"等表演形式,在文化的碰撞交流中传至大江南北,在不同的文化背景和自然条件下形成了不同风格和流派。如广东的"飘色"、水上表演的"水色"、马上表演的"马色"等,形式多种多样。

　　土默特左旗脑阁是在抬阁的基础上演变而来的,相传是清朝时土默特首领为迎接康熙皇帝举行盛大庆典而从山西引进的民间艺术，流传至今已经有300多年的历史。

土默特左旗毕克齐镇腊铺村农民陈月喜今年68岁，是脑阁的自治区级传承人。他介绍，脑阁是山西、陕西、内蒙古西部等地区的方言，是传统节庆活动中的一种民俗巡游表演形式，其中"脑"的意思是将物品或人高高地扛起，"阁"则是一个捆绑焊接得非常结实的铁制架子。演出时将铁架子固定在一个成年人身上，这个扛阁的成年人被称为"色脚"，架子上站1至3名儿童，叫作"色芯"，每一成人与儿童的组合称为"一架"。"色芯"一般是3到8岁体重低于25公斤，长相俊俏、聪明伶俐的孩子，他们身着色彩鲜艳的戏服，妆扮成各种戏剧人物，再以花草彩绸装饰，如仙子下凡。当地流传着这样的说法：凡是参加脑阁表演的孩子，都会更加地平安、健康，所以很多家长都愿意让自己的孩子参加脑阁表演。

毕克齐镇腊铺村是有名的"脑阁村"，许多村民都是被父亲或爷爷"脑"在头上度过了童年。今年69岁的胡连刚就是当地土生土长的脑阁自治区级传承人，他六七岁起就开始在父亲肩上进行脑阁表演，成年后，又担当起了色脚的角色，扛着自家儿孙上街表演，几十年间，从未间断。

胡连刚见证了土默特左旗脑阁表演艺术的辉煌——1992年，毕克齐民间脑阁队赴深圳锦绣中华景区参加中国民俗文化村展演，荣获"弘扬民族文化"优秀奖。2006年，他们又代表我区参加第八届中国民间文艺山花奖暨中国首届民间飘色(抬阁)艺术展演，凭借作品《吉祥草原》获得我国民间文艺最高奖"山花奖"。2008年，脑阁被列入国家非物质文化遗产名录。此后,他们更是接到不少活动邀约,多次参加呼和浩特市、自治区重大节庆展演,还参加了《改生》《大盛魁》《长城内外》等多部电视剧的拍摄。

兼收并蓄　大放异彩

在土默特左旗,每年正月的社火活动中,脑阁表演都是重头戏,意为欢庆前一年的丰收,并预祝当年丰收在望。此外,婚庆、庙会等一些红火热闹的活动也少不了脑阁表演来助兴,脑阁早已成为喜庆吉祥的象征。

土默特左旗脑阁有着深厚的黄河文化底蕴,具有鲜明的民族特色和地域特色,在传承与发展的过程中,糅合了戏剧、杂技、舞蹈、音乐、力学、造型、装饰等艺术、工艺门类的元素,逐渐成为一种独具特色的本土艺术形式,是农耕文明和草原文明的结合体。

脑阁所展现的内容以传统题材的历史故事为主,如《梁山伯与祝英台》《天仙配》《白蛇传》《西游记》《八仙过海》等,还有表现内蒙古地区历史、文化、人物的故事,如《昭君出塞》《草原英雄小姐妹》《阿勒坦汗与三娘子》等。

进入新时代,脑阁艺术也在积极创新,表演的主题大多演变为祈求风调雨顺、平安团结、国富民强,表现各民族团结互助、共同进步的新形式、新内容也越来越多。"有的是表现神舟六号飞船的,有的是表现北京2008年奥运会福娃的,还有各民族服饰的展示。"胡连刚介绍。

脑阁表演起来不仅十分热闹,而且还有很高的技巧性。色芯把铁架子遮挡在戏服里凌空而立,色脚利用巧妙的力学原理,营造出"飘"的效果。

陈月喜擅长的是难度最大的三人架,他说,一架脑阁最难掌握的是起落环节,以三人架为例,铁架子50多斤,3个色芯近150斤,扛起近200斤的重量,保持平衡是个技术活。

"这是一种巧劲儿,用小腿及以下的力量带动全身,在锣鼓的伴奏下扭、颤、摆、走,再带动上面的儿童自然地跟着左右扭动。"胡连刚告诉记者,表演时,色脚表演者不仅要踩着鼓点走出漂亮的步伐,还要会做扭腰、转身等花哨动作,让上面的小孩子翩翩起舞,二者形成一个整体,才有舞蹈的美感。

脑阁表演一次一般5分钟左右,对色脚的体力有很高的要求。"2006年我们去广州参加飘色比赛,全程需要走6里地,我们硬坚持下来了,还能够夺冠,真是有点毅力了!"今年71岁的杨满清同样是脑阁自治区级传承人,作为队伍中年龄最大的演员,他已不再担任色脚的角色,却仍舍不掉这门技艺,当起了队伍的指挥和导演。杨满清介绍,在演出队伍休息的时候,成年人是坐在一个特制的板凳上,后面有专门的人负责踩住板凳保持平衡,这样演员们就可以得到短暂的休息。

胡连刚向记者展示了他手机里珍藏的演出照片,"我就是专攻这个高低架的,这个架子也叫偏架,脑起来难度比较大,下面这个小孩要比上面那个小孩重一些才能达到力的平衡。你看,这个扮演的是吕布,这个扮演的是貂蝉。"胡连刚说。

薪火相传　代代守护

杨满清回忆道,20世纪50年代,脑阁表演活动一度停滞,改革开放后得到恢复,当时连演4天,每天围观欣赏的人络绎不绝。如今,随着现代化进程的加速、农村人口的外迁,昔日孩子们争做色芯的盛况已不再,脑阁艺术的传承和保护困难重重。

近些年来,当地一直在推动脑阁的保护和发展。呼和浩特市非物质文化遗产保护中心在腊铺村兴建了"国家级非物质文化遗产项目土默特左旗脑阁传习所",每逢呼和浩特市、土默特左旗有重大节庆活动,都会安排脑阁表演。2016年,腊铺村建起了民俗文化馆,村委会2021年在此馆中专门开辟了脑阁展厅,把脑阁的演出服饰、道具等进行集中展览展示。

2019年,土默特左旗文化馆组织了以"传承非遗文化培育时代新人"为主题的非遗进校园活动,胡连刚、杨满清、陈月喜等传承人走进毕克齐中学等学校,向孩子们介绍脑阁,让他们感受到传统文化的魅力,也吸引了更多年轻人的关注。他们还编著了《国家级非物质文化遗产项目脑阁传习讲义》内部培训资料,全面、系统、真实地记录了脑阁艺术的技巧和发展等内容。

毕克齐民间脑阁队从1977年的15架脑阁、60多人参与发展到今天,已经是一支拥有24架脑阁、140多人参与的庞大队伍。

"我们是国家级非遗,不能断链呀,我们一定得把传承工作搞好。"胡连刚感慨地说,他的脑阁技法来源于父亲和爷爷,如今,他又将自己的技艺传授给儿子胡新龙,"让年轻人学起来,把这门民间传统艺术一代一代传下去。"

■一言

既要"脑"得动　又要走得远

■苏永生

土左旗腊铺村的国家级非遗脑阁,以其鲜明的民族特色和地域特色,以及丰富的艺术表演形式,得到了观众的喜爱,成为节庆活动中不可或缺的表演内容。

随着社会的发展,脑阁表演的形式和内容也更加贴近时代,在传承创新方面取得了可喜的进步。但是,这项非物质文化遗产同样面临着后继乏人的挑战。

要想让脑阁这一国家级非遗既能"脑"得动,又能走得远,需要社会各界共同参与、各负其责,付出艰苦的努力。

首先,要充分挖掘脑阁技艺中蕴含的历史文化,从内容和形式方面不断创新、与时俱进,使传统文化与时代发展同频共振。

第二,要充分发挥非物质文化遗产传承人的积极作用,通过举办非遗传习所、非遗讲堂,组建非遗文化传承队伍等形式,做好传、帮、带,让非遗文化不断发扬光大。

第三,要通过现代网络信息技术,加大对非物质文化遗产的宣传推介,让更多的人了解非遗、走近非遗、热爱非遗。

抖空竹:老技艺走入寻常百姓家

■苏永生

在呼和浩特市体育活动中心广场,经常可以看到一位老人在练习抖空竹,只见他手中的两根细杆不停地上下抖动,通过拴在细杆上的线绳牵拉着空竹不停地旋转。随着牵拉速度的不断加快,空竹发出嗡嗡的有节律的声音,越来越响亮。玩到一定程度,老人挥动细杆将旋转的空竹高高抛起,然后再用线绳将掉下来的空竹稳稳接住,引得现场人们发出一片喝彩声。

这位老人名叫哈尔嘎那,是记者曾经采访过的一位抖空竹高手。

过去,几乎每天上午,哈尔嘎那老人都会来到位于展览馆东路的呼和浩特体育活动中心抖上一回空竹。在活动中心平整开阔的运动场上,老人步伐轻盈,身手灵活,旋转的空竹仿佛与它成为一体。"风摆荷叶""鲁班拉锯""回头望月""挂红灯""金蝉脱壳""挑花车",一个个精彩的空竹招式被老人表演得活灵活现。

人和空竹完全合一,才能完全享受到空竹的魅力

走进哈尔嘎那家中,记者发现,一个木制架子上摆满了各种各样的空竹。"这个是单头空竹,抖起来变化大。这个是

哈尔噶那说，抖空竹最主要的是要掌握平衡，当年老师挑选弟子时，首先让我们走踏石，就是在地上平放几块砖，让我们踩在砖上来回走几遍，不掉下去的才算合格。老师说，做一个空竹人要具备"三德"，得到"三艺"。"三德"是君子无忧、智者无惑、勇者无惧；"三艺"就是抖、捞、盘3种空竹技艺。学习抖空竹要做到三分用力、七分用心，拿起空竹要静心，抖起空竹要忘我，不能有任何私心杂念。空竹要讲究"3个圆"：脚上踩得圆、手上玩得圆、空竹转得圆。抖空竹时，眼睛始终盯着空竹转轴，空竹转起来要与胸平齐，空竹升起来时，感觉就像自己升起来，落下来时就像自己落下来。空竹运动时感觉就像自己的心在运动，空竹到哪儿，心就到哪儿，人和空竹完全合一，这样，才能完全享受到抖空竹的魅力。抖空竹练到一定程度，感觉不仅是在锻炼身体，而且是在锻炼一种境界。

过去，抖空竹有专门的说词和讲究

哈尔嘎那说，过去，抖空竹有许多讲究，开始抖之前要加一段说词，边抖边说。这些说词大多是空竹艺人为了迎合有钱有权人的心理而编出的吉利话。哈尔嘎那说，正式的抖空竹表演一般包括拧花人、说话人、填仓人。专门负责表演抖空竹的那个人叫拧花人；相当于主持人的那个人叫说话人；站在表演者身后，当表演者出现失误时，及时为表演者补台打圆场的人叫填仓人。说话人的主要任务是报花名，表演者每表演一个招式，他就要报一次名。一场空竹表演，70%的功夫在说话人身上，因为他要主动卖关子来调动观众的情绪。

双头空竹,平衡好掌握。这个是哑空竹,没有哨不发音,在小区里练习时不影响别人。那个大的空竹可以多个人同时一起玩。这个木头的空竹是我以前用过的,现在虽然不用了,但是一直舍不得丢掉,因为一个空竹就能让我想到一段往事。"哈尔嘎那手指着架子上的空竹,一一向记者作着介绍。

"我6岁时,曾经跟着父亲学过抖空竹,有一定的基础。当时家里弟兄多,我父亲就想培养一个种铁杆庄稼(指靠技术吃饭)的人。我12岁那年,正好有一位从山西来到内蒙古、名叫白乙拉的老艺人想收几个徒弟学习抖空竹,于是,我就正式成为这位老人的弟子,跟着老人学习了7个多月。"哈尔嘎那说。

哈尔嘎那介绍,传说空竹最早是人们用来祈福、求雨、祭天时使用的一种法器,后来逐渐演变为一种杂耍的技艺。三国时曹植曾写过《空竹赋》,宋朝的宋江也曾借空竹为诗抒怀:"一声低来一声高,嘹亮之音透碧霄,空有一身雄气力,无人提挈漫徒劳。"到了明朝,社会上已经有了关于空竹的专著。现在人们使用的空竹,除了材料变化外,尺寸大多仍然沿用当时的规格。清朝时代,空竹盛行,空竹技术得到了普及。到了清朝中后期,空竹开始分为太子帮和花子帮两种派别。并且各有各的套路。太子帮就是把空竹作为消遣玩乐工具的派别,花子帮就是将空竹作为一种谋生的手段,用表演抖空竹来谋生赚钱、养家糊口的派别。教他练习空竹的老师,学的就是花子帮的空竹套路。随着社会的发展进步,抖空竹也不断得到发展,2006年5月,抖空竹经国务院批准列入第一批非物质文化遗产名录。

比如，表演者刚刚表演了一个精彩的抖高杆的技艺，说话人就对观众说："各位，刚才的节目好不好？我说不好，那只是小招，真正的好招在这儿，请观众中胆小的闭上眼、心脏很不好的用手捂住心脏，一、二、三，看，这个招式表演成功了。这个节目好不好？再来一个要不要？要，就请大家赏几个小钱。"演出时，拧花人和填仓人各自抖动一个空竹，填仓人站在侧面，他的眼睛时刻盯着拧花人，万一拧花人表演中出现失误，比如空竹掉在地上，填仓人就会及时将自己的空竹抛给拧花人，让他接住后继续表演，让观众看不出破绽。

抖空竹讲究到什么地方说什么话，花子调有很多种形式，比如拜年调、功名调、姻缘调、生意调等。生意调的说词是："空竹声声报吉祥，声声空竹喜洋洋。空竹响过千般好，请您坐下瞧一瞧。年顺月顺天天顺，大发特发日日发。发财过后睡一觉，醒来捡个金娃娃。"

哈尔嘎那说，1960年，自然灾害时，大家都吃不饱，师傅就带着我们偷偷地表演抖空竹挣粮食。当时城里不敢演，我们就去农村表演，农民们文化生活缺乏，表演抖空竹时，大家看得如醉如痴，有的农民自己家里吃的都不够，却为我们一次挖出半碗面。最多的一次，我们一次挣了20多斤面。想起当时的艰难生活，哈尔嘎那禁不住热泪盈眶。

"现在，人们的生活越来越好，文化生活也多种多样，抖空竹也从过去用来谋生的手段，成为人们锻炼身体、修身养性的工具。但是这些抖空竹里面蕴含的文化，却很少有人了解。想想自己的岁数一年比一年大，我真担心这套技术会失传。"哈尔嘎那说。

把空竹技艺很好地传承下去

怀着对抖空竹这一传统技艺的深厚感情,哈尔嘎那在自己坚持练习的同时,还向抖空竹爱好者传授练习抖空竹的技术。他和呼和浩特市的抖空竹爱好者一起成立了一个抖空竹爱好者俱乐部,组织大家一起排练节目、参加比赛。在有一年的呼和浩特市春节联欢晚会上,哈尔嘎那和抖空竹爱好者们一起表演了精彩的抖空竹节目,受到了观众的喜爱和好评。当年正月,他还和呼和浩特市的抖空竹爱好者一起在新城区政府广场进行了空竹龙表演,让观众大开眼界。现在,他不仅教出了许多学生,还为很多抖空竹爱好者进行过技术指导。

"抖空竹这个东西,认真学3天就可以上手,7天进入模板,3个月就能踹倒师傅。"每个人对抖空竹的理解和悟性不一样,他取得的成绩也就不一样。在我们抖空竹俱乐部,有的人只学了几个月,就能够在公众场合进行表演。我教过的一位大学生跟着我学习抖空竹3个月,半年后,抖空竹就练得非常熟练,在公众场合表演非常自如,还参加了呼和浩特市春节联欢晚会的表演。我们俱乐部的孙长泽从50岁开始练习抖空竹,多年坚持不懈,他在保定举行的中国·保定国际空竹艺术节上还获得过'空竹达人'称号。"哈尔嘎那说。

哈尔嘎那介绍,练习抖空竹可以练就一双好眼睛,一个好身板。不仅可以开发小脑,增强人体的协调性,还可以治疗肩周炎、颈椎病,预防和治疗近视,特别是对假性近视的矫正非常有帮助。因为多年坚持练习抖空竹,他这么多年来从来没有得过感冒。抖空竹是一种人生哲学,空竹玩我,我玩空竹,练习时,人要尊重抖空竹的规律,要用平和的心态来对待它,就像人在社会上要遵守社会的规矩,在学校里要遵守学校的规章制度,一切都要做到顺其自然。

哈尔嘎那介绍,这几年,随着经济社会的发展,人们的生活水平得到了提高,对健身的需求也越来越强烈,抖空竹的人也越来越多。拿呼和浩特来说,就有抖空竹发烧友数百人,练习抖空竹的有3000多人。其中不仅包括老年人,还有在校大学生,有的中小学也开设了抖空竹兴趣课。呼和浩特在抖空竹方面不仅有良好的基础,而且有广阔的场地,随便找一个地方就可以举办抖空竹比赛。通过举办大型的抖空竹比赛,不仅可以促进抖空竹这项活动的普及和开展,还可以宣传呼和浩特的历史文化。近年来,呼和浩特市喜欢抖空竹的人越来越多,在展览馆东路体育活动中心、满都海公园、旧城北门、乌兰夫纪念馆、新华广场、仕奇公园、赛罕区政府前广场等地,都有抖空竹爱好者在活动。他所在的抖空竹俱乐部经常参加社区、新城区、呼和浩特市组织的表演活动。看到观众那种喜爱的表情,他觉得应该把这种技艺很好地传承下去。

哈尔嘎那希望,呼和浩特市能够像河北保定、河南巩义那样,通过举办大型的抖空竹赛事来推广普及抖空竹活动,让空竹走进寻常百姓家,让这项传统技艺得到传承和弘扬。

记者在采访中了解到,随着人民生活水平的不断提高,大家对健康生活方式的追求也不断升级。在自治区各地,越来越多的体育爱好者加入抖空竹的行列,有的抖空竹爱好者还到外地参加抖空竹比赛。有的地区组织开展的抖空竹比赛也吸引了其他省市的抖空竹爱好者参与。

由乌兰察布市民政局老龄办和乌兰察布市老年空竹运动协会共同主办的乌兰察布市第三届老年空竹艺术节,就吸引了来自该市及北京、天津、大同、张家口等地的近300名抖空竹爱好者。大家在参与比赛中,不仅增进了彼此之间的交流、提升了技艺,还为繁荣发展内蒙古经济、弘扬内蒙古文化作出了积极贡献。

■一言

小空竹大天地

■苏永生

抖空竹与踢毽子、放风筝同为起源于中国的三大民间传统游戏项目,在我国可谓历史悠久,特别在我国北方地区较为多见。抖空竹技艺的变迁,也见证了历史的发展和经济社会的进步。

随着我国经济社会不断发展和全面建成小康社会,人民群众的物质文化生活水平得到了极大提高,他们对于文化品位的提升和强身健体也有了更高要求。这让抖空竹这项体育活动焕发了青春活力。

抖空竹好学、好练,又不受运动场地的限制。这种极具运动性、趣味性、观赏性，能够锻炼人的眼力、脑力、协调性，融运动健身与修身养性于一体的好项目，特别适合不同年龄的群体来学习、锻炼。不仅如此，空竹的背后还蕴含着丰富的文化知识和人生哲理。人们在练习抖空竹的同时，还可以透过空竹进而领悟到这个运动项目的深刻内涵。

小空竹、大天地。作为一项传统技艺，抖空竹同样需要很好地传承和弘扬。弘扬这项传统文化，一方面要挖掘这项传统技艺的发展历史，让大家能够了解这项技艺的产生、发展，了解其历史变迁和内在的文化意义；另一方面也要做好这项技艺本身的传承和创新，特别是方式方法的创新。

做好这两方面的工作，一是要从保护非物质文化遗产的高度，对抖空竹这项传统技艺进行系统的挖掘研究，不仅要明确其产生发展的历史进程，还要挖掘其蕴含的特定意义和与之相关的历史文化、历史故事，增强大家对这项技艺的认同感；二是要大力发现、培养非物质文化遗产传承人，使这项传统技艺得到传承并发扬光大。

抖空竹这项非物质文化遗产的保护和传承是一个系统工程，需要政府有关部门、行业协会、个人等方方面面作出努力。我们欣喜地看到，现在，抖空竹这项技艺已经开始飞入寻常百姓家，特别是一些协会还在政府部门的支持下举办了各种抖空竹比赛，有的学校也已经把这项传统技艺列为体育活动课和兴趣课。相信随着社会各界的不断努力，抖空竹这项技艺一定能够抖出一片广阔的天地。

高车飞碗:技艺惊四座 出手实不凡

■院秀琴

悠扬的马头琴声伴随着蒙古族长调传唱着北疆风情,5位姑娘身着靓丽的民族服饰,骑着高车轻快入场。她们不断变换队形,将踢碗玩出新高度,7米超远距离对传、5人联排后踢S弯、5个碗同时连踢连接……一只只银碗像拥有魔力一样在她们的足尖翩跹飞舞,一整套高难度动作看呆了台下的评委和观众。

在广东卫视制作的原创杂技文化交流竞演节目《技惊四座》第二季中,来自内蒙古艺术剧院杂技团的踢碗姐妹花以"高车飞碗"杂技惊艳全场,"内蒙古姐妹头顶连接22个碗"的视频也冲上了微博热搜。

5月19日,自治区人民政府公布了第七批自治区级非物质文化遗产代表性项目名录,内蒙古艺术剧院杂技团杂技节目《高车飞碗》位列其中。该节目自1972年创排以来,收获了十多项国际国内杂技专业奖项,曾创下吉尼斯世界纪录,深受观众青睐。

别具匠心,惊险高空的绝妙配合

作为世界第一杂技大国,我国有两千多年的杂技文化历史。而内蒙古地区的杂技表演艺术可以追溯至元代的元杂剧,她在辽阔富饶的蒙古高原深深扎根,吸收了中华传统文化的营养和智慧,汲取了不同民族的多种艺术形式和风格,表现出强劲的生命力,成为北疆大地魅力独特的艺术品种,展现出内蒙古各族人民和谐相处、团结奋斗、自强不息、奋发有为的精神面貌,《高车飞碗》就是这一艺术品种的突出代表作品。

"《高车飞碗》创作灵感来源于蒙古族民间舞蹈——顶碗舞,是杂技艺术和蒙古族舞蹈元素的完美融合。这个节目难度极高,演员骑在两米多的高杆独轮车上,手持银碗,把银碗放置在脚面上,利用脚尖与膝关节的配合将银碗踢到空中,再用头顶稳稳接住落下的银碗,动作重复直至头顶堆叠起所有的银碗,类似于顶碗舞的动作,而这一系列动作都要在独轮高车上完成。"《高车飞碗》项目保护工作专门负责人、内蒙古杂技家协会副秘书长刘晓敏介绍,演员既要控制高车的重心平衡,又要掌握好踢碗动作的准确性,还要保证动作的流畅与美观度。通过参考顶碗舞的走位、舞步,《高车飞碗》在技术难度上由原来的正反踢碗提升至对踢、后踢、四角踢、丁字踢、五角星踢、S踢接、双人拉手小圈踢等多种技巧。而在节目的创作和编排上,吸收了蒙古族、鄂温克族、鄂伦春族等多个民族传统文化的精华,既突出了中国杂技"新、奇、美"的特点,又展现了浓郁的民族特色。

"台上一分钟,台下十年功",这句耳熟能详的赞叹诉说着杂技表演的惊艳震撼和杂技演员的汗水心血。"杂技这个职业是非常艰苦的,需要演员有吃苦的精神,《高车飞碗》这个节目更是,不仅要能吃苦,还得有天分,真的是十年磨一剑。"内蒙古艺术剧院杂技团团长、《高车飞碗》第三代传承人塔纳告诉记者，"《高车飞碗》最精彩、最惊险的是演员互相之间的配合，一方面是技术配合，再一个是心理的磨合，这两个方面缺一不可。演员们每天都在一起训练、演出，最终能在这个节目里坚持下来的演员，都会形成一个彼此包容的心态，这其实是这个节目能传承到今天，并取得这样的成就，一个重要的原因"。

震撼人心，令世界惊艳的技与美

1985年出生于呼和浩特的王蒙浩是国家一级演员、《高车飞碗》项目的第四代演员、内蒙古杂技家协会副主席。她9岁开始学习《高车飞碗》，在她参演的18年间，《高车飞碗》项目拿到了6项金奖。

"从2001年参加集训开始，到2011年，几乎每天都要练习10个小时，早上8点到晚上6点，中间有2个小时午休，但是我那时候踢5个碗，平时要练习互相配合的集体动作，我只能等大家都练完了，利用午休时间自己练习5个碗。没有人捡碗，掉了以后要自己从高车上下来，捡了再上去，为了不用捡碗，我只能尽力降低抛脱率。"王蒙浩告诉记者，虽然训练很苦、很难，但是她怀揣着对舞台的热爱和对艺术的执着，从未想过放弃。

"集训的时候成百上千次踢，胯、屁股蛋儿都被车座子磨破了，脑袋上都是被碗砸出来的脓包，像大火疖子一样，因为重复地磨，一直好不了，洗完头一挤，脓都能喷出来，挤完以后就是一个大肉坑，肉都翻起来了，那个时候头发都长不住，头顶是秃的。"王蒙浩回忆起训练时受过的苦，仍记忆犹新。王蒙浩的外公是内蒙古京剧团已故的著名京剧演员吴荣喜，参加过抗美援朝战争，经历过战火纷飞的岁月，老人当时看到王蒙浩头顶上的脓包心疼不已，力劝她休养一段时间。"我姥爷都看不下去了。"王蒙浩笑着说。

出生于1995年的包头姑娘郝宇婷是《高车飞碗》的第七代演员，也是团队里公认的踢碗踢得最好的一个，她最擅长的是一对四的位置，同时她又比较多元化，"《高车飞碗》的哪个位置我都可以，其他演员如果有特殊情况，我可以顶上去。"郝宇婷说，"这个节目最难的是基础，状态不对的时候，会觉得碗特别重，支配不了自己的腿和脚，所以很多演员还想坚持的话，就会选择换腿练习，但是有的演员换腿之后，腿脚依然不灵活，所以最后放弃的比较多，坚持下来的人很少。"

在一代代的坚持与坚守中，历经数代演员打磨，《高车飞碗》逐渐成为如今享誉世界的独一无二的模样，难以被复制。

1990年，《四人飞碗》一举夺得了在法国巴黎举办的第十三届"明日"国际杂技节比赛金奖，其中塔纳、旭仁花作为获奖的主要演员，实现了我国民族杂技演员获得国际大奖零的突破。2001年，吴群作为该节目的主要创作人员和教员，获得首届中国杂技艺术节《五人飞碗》优秀节目奖（创编及教学）。2004年，《五人踢碗》荣获第六届全国杂技比赛金狮奖。2005年《五人飞碗》获得第23届朝鲜"四月之春"友谊艺术节金奖，此后，《高车飞碗》节目与加拿大太阳马戏团已进行了长达10余年的商业演出合作，培养出了几代年轻的民族杂技表演艺术家，使内蒙古杂技艺术在国际国内舞台上大放异彩。

2007年《五人飞碗》荣获第28届法国"明日"国际杂技艺术节银奖。2018年荣获第42届蒙特卡洛国际马戏节铜小丑奖,蒙特卡洛国际马戏节素来以尊重杂技本体技巧著称,并享有世界马戏界奥斯卡的美誉。2019年,改编提升后的《六人踢碗》荣获第12届乌德穆尔特国际杂技艺术节金熊奖,至此《高车飞碗》节目完成了三大国际杂技赛事的最终挑战。

2017年2月,《五人飞碗》节目以一人40秒内接32只碗的成绩创造了吉尼斯世界纪录……

守正创新,无声的艺术可以说话

半个世纪以来,内蒙古艺术剧院杂技团每年坚持送文化下基层,组织文化志愿者进行惠民演出,截至目前《高车飞碗》国内外演出场次已达19000余场,观众累计2400余万人次。

回望来路,1972年第一代《双人飞碗》孕育而生,1982年进阶成为《四人飞碗》,时至今日已经发展成为第七代传承人默契配合的《六人飞碗》。从2人到6人,不仅是数字的增加,更是杂技技术的创新。

"一代人有一代人的长征,一代人有一代人的担当。每一代人的使命是不一样的,我希望在自己这一代身上,又能有一个突破。"塔纳告诉记者,"我们从过去只是一个单一的节目,后来发展到对于节目的包装、表现形式,不断地去丰富、多样化,现在最终我们要做杂技剧,因为剧是具有思想性、导向性的,我们希望能够通过杂技语汇来讲好故事,引发人们的思考。"

2014年，内蒙古艺术剧院首创大型马舞剧《千古马颂》，巧妙地将飞碗与马背融合，创造出"马背飞碗"的杂技技巧，开创了自治区马文化旅游驻场演艺的先河。该剧于2015年获得国家艺术基金跨界融合资助项目、2018年获得第八届中国旅游投资演艺项目艾迪亚金奖。

2018年，塔纳、吴群制作了杂技魔术剧《鸿雁》，将《高车飞碗》与剧目本体融合，使之从节目向剧目转变，并获得了国家艺术基金2019年度项目扶持。

此后，内蒙古艺术剧院杂技团又创作了现代题材杂技剧《美好生活》，邀请了我国著名舞蹈理论家、评论家冯双白担任编剧、我国著名舞蹈家、导演何燕敏担任总导演，该剧把《高车飞碗》完美融入劳动、奋斗的场面，向观众展示"我们的美好生活是用奋斗、用劳动创造出来的"理念。

此次列入自治区级非物质文化遗产代表性项目名录，内蒙古艺术剧院作为杂技节目《高车飞碗》的保护单位之一，未来拟举办全区高车飞碗人才培训班、专家研讨会，加强专业技术和理论研究，建立高车飞碗数据库，制作项目画册和视频专辑，保护历史珍贵资料。塔纳说："我希望我们之后的年轻一代演员，能按照我们当时严格的标准来练习、来超越，让这个节目持续焕发新的生命力。传承离不开人才，我们也想尝试成立自己的人才培养基地，为内蒙古杂技培育更多的人才，让内蒙古杂技有更好的发展。"

■一言

要学惊人艺,须下苦功夫

■方晓

　　台上一分钟,台下十年功。将优秀传统舞台艺术中的顶碗舞与传统杂技表演形式的踢碗相融合,再加上2米多的高车进一步提升难度系数和"惊险指数",来自内蒙古的杂技表演艺术一次次震撼国内外观众。

　　宝剑锋从磨砺出,梅花香自苦寒来。创新的舞台背后,既有对传统民族文化的继承与发扬,也有对新型表演方式的借鉴化用,更有独具匠心的融合创新。杂技这一表演形式的创意、天赋固然重要,更重要的是通过长期的刻苦训练,将想法变成现实、搬上舞台,背后需要付出大量的艰辛努力,需要流汗流泪甚至受伤流血。精彩绽放的瞬间,是由一次又一次的重复和坚持积累而成的,蕴含着演员对杂技艺术的热爱和对舞台表演的深情。

　　正如塔纳团长所言:"希望年轻一代的演员,能按照严格的标准来练习、来超越,让《高车飞碗》这个节目持续焕发新的生命力。"如今我们生活好了,日子甜了,家长们舍不得孩子吃苦受累。诚然,随着时代的发展,有些苦可以不吃了。但是"真诚信任、艰苦奋斗、追求卓越、敢于挑战、不畏艰险、勇于奉献"的中国杂技精神要继续发扬,这是我们真正的财富。

太极拳:刚柔相济传承中华文化

■高瑞锋

太极拳,集古代哲学、医学、兵法学、道家思想、儒家思想等学科理论的拳术运动,不仅是中华武术之瑰宝,一招一式中,还尽显"天人合一、道法自然"的中华传统文化精髓。

20世纪30年代,太极拳开始传入呼和浩特,逐渐在青少年当中得到推广,并在老年人中形成锻炼热潮。放眼全国,太极拳已经上升为全民健康的需要,成为推进健康中国建设、提高人民健康水平的传统文化代表。

2020年,太极拳被列入人类非物质文化遗产代表作名录,成为世界文化瑰宝。

流传年代久远

《周易·系辞》中曰:"易有太极,是生两仪,两仪生四象,四象生八卦。"其中,"太"为"大"之意,"极"为"开始""顶点"之意。宋朝周敦颐在《太极图说》开篇曰:"无极而太极",意即"太极"是产生万物的本源,有至高、至极、绝对、唯一之意。

"太极拳"正取其意。

金存元,内蒙古武术运动协会秘书长。他说,明末清初

国粹太极拳

年间,河南焦作温县陈家沟人陈王廷自幼受中原文化熏陶,擅长拳法,文武兼备,青年时披坚执锐,在河南、山东、山西一带走镖征战,颇负盛名。1644年,明朝覆灭后的一段时期,时局动荡。面对冷酷的现实,陈王廷万念俱灰,晚年隐居故里,以《黄庭经》为伴,潜心研究民间和军旅武术理论,汲取了大量武术精华,积累了丰富的实战经验,加上自己平生习武所悟,在其晚年创编了以太极文化为理论根基的太极拳。至今已有近400年的历史。

"一代太极拳宗师杨露禅当初在陈家沟学拳后,来到北京传拳,弟子众多,后经祖孙三代人的努力,在陈氏所传太极拳的基础上,经过删减、增补,演化为现在流传的杨氏太极拳。"金存元说,在北京,太极拳以其博大精深的文化内涵和变幻莫测的拳架招式在武术界引起了震动。此后,除了陈氏太极拳、杨氏太极拳外,武式太极拳、吴氏太极拳、孙氏太极拳、和式太极拳等各路太极拳逐渐应运而生,它们都在陈氏太极拳的基础上,在一代代宗师的创编下,形成了自己的风格特点并流传开来。

随着时代的发展,太极拳已经从最初的技击攻防功能逐渐上升为全民健康的需要。

　　"1949年后，为全民强身健体，国家体委统一改编太极拳，有了太极拳体操运动、表演的体育比赛。1978年改革开放后，部分还原本来面貌，太极拳形成了比武用的太极拳、体操运动用的太极操和太极推手。"金存元说。

　　在国家的大力推广下，太极拳现在已成为推进健康中国建设、提高人民健康水平的传统文化代表。

　　2015年5月16日，国务院总理李克强在北京天坛公园与印度总理莫迪共同出席"太极瑜伽相会"中印文化交流活动时说："中国的太极拳和印度的瑜伽术是两国古代文化的瑰宝，也是两个东方文明的结晶，至今长盛不衰，对'天''人''心'和谐一体的追求有相通之处，都体现了文明与文化的传承和兴旺。"

　　2020年新冠疫情发生时，在湖北武汉方舱医院，医护人员带领着部分患者共练太极拳。钟南山院士也对太极拳强身健体的功效给予了高度评价，特别肯定了太极拳可以改善心肺功能，激发了广大群众对太极拳的热爱。

成为健身时尚

　　在国家的大力推广下，太极拳已经成为全民健身的一种时尚，在城市的公园、绿地，很多太极拳习练者用自己的行动展现着太极文化的魅力。

　　像全国其他城市一样，在呼和浩特，太极拳也受到众多人的喜爱，并蓬勃发展着。"呼和浩特地区流行的传统太极拳主要有吴氏太极拳、陈氏太极拳、杨氏太极拳、孙氏太极拳这四大派。"金存元说，20世纪30年代，绥远武术名家、托县人吴桐把吴氏太极拳引入呼和浩特;1972年前后,著名油画家、武术家妥木斯把陈氏太极拳从北京引入到呼和浩特;20世纪80年代,杨氏太极拳进入呼和浩特;2018年左右,孙氏太极拳进入呼和浩特。

金存元说,这些门派的太极拳都有不错的群众基础,其中吴氏太极拳、陈氏太极拳已经发展到第四代,陈氏太极拳在呼和浩特地区还有陈氏小架等分支,其他的还有李式太极拳、少林太极拳、武当太极拳十三式等零星太极拳。

"不同于传统太极拳,在呼和浩特,多数中老年人在公园习练的基本是竞赛类太极,有42式太极拳剑、24式太极拳,以及各类新编的太极拳;专业队在全国比赛或者锦标赛中,有国标的一类、二类、三类太极拳剑等。"金存元说。

太极拳流传到呼和浩特后,经过几十年的发展,已经逐渐和本土拳术查拳、螳螂拳结合,融蒙古族的豪放、山西人的小心谨慎、河北人的大气为一体,演变成了具有内蒙古特色的太极拳。

"呼和浩特习练太极拳的很多人有武术基础,之前基本都是练其他拳术的。"金存元说,像王文瑞是妥木斯的徒孙,幼年练螳螂拳,后学大成拳,在他后期所练的太极拳中,特别在推手方面,不仅体现了太极拳的松、活、沉、抖,还可以看出螳螂拳的快闪展腾挪,同时又有大成拳的快重,形成了太极拳自己的特点,徒弟很多。

金存元说,现在,呼和浩特的吴氏太极拳被称为南派太极拳,不同于北京的北派吴氏太极拳。

生活处处"太极"

"太极拳天人合一的自然思维让中国人十分重视人与自然和谐共处之道。"现代太极拳大师李经悟的弟子武永昌说,一招一式中皆蕴含着中华民族修身律己、中庸礼让、自强自信、仁者无敌的传统美德和智慧。

武永昌,66岁,鄂尔多斯人,从小练习武术,年轻时在秦皇岛工作期间开始接触陈氏太极拳,至今近30年。退休后于2016年来到呼和浩特市推广陈氏太极拳。7年来,他和徒弟们进企业走厂矿,至今已经免费培训两三万人习练陈氏太极拳。

武永昌说,太极拳以慢生柔,以匀求活,柔极生刚,刚柔相济。动起来不温不火,轻摇之以松其肩,柔随之以活其身,徐行之以稳其步,自始至终以意念贯穿。

行似流水,轻若浮云,动中有静,静中有动,动静结合,适度合宜的太极拳练久了,不仅可以调适身心,还可以慢慢改变人的性格,让人由急躁冲动变得平和冷静。"太极拳重在养心,在'致虚极,守笃静'的意念下,调心、调息、调身,对不同年龄段练习者的心理素质能产生良好的影响。"武永昌说。

在他看来,太极拳中"不丢不顶""引进落空""舍己从人"的太极思想是为人处世的大智慧,修己不争,处处礼让,待到自身能量具足,自然会散发光芒。

至今武永昌收徒时,还遵循着老祖宗的规则,看人品明自身。考察徒弟人品过关后,让其学习《黄帝内经》《易经》等中华传统文化。"练习太极拳者首先要了解自身状况,要学会怎么吃饭、怎么穿衣,否则,身体越练越亏。"武永昌说。

呼和浩特市太极拳协会会长王峰是武永昌的徒弟、自治区级太极拳非遗传承人。近年来,他致力于太极拳文化传承,深入呼和浩特市海新小学、大学路小学、第十九中学等多所中小学校给学生们传授太极拳,取得了较好的效果。

王峰的学生——5岁的王梓霁抬手、踢腿,一招一式有模有样;9岁的陈政霖坐在地上两腿分开,做着运动前的热身准备。

"王梓霁非常喜爱太极拳,从3岁就开始练习太极拳。王梓霁的爸爸说。

"陈政霖原来老生病,学习太极拳后,身体素质提高了,积极性很高。"陈政霖的妈妈说。

跟王峰学习太极拳的人基本是10岁以下的小朋友和50岁以后的中年人。"10岁以前课业不紧张,可以坚持学习;50岁以后基本上家庭、事业稳定,孩子也长大了不需要操心,有时间开始调理身体的各种慢性病了。"王峰说。

在学习太极拳术的同时,不论大小学员,都要学习《太极拳启蒙三字经》《太极拳论》《周身经络赋》等相关文化知识,《黄帝内经》《易经》《道德经》等中华传统文化更是每日的必修课。

"孩子还小,也许现在不明白《黄帝内经》《易经》讲的是啥,但是,等他们长大理解后,这将会成为他们融在血脉里的基因,让他们终身受益。"王梓霁的爸爸说。

目前,除了太极拳在中国蓬勃发展外,太极拳运动已传播到全球150多个国家和地区,习练者近4亿人,其中70多个国家和地区建立了太极拳习练组织。

■一言

身心和谐才能社会和谐

■苏永生 ————————————————————

　　清晨或傍晚，无论是在公园、广场还是在林间、河畔，都可看到那些身穿练功服，从容习练太极拳、太极剑、太极扇的人优雅的身影。

　　在学校、社区开展的一些大型活动中，由中小学生、中老年居民表演的太极招式常常也成为活动开幕式上的精彩节目。

　　太极作为一种强身健体、修身养性的体育运动，越来越受到大家的喜爱。

　　身体强健才能更好地干事创业，身心和谐才能有利于社会和谐。太极拳以静制动、以柔克刚，坚持练习不但能让人筋骨强壮、身心愉悦，而且能让人在练习的同时接受中华传统文化的熏陶，在动与静、急与缓、张与弛、刚与柔的变化中感受自然的清纯、体会造化的神奇。

　　随着经济社会的不断发展，特别是信息技术的突飞猛进，人们的生活节奏变得越来越快，能够抽出时间锻炼身体、静下心来苦练"内功"成为许多人的奢望，亚健康正在成为人们经常谈论的话题。

　　发展体育运动、增强人民体质，作为推进健康中国建设、提高人民健康水平的传统文化代表——太极拳不仅能够让练习者在浮躁与狂热中变得冷静和理性,培养坚韧不拔的意志,增强战胜困难的信心和勇气;还能让生活节奏由快变慢,让练习者的身心更好地适应强负荷的工作环境。练习者通过练习太极,特别是参加太极拳、太极剑、太极扇等的集体表演和比赛,可以增进彼此之间的交流,沟通彼此之间的感情,培养和增强集体主义观念。

万事开头难,练习太极也不例外。练习者不但需要付出大量的时间,而且需要具备持之以恒的韧性。

身心和谐才能社会和谐,有关部门要将全民健身纳入创建和谐社会和创建精神文明活动范围,各级人民政府要倡导和支持民族民间体育健身活动,为人民群众开展好健身活动、促进身心健康,为构建和谐社会做贡献。

爬山调：生活中发自心灵的呼唤

■院秀琴

"大黑牛耕地犁翻土,巧手手捉住个犁儿把手……"在武川的写意里,被风泼洒得淋漓无比的爬山调,像云朵一样在一道道山梁梁上飘飞。傍晚时分,忙碌了一天的武川人卸下一身的疲惫,站上山峁忘情高歌,用爬山调放松心情,也用爬山调抒发生活的欢乐与悲苦。

爬山调是武川民间智慧的结晶,是中华文化的艺术瑰宝,代代相传。1953年,素有"爬山歌王"美誉的张二银虎随当时的绥远省文工团首次进京演出,艺惊四座。由此,小众的爬山调走进了大众的视野,在民间文化艺术的舞台上繁荣至今。2007年6月,爬山调被列入自治区首批非物质文化遗产名录,2008年6月,又被列入国家级非物质文化遗产名录,这一年,武川被自治区授予"爬山调之乡"的荣誉称号。

山峁之上的自由歌唱

蜿蜒的古道,悠扬的驼铃声不绝于耳,串联着昔日的商贸集镇;炊烟袅袅,一道道美味,充溢味蕾;高山之畔,一段段歌谣,震撼心灵……

爬山调表演

这里是武川县,地处内蒙古中部,大青山北麓,扼守着阴山南北交通的咽喉,从大青山进入中原,武川是必经之地。

这里的人们用古老的智慧,滋养着脚下的沃土,在一山一水间,耕耘着幸福的生活,也创造了流行于内蒙古中西部地区的短调民歌——爬山调。一曲曲爬山调,讲述着蒙古高原的社会变迁、风土人情、劳动生产、爱情婚姻等故事。

武三军,土生土长的武川人,1982年出生于温习圪图村,从小奔跑在响彻爬山调的沟沟坎坎之间,这样的曲调早已融入了他的血液,高亢的旋律在不经意间就会从他的唇间自然流出。武三军家里祖祖辈辈务农为生,他的父亲是个文艺爱好者,喜欢吹笛子,爱唱爬山调。如今,武三军是爬山调呼和浩特市级传承人,说起爬山调滔滔不绝。他说,流行于武川境内的爬山调也称后山调,其起源可以追溯到清朝乾隆、嘉庆年间,大批晋、冀、陕、豫等地的移民由中原地区迁徙到大青山至河套平原一带,是当地人融合了河北民歌、山西大秧歌、陕北信天游的语汇及形式在蒙古族长调的基础上形成的，属于农耕文化与游牧文化碰撞而产生的艺术形式，是黄河文化的组成部分。爬山调的节奏自由奔放、音调高低起伏、拖腔悠长辽远，听起来刚劲挺拔、高亢激昂，体现出蒙古高原的雄伟风貌和武川人民豪迈的气质、宽广的胸怀。

传统的爬山调多为一人演唱，唱词短小精悍，多用方言重叠词，语言合辙押韵，字里行间蕴含着浓郁的乡土气息。武川俗语中有"山曲儿本是肚里生，心想唱甚就唱甚"的说法，"山曲儿"指的就是爬山调，是当地劳动人民在生产生活中，即兴创作的口头文艺形式，它是抒发情感的民歌载体。

"爬山调最大的特点就是自由，它的题材内容很丰富，从反映劳动、赞美家乡、歌颂领袖到花鸟鱼虫、五谷六畜、世态炎凉、儿女情长、婚姻爱情，甚至演唱者本人的理想夙愿、喜怒哀乐、笑骂褒贬、插科打诨都能成颂。"武三军说。在爬山调中，既有儿女想老子想娘的感人吟唱，又有后生们卖力割莜麦的引吭高歌；既有薄令令的莜面窝窝，又有瓦灰灰的大青山鸪鸪（野鸽子）……

为爬山调注入新活力

高天，厚土，爬山调如同天籁，是用老镢头镌刻在大青山上的音乐巨著。

范芝兰在这部巨著中已经徜徉了27个年头。

今年6月，出生于1980年的范芝兰被确定为爬山调自治区级传承人。范芝兰15岁时凭借着一副好嗓子进入武川县乌兰牧骑，老队员们发现她宽广的音域和优美的音色演唱爬山调具备得天独厚的条件,于是她拜爬山调代表人物裴连凡、王勇和朱秀英为师,深得他们的真传,逐渐成为演唱爬山调的中坚力量。

2015年,为纪念中国人民抗日战争暨世界反法西斯战争胜利70周年,武川县乌兰牧骑推出了一部大型爬山调抗战历史剧《青山儿女》,该剧根据大青山革命根据地的真实事件改编而成,用爬山调与现代舞台剧相结合的艺术形式,再现了各族人民共同抗战的英雄事迹。当时,从排练到演出只有两个月的时间,这对于首次在大型舞台剧中担纲女主角的范芝兰来说,无异于一次巨大的挑战。"两个多小时的一个舞台剧,让3天之内就把剧本背会,压力比较大,从我们单位来说,这么大的剧我们从来就没演过。"范芝兰说。

功夫不负有心人。2015年9月,在全剧团的努力下,爬山调抗战历史剧《青山儿女》在呼和浩特拉开了首演的序幕,熟悉的爬山调让人眼前一亮,赢得了观众的交口称赞。一年后,这部历史剧被搬上了北京民族剧院的舞台,范芝兰和演员们传承着先辈艺人的使命,让爬山调走进了更高的艺术殿堂。

2019年,武川县乌兰牧骑精心打造了二人台现代戏《青山之恋》,来庆祝新中国成立70周年和实施乡村振兴战略,范芝兰依然担任女主角,剧中她演唱的爬山调曲段赢得观众的满堂喝彩。

今年,武川县乌兰牧骑又紧锣密鼓地开始了《青山劲松》的编剧工作,它和《青山儿女》《青山之恋》被称为"武川三部曲"。此外,爬山调演唱者们还把惠民政策、好人好事、疫情防控等内容写成唱词,套用爬山调传统曲目进行演唱,抒发内心的情感。这些紧跟时代步伐的改编和创作,给观众留下了深刻的印象,为爬山调的发展注入了新活力。

传承和保护任重道远

因为爬山调的旋律、唱词相对简单,又朗朗上口,不管是牧羊人,还是农民,抑或是村妇,凭借着一副老天爷赏饭吃的好嗓子,在一代代人的口口相传和日复一日的模仿借鉴中,将爬山调传承下来。

时光荏苒,岁月变迁。随着老一辈艺人的相继离去,曾经在圪梁梁上传唱的爬山调,和很多其他的民间传统技艺一样,面临着青黄不接、后继无人的困窘。

“现在很多年轻人不太喜欢这些,而且靠爬山调也不能维持生计,只能是把它当成一个爱好。再加上它本身也有一定的局限性,爬山调是用方言演唱,所以它很难像民歌那样传唱大江南北。”武三军一脸凝重地说道。

同时,唱词丰富、曲调单一也是爬山调传承和保护中不得不重视的一个问题。“从爬山调的曲调这一方面来说,从古至今一直传唱的就那么几个曲调,像《割莜麦》《大黑牛》《想老子》《小青马》,加起来不超过10个,曲调的单一化,也限制了爬山调的进一步发展。没有专业人士进行创新曲调的谱曲,表演者反反复复停留在那些经典曲调的演唱上,缺乏新鲜感,从而传播起来更为困难。”范芝兰告诉记者。

尽管爬山调的传承和保护困难重重,仍有不少人在这个领域深耕。如今,以范芝兰、武三军为代表的中青年歌手,肩负起了爬山调传承的重任,他们希望通过自己的努力可以让这一历史悠久的民间艺术被更多人熟知传唱。

2019年武川县的春节联欢晚会中,范芝兰想到了把童声加入爬山调的形式,她邀请自己5岁的女儿班亚楠和几个其他小朋友同她一起合演《割莜麦》,儿童版的爬山调让现场和电视机前的观众耳目一新。范芝兰得意地说:"我姑娘唱《割莜麦》唱得特别好,这可能也算一种冥冥之中的缘分和传承吧。"

而武三军在爬山调的演唱中,也尝试着加入西洋乐器伴奏,如架子鼓、电子琴、吉他、贝斯等,以期让爬山调吸引更多的年轻人。武三军说:"我也梦想有一天能创作出像谭维维的《华阴老腔一声喊》那样的一个作品,她把摇滚与民间传统艺术融合,我想把现代的西洋乐和爬山调融合,加入一些时尚元素,让我们的下一代爱上爬山调,传承爬山调。"

2016年,武川县文化馆组织开设了"传习"爬山调艺术团,承担起爬山调的传承、培训、讲座和演出等工作,艺术团主要由武川县乌兰牧骑退休演员和爬山调爱好者组成,目前已有20人左右,武三军就是其中之一。

此外,借着"非遗进校园"的东风,范芝兰、武三军等爬山调传承人将爬山调带入课堂。兴起于景,情动于心,悠扬的爬山调在一张张稚嫩面孔的映衬下,承载着武川人的喜怒哀乐与沧桑变化,唱出了这方古老大地上永恒的律动。

听,笛声又响起来了!

听,爬山调又唱起来了!

(图片由受访者提供)

■一言

喊出来的山曲儿需要个新调调

■徐亚军

武川这片厚土离不开爬山调。

爬山调更需要民间这片厚土来培养。

这个由山汉、村姑喊出来的调调，有着浓郁的方言土语特点，表达了广大农民的心声，是情感的自然迸发，是对社会生活、风俗民情的充分展现，深受当地群众的喜爱，它具有较高的美学价值和独特的艺术魅力。

毋庸讳言，随着社会的不断进步，娱乐生活方式的变迁，爬山调受到了强烈的冲击，创新能力不足，受众数量下滑。

可喜的是，近年来，为保护、传承、发扬爬山调这一民间艺术，当地政府和艺术团体，采取了诸多举措，取得了一定成绩。

作为国家级非物质文化遗产，爬山调要想焕发新活力，唱响新时代，在政府引领下，平台搭建、传承发展方式、人才队伍建设、文化价值挖掘等方面，都需要进行深入探索。

非物质文化遗产的保护与传承，重在融入现代生活、展现当代价值，涵养文明乡风、凝聚民族精神。爬山调既需要薪火相传、代代守护，也需要与时俱进、推陈出新，才能把活态的乡土文化传下去。

爬山调，这一老辈人留下的精神财富，需要我们静下心来研读，使之绽放出更加迷人的时代光彩。

晋剧:流传在蒙西的经典唱腔

■高瑞锋

人生百态,皆是味道。

味道是什么?

是茶的浓酽、酒的辛辣、醋的酸郁、奶的鲜香? 还是母亲的怀抱、指尖的露珠、跳跃的舞步、无染的净洁?

都是。

那内蒙古晋剧的味道是什么?

业内大咖说,是"醋味儿+奶味儿"。

晋剧又名中路梆子,源于山西,清初流入塞外。三百年来,阴柔婉转的晋剧在内蒙古高原厚土的滋养下,表演形式逐渐融入当地的风土人情,并广泛借鉴京剧、河北梆子等唱腔念白,形成了如今高亢激昂、特色鲜明、深受老百姓喜爱的剧种。

传统晋剧在内蒙古"生根发芽"

"一九冬至一阳生,归化城街上闹哄哄,来的把式都有名,喜儿生秃蛋飞来凤;

二九天数小寒,秃蛋唱了一出《虹霓关》,飞来凤唱的是

《长寿山》,喜儿生唱的是《吕布戏貂蝉》;

三九硬冻遍地冰,从代州来了个千二红,他唱《捉曹放曹》《取西城》,赵匡胤报仇《三下河东》;

......

九九本来又一年,闷铜黑唱了出《御果园》,《御果园》唱得好,归化城把式都来到,大腕儿肉一条鱼人参娃娃一杆旗。"

这是流行于清代归化城民间的顺口溜"梨园九九图",喜儿生、秃蛋、飞来凤、千二红、大腕儿肉、一条鱼、人参娃娃、一杆旗等都是艺人的艺名。这些艺名趣味横生,读来生动形象、让人捧腹,不觉间好似看到了当年归化城晋剧流行的盛景,艺人们个个身怀绝技各展风姿,红黑生旦丑你方唱罢我登场,好一派热闹的锦绣梨园盛景图。

《呼和浩特市文化志》记载,归化城地处北疆要塞,交通便利、经济发达,山西人居多。清同治年间,已经有了私人组织的晋剧班社,常在托县、萨拉齐、包头、河套、伊盟(现鄂尔多斯)等地区流动演出。清道光及民国时期,归化城的晋剧十分盛行,大观园剧院和民众剧院是两个非常有名的剧院,经常有晋剧班社进行演出。包头作为商辏往来的水旱码头,更有开明大戏院、魁华舞台、三庆茶园、西北剧影社等盛极一时的戏院。

新中国成立后,党和政府对剧院班社进行了改造,经过多次机构更迭、人员变换,内蒙古的晋剧事业欣欣向荣,尤其呼和浩特名家辈出、剧目繁多、品质上乘,后起之秀如雨后春笋。

老艺人中有康翠玲、宋玉芬、任翠芬、亢金锐、王静卿、杨

深受老百姓喜爱的晋剧

胜鹏、常艳春、赵金瑞、刘俊美、郭玉林等技艺精湛、唱作俱佳的十大演员,精心培养的陈改梅、陈艳秋、赵广仁、牛正明、齐玉红、侯远喜等一批优秀中青年演员也已经崭露头角。1959年,呼和浩特市艺术学校成立,专门培养晋剧、二人台等戏剧事业接班人。

剧目上,积极挖掘整理了《打金枝》《铡判官》《凤台关》《七堂会审》《调冠》等一批传统剧目,同时移植了《李逵》《薛刚反唐》《花打朝》《三滴血》等京剧优秀传统剧目,并创作改编了《兄妹开荒》《夫妻识字》《白毛女》《刘胡兰》等多部现代题材和革命历史题材剧目,取得了社会效益和经济效益的双丰收。

晋剧表演艺术家受人民喜爱

在内蒙古,晋剧主要流行于呼和浩特、乌兰察布、包头、巴彦淖尔、鄂尔多斯、乌海等西部地区,深受老百姓喜爱,被称为

"大戏"。

"小时候,村里来了晋剧团,我们一帮小孩儿满大街喊'唱大戏'的来了,'唱大戏'的来了。大人们也高兴,让孩子们早早搬着小凳子到戏台前面占座,生怕去晚了坐在后面看不到演员们的生动表情。邻村人也会相伴着走上二三十里夜路来看戏,戏场比过年都热闹。"回忆起小时候村里"唱大戏"的情景,45岁的乌兰察布男子闫东辉止不住地乐呵。他说,戏好全凭演员好,一个好演员是整部剧的灵魂,比如康翠玲。

康翠玲,内蒙古戏曲界乃至全国晋剧界旗帜性人物,在呼和浩特晋剧界具有举足轻重的影响力,是戏迷们"砸锅卖铁也要看"的著名晋剧表演艺术家,因其卓越的艺术成就,被称为"晋剧界的梅兰芳"。

康翠玲祖籍山西朔县,呼和浩特市晋剧团首任团长,1930年出生于北京,自幼随母亲金玉玺学戏,10岁登台演出,展现出极高的戏曲天赋,她辗转于山西、河北等地演出,民国时期已经名噪一时。1947年,康翠玲随母亲来到归绥落脚,以唱戏谋生。

1949年后,康翠玲担任归绥市新绥剧社副社长,常在归绥市旧城小东街大观园剧院演出,擅长花旦、刀马旦等行当,深受戏迷追捧和好评。

康翠玲的唱腔圆润,吐字清晰,扮相俊美,表演活泼逼真,在晋剧旦角表演中独树一帜。演出的代表性剧目有《打金枝》《霸王别姬》《嘎达梅林》《王昭君》《春香传》《江姐》等,其中《打金枝》《春香传》《江姐》被灌制成黑胶唱片,在当时广为流传。

1998年,康翠玲在呼和浩特病逝,享年68岁。

2020年，是康翠玲诞辰90周年，呼和浩特市文化旅游投资集团晋剧院隆重推出了"纪念康翠玲先生诞辰90周年"特别活动，以此方式向这位人民的表演艺术家致以深切的缅怀。

晋剧在内蒙古得到创新发展

从内蒙古晋剧第一代代表性人物康翠玲起，晋剧在内蒙古就发生了显著改变。在多年的演出实践中，康翠玲逐渐形成了自己的艺术特点，尤其唱腔不断吸收北路梆子、蒙古族音乐的特色，在她原有婉转、清丽、略带沙哑的艺术风格中，又增添了豪放、粗犷的边塞韵味。

《呼和浩特市文化志》中载，源于山西的晋剧，在内蒙古特定的环境气候里，由于不断受到当地民族、民间艺术以及当地山川地理、风土人情的影响，在念白、唱腔和表演上已经产生了根本变化，久而久之，晋剧在内蒙古形成了不同于山西晋剧艺术风格的特色。时至今日，经过程改梅、牛正明、程砚秋等第二代晋剧表演艺术家的传承接力，第三代接班人何小菊、周胜利两位表演艺术家已经把内蒙古晋剧的韵味发挥到了极致。何小菊，第二十三届中国戏剧梅花奖获得者，国家级非遗保护项目晋剧传承人。周胜利，呼和浩特市文化旅游投资集团晋剧院书记，行政事务之余，从男一号到执行导演再到基层演出，多年来一直没有离开过舞台，并深深为之着迷。2004年，经过20年不断的精心打磨，由他们主演的新编大型民族历史剧《满都海》与观众见面了。

长调、呼麦、梆子腔，京白、铙钹、普通话，马队、舞蹈、蒙古袍……传统的晋剧唱腔,大量的蒙古族文化元素,相应相合中彰显了民族团结这个永恒不变的主题,《满都海》的创新表演手法,获得了成功。

在随后的全国巡回演出中,所到之处好评如潮。

太原的晋剧表演艺术家说:"明明是晋剧,唱念做打中却又不拘泥于传统,有了内蒙古地方特色,好!"

宁波的观众惊喜地问,这是什么样的晋剧?听得懂还入迷。"醋味儿+奶味儿",该剧音乐编导、国家一级作曲家李静波说。"对对对,就是这个味儿",观众笑了。

2005年,《满都海》先后获得了中国首届戏剧奖、第23届中国戏剧梅花奖等多个全国性大奖。

好团队才能打造出好作品。

继《满都海》之后,作为内蒙古晋剧事业领头羊的呼和浩特市文化旅游投资集团晋剧院乘势而上、再接再厉,紧扣时代主题,又陆续推出了新编反腐历史戏《巡城记》、现代脱贫攻坚戏《武汉鼎》等多部叫得响的剧目,常演不衰。

近些年,何小菊、周胜利等表演艺术家刻意退居幕后,倾力培养第四代内蒙古晋剧传承人。在他们的传帮带下,《巡城记》《武汉鼎》中大胆起用的李宏伟等中青年演员挑大梁,不负众望。

为了补充团队力量,该院又从山西招聘了5名中青年演员,唱念作打样样俱佳。

"我们最新创作的现代抗战戏《高凤英》即将进入排练阶段,全部由中青年演员出演。"周胜利说,这部剧应该又是一部撼动人心的晋剧佳作。

■一言

如何为非遗"涨粉"？

■范永

在城市的公园和乡下的街头，经常可以听到一种熟悉的、令人怦然心动的旋律，高亢，清亮，它唤醒了我儿时的记忆。

晋剧扎根于泥土，朴素如土豆。在我曾经生活的乡下，找几根木头，搭几块木板，就是一个简易的舞台。开戏时，十里八乡的买卖人、庄稼人如同赶集般聚来。那是信息时代难以体会的耳朵和眼睛的"盛宴"。在70后和60后的精神世界中，甚至更年长者的精神世界中，晋剧是我们和他们那个时代的"多媒体世界"和"精神坐标"，也是我们和他们在物质和文化双重匮乏时代的"文化共同体"。

但在90后和00后的二次元精神世界里，晋剧似乎离他们很遥远，更像一个"文化恐龙"。我们必须承认，在一个物质丰富和娱乐生活更多元、获得信息更便捷的互联网时代，作为"非遗"的晋剧面临衰退的危机。当然，这不仅仅是在青少年群体中面临的传承危机，即使在中老年市场，依然需要重新"洗牌"，以赢得新的生命力。

晋剧的主体受众应该是中老年群体，它的受众重点区域应是我区中西部农村。改革开放40年后物质生活迅速富裕的农民，急需与此相匹配的文化生活改变他们的精神世界。他们不但需要像乌兰牧骑那样的流动性文化专业团队送来的"文化午餐"，而且需要土生土长的"非遗"文化能人、基层群众文艺团体为他们提供持续的"文化早餐"。当然，要让类似的"非遗"文化在农村中老年市场中持续"涨粉"，甚至在城市中老年市场中持续"涨粉"，需要依靠政府提供的公共服务的基本支出，也需要相配套的公共服务基本机制的保障以及各类公益组织的参与。

同时，我们亦希望，晋剧能依托互联网平台，在青少年群体中"涨粉"。比如通过加入流行歌曲、舞蹈、网络文化元素，使内容更好地体现时代特色等手段，通过改变剧本的形式和内容的探索，充分适应年轻群体的需求。

当然，这也包括中老年群体对晋剧的新期待。

二人台:传唱在西部的乡土艺术

■ **高瑞锋**

二人台,中国北方主要地方戏曲之一,国家非物质文化遗产。它从清代起源于内蒙古以来,广泛流传于内蒙古中西部以及晋、陕、冀、宁等省区,覆盖中国150多个旗县。

它兼容蒙古族、汉族艺术特色,同时吸取我国北方民歌、舞蹈、曲艺等多种艺术精髓,是北方农耕文化与游牧文化相结合的艺术见证、黄河文化与敕勒川文化孕育的艺术结晶。

民俗文化融合的结晶

段八旺,国家一级演员、自治区级二人台非遗传承人。今年62岁的他,早已是誉满全国的二人台表演艺术家,从呼和浩特市二人台艺术研究剧院退休后,一直致力于拍精品剧目和培养后辈演员。

段八旺师承我区二十世纪五六十年代鼎鼎大名的二人台表演艺术家刘全。

"从刘全的师父往前追溯三代,可以追溯到二人台最早的雏形表演者图勒木扣。"段八旺说,图勒木扣是蒙古族,出生于清道光十年(1830年),其徒弟云双羊是二人台的奠基人。

清同治年间,河北、山西、陕西等地的百姓大量来到口外谋生,形成了春出秋归的"跑青牛犋"的习惯。

随着时间的推移,在广阔的敕勒川平原上,大量的口里人向塞外迁移,汉族民间文化也随之涌入。在长期的劳动生活中,蒙汉群众通过对歌的方式相互娱乐,使社火、八角鼓、民歌、码头调、山歌、牧歌、爬山调等汉族音乐与蒙古族的长调、短调、民歌等相互融合,形成了"坐唱"。与此同时,晋剧、道情、大秧歌、耍猴腔等戏曲也越来越多地传入塞外。农闲时,大小村庄都以"打坐腔"的形式进行娱乐。

在每年的元宵节和二月二,当地人民都要举办庆祝活动,比较富裕的大村庄外请艺人前来演出,小一些的村庄则以秧歌为主,自娱自乐。

"汉族人把学会的蒙古族音乐带回口内,蒙古族人也学会了汉族人的音乐,在草原上传唱,形成了最初的'风搅雪'坐唱。"段八旺说,在这样的环境下,二人台音乐逐渐形成了以蒙古调、秧歌调、丝弦调为主,并借鉴其他音乐形式的曲调,被称作蒙古曲。

段八旺说,图勒木扣是演唱蒙古曲的著名民间艺人,是敕勒川平原和山西河曲一带演唱蒙古曲的第一人。他没有丝弦伴奏,仅在葫芦上安装两根木杆、用羊皮和马尾搓成弦作为琴弓,边拉边唱。

富饶辽阔的敕勒川平原上,图勒木扣天籁般的嗓音伴随着滔滔黄河水,唱响黄河两岸,唱出了蒙汉人民的人生百味。

云双羊,蒙古族,图勒木扣的徒弟,土默特旗圪力更村人,咸丰七年出生、民国17年去世。

云双羊擅长吹口哨、说串话,不仅能唱蒙古族民歌,还能唱山西和陕西移民带来的汉族民歌。逢过节或者喜庆的日子,农牧民们纷纷邀请他"打坐腔"说逗演唱。由于他的演唱惟妙惟肖、诙谐动人,人们亲切地称他为"老双羊"。

在长期的艺术实践中,云双羊对蒙古曲的演唱形式大胆创新,用一丑一旦的两人角色化妆演唱,表演中吸收了社火中踩高跷、踢股子和秧歌中跑圈子以及传统蒙古舞等动作。虽然化妆演唱形式比较单一,但是比原来的"打坐腔"要红火热闹,并形成了"打玩艺""打小班"的表演团体,很快在敕勒川及河套平原流传开来,深受农牧民的喜爱。

随着"打小班"的发展,二人台的演唱内容逐渐丰富,伴奏乐器也由最初的四胡、竹板增加到扬琴、四胡、笛子、枚等"四大件"。

生动活泼广泛受欢迎

二人台表演形式活泼生动,演出内容往往摄取某一种社会现象,或者从蒙汉戏曲剧目及民间故事中撷取一节移植为二人台小戏;道白完全运用敕勒川方言,活泼自然、妙趣横生、通俗易懂,富有生活气息;音乐别具一格、淳朴亲切、载歌载舞,散发着泥土的芳香。

新中国成立后,二人台从"打小班"正式登上了光鲜亮丽的舞台,这一表演形式也被正式命名为二人台。

1953年,绥远省前进实验剧团成立。此后,二人台进入了良性发展阶段,呈现出生机勃勃的景象。

二人台工作者们紧随时代步伐,结合自身艺术特色,并融合内蒙古各民族文化,整理创作了《打樱桃》《走西口》《打金钱》《墙头记》等一批经典传统剧目,移植编排了《闹元宵》《方四姐》《茶瓶计》《白毛女》《江姐》《小二黑结婚》《洪湖赤卫队》《红山湖》等剧目。

在《闹元宵》中,创造性地把一丑一旦的角色增加到四人行当之分,不仅促进了二人台发展,也使二人台的艺术风格趋于成熟。

在内蒙古这片广阔沃土的滋养下,迅速发展的二人台多次代表内蒙古进京演出,演职人员受到党和国家领导人的接见,老舍、田汉、曹禺等戏剧名家在观看演出后给予肯定和赞扬。老舍先生更是挥毫盛赞:"亲切二人台,民间歌舞来。春风扬锦帕,玉蝶百花开。"

此外,二人台还到山东、河南、四川、广东、上海、辽宁、吉林、青海、西藏等省市自治区以及朝鲜、日本等国进行演出,受到了当地群众的喜爱和欢迎。

源自内蒙古的二人台,且歌且舞走向了全国。

改革开放后,二人台与时俱进,围绕内蒙古西部地区人民群众的日常生活,产生了《王满囤卖鸡》《叔嫂情》等经典剧目,以及大型民族历史剧《也兰公主》、大型历史题材剧《刘统勋私访河口镇》、大型现代剧《花落花开》《万家灯火团结梦》等优秀剧目。

精良的剧目必须要有好演员来出演。

历年来,内蒙古二人台先后涌现出了亢文彬、刘全、任粉珍、董文、宋振莲、邸文杰以及武利平、段八旺等一大批深受老百姓喜爱的人民表演艺术家。

2006年,国家文化部正式确立二人台为国家级非物质文化遗产。2014年,二人台正式成为内蒙古的地方戏,荣居全国36个大型地方戏曲剧种之列。

贴近群众传播正能量

二人台发展至今,已有100多年的历史。在长期发展的过程中,通过"走西口"这一特殊缘起,依托悠久的敕勒川游牧文化,博采众长,吸收蒙汉音乐、舞蹈、曲艺、戏剧之精华,最终形成了自己独特的风格和品位。

近年来,位于敕勒川平原的包头市土右旗连续4次获评"中国二人台文化艺术之乡"。2012年,内蒙古首届二人台艺术节在土右旗举办,土右旗也被国家定为永久举办地,至今已成功举办多届。今年,土右旗二人台正式列入第五批国家级非遗项目名录。

进入新时代,面对丰富多彩的社会生活,从历史走进现代的二人台该如何应对?

"音乐也有地域性,在保持二人台原有基调的前提下需要作出改变,适应时代发展,弘扬主旋律。"段八旺说。

2011年,由段八旺导演的二人台音乐晚会《古道乡音》,就是一台"传统+现代"的代表作,晚会以二人台传统音乐为基调,加入了四重唱、二重唱、合唱、伴唱以及大乐队等现代音乐元素,演出后叫好又叫座。

29岁的李佳琦是呼和浩特市二人台艺术研究剧院青年编剧,入职4年的时间里,他写出了深受年轻人喜爱的呱嘴《胖婶》系列,以及好评度极高的革命历史剧《多松年》等多部二人台原创剧目。

对于二人台如何延续辉煌,走进年轻观众的心里,李佳琦有自己的想法,"无论何时,戏曲都是与时俱进的,否则必然会被淘汰"。

李佳琦说,在我们父辈、爷爷辈那个年代,一部戏要慢慢地、细细地把它讲出来,下乡演出的戏时长最少得3个小时,不然,老百姓会说戏没演好。现在不一样了,戏的节奏要快,剧情翻转要快,短时间内要产生丰富的情节变化,还要融合很多信息量,就像电影,要尽可能地把各种各样的信息融进去,这样才能抓住观众的心。

从2010年至今,由呼和浩特市二人台艺术研究剧院创作的二人台现代戏《花落花开》已连续演出10多年、历经3代演员、全国巡演600多场。该剧常演常新,每代创作者都会在剧中加入与时代相符的潮流元素,贴近了当代人的生活方式。

近年来,根据国家惠民演出政策,我区二人台演出团队把演出地点多数放在了年轻人居多的企业、大中专院校等地方。

"要想戏好,首先剧本要好。"李佳琦说,要想吸引观众,就得贴近群众、说他们的话,并且要传播正能量,把社会主义核心价值观生动活泼地体现在作品创作中,倡导健康文化风尚,用思想深刻、清新质朴、刚健有力的优秀作品滋养人民群众的审美观、价值观,使人民的精神生活更加充实起来。

■一言

让二人台艺术在新时代绚丽绽放

■徐亚军 ————————————————————

初识二人台,源于20年前的一次下乡采访。当时,在一个村子简陋的小剧场里,一男一女两位演员正在表演节目,因为方言的缘故,太多的唱词我都听不懂,但演员土气的扮相、悲切的唱腔、夸张的动作,给我留下了深刻的印象。在之后的工作中,我采访接触过多位二人台演员和名家,观看过很多场二人台表演,对于二人台,我也从最初的了解、接受,到后来的喜欢。

不可否认,二人台艺术作为一种地域色彩浓郁的中华优秀传统文化,有着广泛的群众基础和旺盛的生命力。多年来,这门艺术在我区历代二人台艺术工作者的辛苦付出和各级政府的重视、扶持下,取得了不错的成绩。但是,随着人民生活水平不断提高,人民对包括文艺作品在内的文化产品的质量、品位、风格等要求也更高了。二人台艺术工作者要跟上时代发展、把握人民需求,以充沛的激情、优美的旋律、感人的形象创作出人民喜闻乐见的优秀作品,让人民精神文化生活不断迈上新台阶。

中华优秀传统文化是我们最深厚的文化软实力,也是中国特色社会主义植根的文化沃土。新时代背景下,我们要把中华优秀传统文化更好地传承下去,必须推动传统文化继续保持自身优秀特质、发挥自身优点长处,推动优秀传统文化与现实文化相融相通,在当代社会生根发芽、开花结果,使其结合新的实践要求,不断创新发展,更好地融入当今时代、服务当代社会。

崔铁炉:以信立号彰显匠心坚守

■ 高瑞锋

　　如星河般散落在中华大地的老字号,因文明而诞生,因文化而传承,因创新而壮大。

　　青城老字号崔铁炉,得呼和浩特400多年文化底蕴滋养,以信立号,以质制胜,匠心坚守,世代传承,历200年而不衰,尽显中华优秀传统文化之博大与包容。

严守祖训　以"质"取胜

　　崔铁炉,呼和浩特本土老品牌,创立于清道光年间。

　　崔锐,崔铁炉第五代传人,尽管已78岁高龄,但依然精神矍铄,眼不花耳不聋,声音洪亮。

　　呼和浩特市玉泉区兴盛街的一处门脸房,是崔锐和儿子崔燕春多数时候工作的地方,他们还有一处工作室在郊区,专门用来打制铁器。

　　门脸房是二层,楼上楼下的墙上地下,尽是大大小小的机器和配件,以及做好的菜刀、锅等用品。

　　崔燕春在一楼的机器上细致地打磨着一把蒙古刀,崔锐在二楼设计绘制着一把银壶上的图案。图案绘制已近尾声,是佛教中的"八宝"：宝瓶、宝盖、双鱼、莲花、右旋螺、吉祥结、尊胜幢、法轮，每个图案大小均等，精细逼真。

"蒙古刀和银壶是两位收藏爱好者定制的，作为收藏之用。"崔锐说，近年来，私人定制有很多，每接一单，他和儿子都要精心设计选材，绝不敢有半点马虎。

200年来，崔铁炉打制的产品货真价实，早已名冠青城。

根据年代特色，崔铁炉最初以打马印为主，随着社会发展，逐步转向炊具、刃具、农具以及各种匠作工具的制作。每个产品的制造都有一套严格的程序，即使打制一把普通厨刀，也要经过十几道工序，复杂一点儿的器具，则要经过几十道甚至上百道工序才能完成。

"不管做什么产品，崔铁炉都始终牢记祖训，时刻把产品质量放在第一位。"崔锐说，崔铁炉从创办那天起，祖辈就立下严苛规矩："残次品绝对不能出摊""宁可人受苦，不可脸受气"。

此言不虚。

200年来，每代崔铁炉继承人丝毫不敢淡忘祖训，在产品质量上始终精益求精，绝不欺瞒蒙哄顾客，代代创下良好口碑，一路走到了今天。

崔铁炉打造的菜刀尤其讲究，选用上等好钢材，锋利无比，可以使用四五十年。崔铁炉的产品在本土市场上牢牢地占据着一席之地。

在呼和浩特人心里，崔铁炉是毋庸置疑的"品质"代名词。

自立门户　　固本纳新

呼和浩特市旧城,清代称归化城。清初至道光时期,归化城的规模和繁华程度日益增强,成为当时的塞外名城。

史料记载,由于天灾加之其他原因,大批晋西北、雁北、陕北以及鲁豫地区的贫苦农民来到归化城及其以西的地方谋生。这大规模的移民活动,史称走西口。

青城崔铁炉的创始人,就是这走西口当中的一员。

道光年间,山西大同遭灾,庄稼颗粒无收。当地一崔姓男子带着小儿子一路讨饭来到了归化城。

"来到归化城后,父子俩白天唱着莲花落讨饭,晚上就睡在五十家街龙王庙巷子那块的曲铁炉铺檐下。"从小缠着祖辈讲故事的崔锐说,这崔姓男子的小儿子当年才9岁,就是崔铁炉的创始人崔琳,他当年跟随学艺的师傅就是曲铁炉的大师傅。

学艺十年后,大师傅病逝,崔琳自立门户。从此,归化城的铁匠行当多了一个好铁匠字号——崔铁炉。

崔锐说,崔琳30岁时才成家,娶的是大同老家的班姓姑娘。"这就得说说他的内弟班先生,正因为有了这位内弟,崔铁炉在归化城的生意才更加兴隆,名声甚至传到了多伦。"

班先生十三四岁时,常年跟着大盛魁的驼队到处走。来到多伦后,由于喜欢铁匠这个行当和当地的文化,便留在多伦,在一个铁匠铺当了学徒。出徒后,他带着一身本事离开多伦,来到归化城投奔了姐夫和姐姐,成为了崔铁炉的一名大师傅。从此,崔铁炉的打造范围比别的铁匠铺多了马镫、马鞍、火撑子、蒙古刀等用具。

崔琳脑子活络,借着内弟的手艺,买了两匹骆驼,专门让二儿子崔贵潘带着自家打制的蒙古族铁器前往多伦销售,获得了成功。"崔贵潘还在多伦开了铺面,有了自己的字号。"崔锐说。

眼界开阔　与时俱进

铁匠,苦营生,古时从业者多贫苦。

"夏天30多度的气温,守在炉子跟前,钢和铁结合的时候,温度可达1400多度,能把手上的皮烤起来,滴下的汗珠子能把地面砸出坑。"崔锐说。

虽苦,也得要聪明、有悟性。

"好的铁匠师傅要会看火候,根据铁块的加热程度,来指导徒弟何时加火、何时出炉。"崔锐说,有些人一辈子都学不会,只能抡大锤。

崔铁炉后人代代继承了祖辈优点,吃苦好学聪明。

这些优点,在崔锐和崔燕春父子身上得到了充分体现。

崔锐自小酷爱画画,画什么像什么,颇有灵性。13岁高小毕业后,开始跟着父亲、叔叔学打铁,学得一身好手艺。

29岁到38岁这九年间,崔锐先后在呼和浩特市民族用品厂、内蒙古外贸工艺厂和内蒙古博物院工作,均负责技术研制和把关。当年,这3家单位聚集了多种匠作行业高手,位列其中的崔锐虚心学习、不耻下问,学到了很多铁匠之外的技艺。

在内蒙古博物院从事文物修复时,崔锐成功复制了国家特级文物康熙宝刀。"康熙宝刀上的工艺特别复杂,刀上全是

老字号崔铁炉

金丝,银、铜、木头上全都镶嵌着金子、贴着金箔,修复需要錾刻、镀金、鎏金、错金等多种工艺。而这些工艺,在古代都是高级铁匠的活儿。"

乘着时代的东风,崔锐从普通铁匠变成了一名现代高级铁匠。1981年,他脱离体制从事个体,再度扛起了崔铁炉这块金字招牌。

学习创新方面,崔燕春比父亲有过之而无不及。他17岁开始和父亲学习铸造技艺,而今50岁,早已尽得家族真传。

年轻的崔燕春不满足于此,他想让老技艺跟上新时代。在继承祖辈传统铸造技术的基础上,他又加入现代铸造技术,创新门类,把金银铁工艺品加工纳入其中,还涉猎铜壁画、浮雕、不锈钢、大型雕塑等制作领域。

尤其在雕塑领域,崔锐和崔燕春父子声名远播,至今已经给包头市、准格尔旗、阿拉善盟等地以及内蒙古大学、内蒙古农业大学、内蒙古博物院等多家单位院校制作了造型各异、立意深远的雕塑作品。

2021年,崔铁炉打铁技艺成为呼和浩特市非物质文化遗产。

作为崔铁炉第六代传人、非遗传承人,崔燕春说,庆幸自己生在新中国、长在新时代,过去穷苦人干的铁匠变成了现在受人尊重的匠人。今后,崔铁炉将在恪守传统工艺的基础上,与时俱进、加大创新,让老字号历久弥新,焕发新时代魅力。

(图片由高瑞锋摄)

■一言

打铁必须自身硬

■苏永生

　　百年老店崔铁炉，依靠一以贯之的诚信理念、匠心独具的制作锤炼、货真价实的产品质量，赢得了消费者的信赖和美誉。

　　崔铁炉的成功经商之道，说出了一个道理——打铁必须自身硬。做人如此、做事亦如此。

　　在烈火中锻造精品、在锤炼中提升品质。做到自身硬，首先要对自己从事的行业有一个清醒的认识，对自己的门店有一个精准的定位，特别是要对自己生产的产品和服务的对象负责。

　　工欲善其事，必先利其器。所谓好钢要用在刀刃上。一件优质的产品出炉，不仅要求制作该产品的工具本身合格过硬，更要求产品的设计工艺合理、制作工序精细和使用材料优良，凡此种种，最后都归结到制作者对自己的招牌负责、对自己的产品负责、对消费者负责的良心、苦心和匠心。

　　随着社会的不断发展，一些传统的老物件可能会因为没有使用价值而逐渐淡出人们的视线。作为以品质和诚信取胜的百年老店，要想继续立于不败之地，必须要在保持传统风格的基础上，在新产品开发上做到与时俱进，结合现代网络技术改进生产工艺、提升产品质量。要借助网络做好产品展示，扩大自身的知名度，让更多的消费者了解自己的经营理念和工匠精神，让优质产品走入更多百姓家。

　　有关部门也要从支持非物质文化遗产的保护传承角度出发，从资金、场地等方面对这些百年老店进行支持，从互联网知识、新媒体应用等方面对他们进行培训，让他们能够跟上时代发展的步伐，把传统技艺更好传承、发扬光大。

栗氏木雕:雕梁画栋处 气象万千来

■院秀琴

从幽静精致的四合院民居,到恢宏万象的崔嵬宫殿,再到庄重严肃的庙宇古刹……几千年来,我国建筑一直以木构架建筑房舍宫府,创造出独具中国风情的建筑艺术。而作为建筑"脸面"的传统木雕技艺,是依附在建筑实体上的艺术珍品,根据建筑的特点进行加工量材,在漫漫岁月长河中形成了丰富的内涵,处处渗透着中国传统文化的底蕴。呼和浩特市非物质文化遗产代表性项目——栗氏木雕手工技艺作为内蒙古地区的优秀代表,是我国传统木雕技艺的重要组成部分。

门窗橼垣上的雕刻是技术也是艺术

以木为纸,刻画一幅浑厚大气的二龙戏珠图,龙头威武,龙尾细长,龙身雄健,孔武有力,大口怒张,指爪锋利,其间衬以火云纹,精美细腻,栩栩如生。沿木曲方圆,镌刻起伏的线条,图样在其中流动跳跃,动势美感十足,圆润饱满间,牢牢地牵连着北方气韵。

这是一个大雀替,出自呼和浩特市非物质文化遗产栗氏木雕手工技艺传承人栗永强之手。

今年45岁的栗永强出生在呼和浩特市土左旗里素村,乾隆年间,祖辈从山西走西口来到内蒙古,他的家族世代从事木雕手艺,他是第八代传承人。栗永强14岁便跟随父亲学习木雕技艺,至今从业已经30多年。

经过两百多年的发展,几代人历经岁月激荡,薪火相传,巧手雕琢,匠心传承,栗氏木雕结合立体圆雕、镂雕、浮雕三大类,技法得到了进一步升华,逐渐形成了鲜明的风格,将巧夺天工的木雕技艺展现在世人面前。

栗永强介绍,他们主要运用大小不同的胚刀36把、轻刀36把进行雕刻,由粗到细,由细到微一丝不苟。镂空部分则采用旋钻开孔,以万向钻切割的工艺进行加工制作。

"刀法就是熟能生巧。"栗永强说,用未开刃的铁斧中心最厚重的地方,敲打刻刀的木柄,将力传递给刀尖,沿着线条凿入,手腕控制和捶打力道的掌握是关键。打、劈、削是雕刻时的三部曲,大刀打出大致形状,更为锋利的刻刀劈开木块之间连接之处,层次分明,形状逐渐显露。再用削的刀法将凹槽部分处理得更加平整笔直。

刀尖不停变换角度,栗永强雕刻着心中的图案。握刀,五指紧握刀柄,定准位置用力凿刻,这种刀法可以更好地掌握准度。压刀,手指压住刻刀前端,增加雕刻时的精准度。转刀,拇指与食指轻轻搓揉,改变刀头的角度,各种刀法切换运用自如。人刀合一,方出精品。

毛坯雕刻完成,最后一步是修光,挑选最精细的刀头,不借助任何外力,只用双手雕刻,清除多余的毛刺与刀痕,达到光滑、洁净、完美的目的,同时也是对于木雕作品的艺术加工。在刀尖的雕刻下,二龙戏珠的图样逐渐成形,线条流畅、造型洗练,这一民间传统的图腾,寓意喜庆祥瑞、富贵连绵,北方古建筑的木雕文化与智慧,凝聚于此。

雕梁画栋处,飞檐斗拱间,这些经过精雕细琢、用心打造,留在门窗檩檐的每一处雕花是技术,更是艺术。

修复工作是让古建筑重焕生机也是雕刻永恒

历史文化名城呼和浩特素有召城之称,民间有"七大召,八小召,还有七十二个免名召"之说,庙宇古刹林立需要大量的木雕艺人。

触类旁通,栗永强自己钻研了庙宇古建筑木雕技艺。

21岁那年,栗永强到大召寺看望发小,恰好遇到大召寺雇佣木工,栗永强毛遂自荐,对方觉得他是个毛头后生,不愿意相信他。"我跟他们说你让我试试,做得好,你就用我,做得不好,我给你赔木料!当时岁数小,有一股傲气,我非得给你做。"栗永强爽朗地笑道。

对自己木工技艺的笃定,与对于雕刻的执着,他非做不可。几天工夫过去,栗永强做的第一批鼓架子完工了,榫卯之间严丝合缝,雕刻工艺精巧传神,他的作品让在场所有人拍手叫绝。此后,栗永强成为大召寺的"御用"木工,开始了古建筑修复、重建之路。

1999年大召寺维修、2004年大召寺扩建、2006年席力图召扩建、达茂旗普会寺修建、土默特左旗广化寺(喇嘛洞召)修建……都留下了栗永强的木雕技艺。

在参与各大寺庙的修复与重建中,栗永强与多个民族的木雕艺人交流学习、模仿创新,并与宗教文化相结合,使依附在宗教艺术和民族融合之上的木雕技艺得到了飞速发展,逐渐形成了多种风格相兼并存的独特的木雕技艺。他的木雕作品往往斗拱悬挑,飞椽出檐,四角起翘,明快轻盈。

"我最早也没有接触过宗教题材,学徒的时候就是在村里盖全架房。修复古建筑也好,盖房也好,其实结构法都是一样的,作为一个手艺人,不能只会做见过、做过的东西,你没见过的东西,看一眼就会做,只要是木头的,你肯定能做,这才叫手艺人!"栗永强告诉记者。

除古建筑修复外,旅游景区建设方以及传统中式建筑的爱好者,也会慕名前来寻找栗永强,让他"量身定制"。

2011年,栗永强承接了网红村恼包村几乎全部的木工活儿,里面大大小小的仿古建筑都是栗氏木雕的作品,包括圆形、六角、八角、重檐等30多个凉亭和1个牌楼,前后历时3年之久。"这些完全是按照传统的榫卯结构建造,即使经历风吹日晒,都能保持几百年屹立不倒,如果维护得好,永远不蠹。"栗永强说。

学习木雕技艺是传承工匠精神也是延续传统文化

一次偶然的机会,在武川县文化馆非遗中心工作的胡国栋见到了栗永强的木雕作品,胡国栋对他精湛的技艺大为赞赏,并建议他申报非遗项目。"栗永强的技术很全面,浮雕、镂空等他都会,他做出来的东西让人分不清是古代人做的还是现代人做的。在申报过程中,专家、学者们也都认为栗氏木雕有极高的艺术成就,看到他的作品,大家都挺震惊的。"

2020年,栗氏木雕手工技艺获批成为呼和浩特市第八批市级非物质文化遗产代表性项目。

目前,栗永强和弟弟栗林强一直在从事木雕工作,遇到难题还会向他们的父亲栗财旺请教。因栗氏木雕精湛的技艺和扎实的功底,不少年轻人拜在栗永强门下学习,希望日后能从事古建筑木雕工作,如今他的团队已经发展到20余人。

今年47岁的杜俊飞跟随栗永强学习木雕技艺已经有十几个年头了,最初因为兴趣爱好开始学习,而今更笃凌云志:"今后要一心一意把这门传统工艺继续发扬下去。"

在记者采访时,栗永强位于呼和浩特市新城区讨思浩村的工作室正在进行改建,五六位手艺人正在现场忙碌着。栗永强告诉记者:"我正在申请成立栗氏古建筑木雕非遗传习基地,现在这个位置正好离敕勒川草原非常近,景色也很美,以后游客、学生,以及对古建筑木雕感兴趣的人都可以来这里参观、学习,让更多人看到我们中国传统建筑以及木雕技艺的魅力。"

在这里,大到雕花的红木门,小到一副镂空的雀替,都是手艺人们精雕细琢的匠心之作。

精雕细琢,是手艺人对至臻完美的不懈追求,也是一项技艺流传至今的不竭动力。

■一言

让传统技艺在创新中传承

■苏永生 ————————————————————

一根木头，在普通人的眼里只是烧火柴，在行家眼里却是加工艺术品的胚料。传统的雕刻技艺，足可以让普通变为神奇，让世界变得更加丰富多彩。

作为建筑"脸面"的传统木雕，在满足建筑使用功能的同时，也把精美的建筑图案和精巧的手工技法展现给世人。这项承载着中华优秀传统文化的非物质文化遗产技艺，需要很好地得到传承。

锲而舍之，朽木不折，锲而不舍，金石可镂。弘扬传承这项传统木雕技艺，不仅需要动手，还需要动脑，更需要持之以恒。

精诚所至，金石为开。呼和浩特市非物质文化遗产栗氏木雕手工技艺传承人经过30多年的辛勤实践和不断创新，使这项传统技艺发扬光大，为传承弘扬中华优秀传统文化发挥了积极作用。

文化是民族的血脉，是人民的精神家园。保护传承非物质文化遗产，就是保护我们共有的精神家园。传承是最好的保护，但是传承也不是一成不变，而是要与时俱进、开拓创新、博采众长、不断完善。

非物质文化遗产是人类共有的瑰宝，非遗文化的传承，不能仅靠传承人单方面的努力，更需要国家的支持和社会各界的帮助。非遗文化传承人也要加强学习、更新观念，特别是要通过运用互联网技术等现代高科技来提高技艺、提升艺术品位。要通过建立创新工作室、设立非遗文化传习基地等方式，吸引更多的人加入非遗文化保护传承行列，让传统技艺在文化强区建设中呈现新形象、展示新作为。

武家泥塑：在指尖传承的人生百态

■院秀琴

从远古神话传说中的女娲抟土造人，到红山文化牛梁河神庙女神像，神用泥巴做了人，人用泥巴塑了神；从先秦时期的奴隶泥俑、秦汉出土的各种陶俑、隋唐以后的寺院塑像，到宋元明清以来各式各样的民间泥塑，无不显露着雕塑的神工与色彩的光辉……五千年来，中国泥塑艺术积厚流光、异彩纷呈，高手辈出、代代相传。

我区非物质文化遗产代表性项目武家泥塑，是我国泥塑艺术汪洋中的一朵浪花，在悠悠岁月长河中散发出迷人的熠熠光彩。

匠心传承300余年

惟妙惟肖的泥娃娃、呼之欲出的飞禽走兽、体现国粹精华的脸谱，这些用泥巴抟练而成的艺术作品，精致工巧、神韵兼备，它们是时光的载体，是情怀的传承。这些作品均出自武家泥塑自治区级传承人武文胜之手。

今年54岁的武文胜，生长在呼和浩特市和林格尔县舍必崖乡西厂圪洞村，是武家泥塑的第7代传承人。说起武家泥塑的历史渊源，武文胜脸上洋溢着自豪和满足的笑容，"我们已经传承了300多年了!"说着,武文胜向记者展示起使用了300多年的泥塑模具,模具也是用胶泥制作而成,上面深浅不一的裂痕和反复粘贴修补的胶布诉说着岁月的沧桑。

武家祖籍山西忻州,乾隆初年走西口来到和林格尔县从事农业生产及画匠职业,农闲时,凭借其画、油、泥塑、裱等手艺走村串户维持生计。独具慧眼的武家祖辈发现泥娃娃颇受欢迎,于是融合了晋蒙两地的民俗文化,专攻捏泥人,出售供儿童玩耍,由此形成了风格鲜明的武家泥塑。

"20世纪三四十年代,武家泥塑的艺术造诣达到了顶峰,在土默川至大后山一带名气很大,创作的古装人物作品'桃园三结义''白蛇传''八洞神仙'等,有很高的观赏性。"武文胜告诉记者,泥娃娃、小动物、"扳不倒""不倒翁"等则是孩子们爱不释手的玩具。

在武文胜的记忆里,他的爷爷、大伯都精通泥塑,而他8岁起就与泥结缘。对于武文胜来说,泥塑不仅是家传的手艺,更是他心灵的一个寄托。武文胜患有先天性脊柱裂,导致下肢瘫痪,当时家里没钱为他治病,他只能用双手爬行。由于行动不便,武文胜只能看着同龄的孩子背起书包去上学,孤寂的岁月里,只有泥塑与他相伴。在大伯的指导下,武文胜的手艺越来越好,做的泥娃娃、小动物栩栩如生。

15岁那年,武文胜听到残疾人张海迪坚强面对生活的事迹后,被深深打动,他决定自食其力,在村里开起小超市养活自己。闲暇时间,武文胜就制作泥塑作品。2005年前后,和林县文化馆的工作人员发现当地庙会上的泥娃娃制作工艺精湛,赏心悦目,得知是本地村民武文胜的作品后,决定为武家泥塑申报非物质文化遗产。2009年,武家泥塑入选自治区第二批非物质文化遗产代表性项目名录。

贴近民俗和生活

小河沟里一团泥,匠人手里显神韵。

一捧泥巴,在武文胜的手中,经过拉、搓、揉、捏、压、接等工序后,便被赋予了生命,成了啃着蟠桃的孙猴子,长颈红冠的仙鹤,憨态可掬的十二生肖,五颜六色的脸谱⋯⋯这些泥塑作品无一不妙趣横生、活灵活现。

武文胜40多年来扎根于民间艺术土壤,一双巧手精心塑造,一颗惠心精彩呈现,贴近民俗和生活,将一团团普通的泥胚做成一件件精致的艺术品。

见到武文胜时,他正趴在炕上做泥塑,他一边为泥塑上色,一边介绍其制作工艺:"泥塑的制作需要经过选料、制泥、拓模、雕刻、洗胚、彩绘等工序,每一道工序都必须精心去做。不过最关键的还是选料,要选择雨后河沟里沉淀下来的胶泥,不能有一颗沙砾,还得有一定筋度才行。"武文胜介绍,为了让胶泥更柔韧,过去制泥时还要在泥里加入纯麻纸。现在麻纸不好找,就用蒲棒毛或者棉花来代替,按照一定比例加入水搅拌均匀,再放在一块平滑的石头上,用棍棒捶打,直到胶泥、蒲棒毛和水分充分融合,用布包好备用。

拓模时,先用擀面杖把泥巴擀成薄薄的泥坯,在模具里涂抹一层食用油,把泥坯放入模具压制成型,用小刀将模边缘的余泥割掉。胚型阴干后,还需洗胚,即涂上清水,用手在胚型上反复涂抹,将胚型上的裂纹抹光。

最后一步是彩绘，需要传承人有精湛的画功。传神不传神，表情占八分，武文胜边画边说："先画衣服、纹路、头发，最后也是最难的一步是开眉眼，稍有偏差，人物的精气神就没有了，弄不好前面的功夫就都白费了。"武文胜介绍，以前上色用水彩颜料，褪色较快且不易保存，如今改用丙烯颜料，色泽更加靓丽，保存时间也更久。泥塑对环境湿度的要求较高，为避免干裂和褪色，武文胜在徒弟党立英的启发下，增加了一道固色的工序。党立英是一名美容美甲师，她发现美甲用的封层甲油胶涂在泥塑制品上会让泥塑摸起来十分光滑，且发出清明透亮的光泽，十分好看。

仔细观察武文胜的泥塑作品，色彩艳丽、造型古朴，具有浓浓的乡土气息。"泥塑用的就是最乡土的泥，做的也是最贴近民俗和生活的东西，所以土一点才更有特色。"武文胜说。

传统与时代接轨

"武师傅是村里的能人儿，微信玩儿得比我还溜。村里谁家接个电、连个网都爱找他。"武文胜的徒弟党立英打趣师父。

出生于1980年的党立英三年前在一次公益活动中认识了武文胜，两人因为对泥塑的热爱一见如故，党立英十分敬重武文胜身残志坚、自强不息的品格，拜入武文胜门下，她每有闲暇就会从呼和浩特市市区专程开车去拜访武文胜，与师父切磋新技艺、交流新想法。

三年来，两人将传统的泥塑技艺与新时代接轨，创作了许多歌颂内蒙古、礼赞新时代的作品。武文胜和党立英合作创作的草原题材作品中，有跪乳的羊羔、有草原上奔跑的牧羊犬、有饮马的蒙古族姑娘……为庆祝建党100周年,党立英创作了《狼牙山五壮士》,精巧致密的泥塑细节和五壮士坚定悲壮的神情仿佛把观者带回到那个硝烟弥漫的时代。2020年,武文胜和党立英熬了个通宵共同完成了抗疫题材作品《防疫站》,工作人员正在给一位三轮车司机测量体温,一幅有条不紊、井然有序的疫情防控画面跃然眼前。"这个作品就是我和师父根据看到的现实,想象着捏出来的,没有照片参考。你看师父设计的这个三轮车,能走,能拐弯,它的车轮、车把都能转。"党立英看着这件泥塑作品像看着自己的孩子。

武文胜接着道:"泥塑艺术传承我觉得要有两条,一个要继承现有的工艺,另一个要与时代同步,开发新产品。光想着传承,不创新是不行的。现在人们对手工艺品要求高,要做出能吸引流量的作品,才能让泥塑文化更持久、更远地传播。"

武文胜和党立英还在短视频平台开通了账号,展示自己的作品,吸引了不少粉丝关注。呼和浩特海关离退休干部办公室工作人员王红涛看到武文胜和党立英的泥塑作品视频后,赞叹道:"武家泥塑工艺精湛,具有很高的艺术价值,这样的作品通过网络传播也为文化的融合发展做出了贡献。"

采访结束时,武文胜接到了一通电话,有一批小学生周末要来参观武家泥塑,想看看能不能当作一门兴趣课来学习。武文胜高兴地说:"只要愿意来就是好事,需要我怎么准备尽管说。"

"我准备买一批陈列架,在村里建一个泥塑展览馆,让大家重新拾起祖辈遗存的农耕文明记忆,让更多的子孙后代记住和了解祖辈的生活。"武文胜目光坚定、满怀豪情,宛如一个踌躇满志的少年。

■一言

让土玩意儿焕发新光彩

■苏永生

记得小时候学过一篇课文叫《颗粒归公》，讲的是泥塑大师泥人张为一个爱护粮食的小朋友捏泥人的故事。

泥塑作为一种发源于民间、取材于自然的传统工艺，因为其贴近群众、贴近生活的表现形式，广受大家喜爱。但是随着社会的不断发展，特别是计算机等现代科学技术的不断普及，泥塑这种曾经承载了过去几代人美好记忆的传统手工技艺也不同程度受到了冲击。与现在的动漫、短视频等高科技产品相比，那些活灵活现、生动传神的泥塑小玩意儿已经不再像过去那样吸引人们的眼球，泥塑技艺甚至面临着传承乏人的困境。

可喜的是，呼和浩特市和林县的武家泥塑，不但没有在信息社会的大潮冲击下停滞，而且与时俱进、乘势而上，实现了新的发展。特别是，武家泥塑得到了当地政府部门进一步的重视，被确定为自治区非物质文化遗产代表性项目，也为其今后的传承和发展奠定了良好的基础。

世界上没有一成不变的东西，泥塑技艺也不例外。创新是一切技艺得以传承发展的生命力。古老的泥塑技艺，不仅要保持传统的制作风格，还要在设计、选材、配料、涂色、展示、推广等方面不断创新，创作更多弘扬社会主义核心价值观、体现以爱国主义为核心的民族精神和以改革创新为核心的时代精神、彰显铸牢中华民族共同体意识等方面的优秀作品,不断满足人民群众日益增长的文化生活需要。

在当今的信息世界,传统技艺的创新与传承,离不开互联网的支持。一方面,泥塑制作者要充分发挥互联网的优势,提供新思路、开发新工艺、创作新产品;另一方面,也要通过互联网渠道,宣传传统技艺、推介创新作品、开展技能培训。

有关部门也要从传承弘扬传统文化的大局出发,对各类非物质文化遗产传承人给予资金、技术、场地、培训、宣介等方面的支持,让非物质文化遗产在不断创新中发扬光大,让更多的人了解非物质文化遗产、喜欢非物质文化遗产、支持非物质文化遗产,让泥塑这种传统的土玩意儿,焕发出新时代的光彩。

巴林石雕:国家级非遗的文化传承

■院秀琴

巴林石因产于内蒙古赤峰市巴林右旗而得名,以其软硬适度、质地温润、光彩缤纷,特别适于"中国印·中国信"的印章创作和精工石雕的艺术创作,拥有"中国四大名石"之一的盛誉。如今,荣膺第五批国家级非物质文化遗产代表性项目的巴林石雕,迎来了全新的发展阶段,在更高层次上拥抱更加广阔的发展舞台。

源远流长 天赐珍宝

巴林石雕刻和应用的历史,源远流长。在早期的红山文化遗址出土文物中,就有巴林石雕件发现。我区巴林石雕艺术家、已故巴林石雕艺术大师刘林阁先生的夫人李秀清介绍,从距今八千年的"兴隆洼文化"遗址和距今六千年的"红山文化"遗址出土的文物中,就发现了用巴林石雕刻的"玦、佩、蚕、鸟"等文物。

从赤峰地区出土"红山文化"时期的鸟形玉玦、人面形石佩饰及多种实用器皿,巴林石从开始被人类发现和使用,就闪烁着文化光辉。由此绵亘至辽、元、清等历朝各代,均有巴林石雕艺术品和饰品等存世流传,诸如刻有契丹大字的辽代印章、元代的巴林石碗。"辽、金、元、明、清时期,巴林石雕艺品已多见于皇宫、王府以及民间富庶之家。民国时期,巴林石矿山始有开采,为雕刻艺术创作提供原料。"李秀清告诉记者。

赤峰市巴林右旗大板镇西北的特尼格尔图山,是巴林石的唯一产地。上古时期,在此生息的人类已经开始认识到这种精美石头的独特价值,但由于原始社会生产力低下,主要通过地表拣拾而得。从辽代到民国初期,这里都有小规模挖采,但得石甚微。日本侵华时期,日军曾雇佣过劳工探矿采石,将采得的石料加工成图章、墨盒等运回日本,给巴林石的历史留下了伤痕。新中国的成立,为巴林石的发展掀开崭新一页。时光步入1973年,我国正式开始规模化勘探开采巴林石,1978年国家轻工部正式为其命名"中国巴林石"。

由此,巴林石雕踏上产业化发展的快车道。1993年,巴林石矿被认定为"中国三大彩石基地";2005年,巴林石矿山被国土资源部批准为国家级矿山公园;2006年,巴林右旗被批准为"珠宝玉石首饰特色产业基地";2007年,巴林石被评定为中国驰名商标品牌,成为我区首家获得国家地理标志的保护商标。

为何从远古时期开始,巴林石就得到了别样的青睐?这与巴林石奇特的生成过程是分不开的。亿万年前火山喷发和蚀变作用下,地下岩矿的组成元素经过长期演化而变得复杂多样,由此催生了色彩斑斓的巴林石矿脉。呼和浩特海关技术中心化矿检测专家郑书展博士介绍,含铁元素较多的石色主要呈现黄、红色,含锰元素的浸入往往会使矿石中出现水草花纹,含铝元素较多的情况下,矿石就以灰色和白色为主。

根据颜色、质地、结构的不同,业界将巴林石分为巴林鸡血石、巴林福黄石、巴林冻石、巴林彩石、巴林图案石等五大类上百个品种。不同的石质,对雕刻加工的要求各不相同。自20世纪70年代初期以降,随着巴林石矿的大规模开采,赤峰地区相继开办石雕工艺美术厂,涌现出了大批雕刻人才。经过长期发展,赤峰地区的巴林石雕刻艺术有的以动物、人物见长,有的以花卉翎毛见长,有的以俏雕、微雕、图章制作见长,逐渐形成了各自的风格。

巴林石雕刻的显著特征,就是把巴林石变成了丰富多彩、精美绝伦的艺术品,为这些冰冷的石头赋予了无限的生命力。1997年香港回归祖国怀抱时,巴林石雕件"骏马奔腾向未来"就曾作为内蒙古自治区人民政府向香港特区政府赠送的祝贺礼品在香港安家落户。2001年,中国首次承办亚太经合组织首脑会议,作为东道主赠给与会国家及地区领导人的"国礼"就是巴林石雕纽连章——《涌动的太平洋》。

赤峰市非物质文化遗产保护中心主任陈玉华介绍,近年来,巴林石雕多次参加每年的"文化和自然遗产日""非遗进景区"、内蒙古民族手工艺和文创旅游精品展、"56民族非遗邀请展"等非遗展示宣传活动,"不断扩大社会影响力,进入民众视野、融入民众生活,成为特色文化品牌,真正实现'美石美刻'都精彩"。

现代雕艺 四代传承

"现代巴林石雕刻艺术的前三代传承人,是从民国时期的郭长贤到新中国成立后的赵志生,再到刘林阁。"李秀清介绍,第一代是郭长贤,系美术祖传世家,鲁迅美术学院教授;第二代是赵志生,考入鲁迅美术学院后师从郭长贤,毕业后曾任赤峰第一工艺美术厂雕刻艺术教师,现任内蒙古大学艺术学院院长。第三代传人即为刘林阁、李秀清夫妻,1978年、1979年先后考入赤峰第一工艺美术厂,师从赵志生教授。可谓"三代传承百年,师传谱系清晰"。

中国工艺美术大师、巴林石雕代表性传承人刘林阁先生是内蒙古赤峰市人,19岁考入赤峰第一工艺美术厂,跟随巴林石雕刻艺术第二代传承人赵志生学习。1984年担任赤峰第一工艺美术厂技术、业务副厂长,1985年加入中国共产党,1990年任赤峰第一工艺美术厂厂长。2004年他被国土资源部、中国宝玉石协会授予首批"中国玉石雕刻大师"称号,是内蒙古自治区获此殊荣第一人,2006年被授予第五届"中国工艺美术大师"称号。

李秀清1978年进入赤峰第一工艺美术厂学习雕刻技术,同为赵志生教授的弟子。她多年从事巴林石的创意、构图、雕刻、打磨、抛光等一线实践。1993年企业改制,他们夫妻共同创建赤峰市艺仁阁工艺品厂,将巴林石雕刻技艺传承给第四代弟子刘雅卓、马艳红等人,为活态传承非遗、弘扬"工匠精神",奠定了清晰的传承谱系。

　　四代传承的巴林石雕刻技艺,根据巴林石"细、洁、润、腻、温、凝"六大要素,通过相石、创意、构图、操刀、施艺、浮雕、圆雕、镂雕、打磨、抛光等多种技艺手法,在借鉴玉雕、竹雕、木雕、角雕等雕刻技艺的基础上不断推陈出新。同时,融合寿山石、昌化石、青田石等优秀雕刻技艺不断发展前进,逐渐走出一条适合本身石料质地特征的创新之路。仅刘林阁夫妻联袂推出的巴林石雕精品佳作,就斩获中国宝玉石协会"天工奖"银奖、铜奖、最佳工艺奖,以及首届民间文化优秀成果"阿尔丁"奖一等奖、中国巴林石协会"天艺奖"金奖等多个奖项。

　　陈玉华告诉记者,赤峰市非物质文化遗产保护中心于2016年成立后,对巴林石雕这一传统美术项目进行挖掘与整理,并于次年组织专家对巴林石雕相关地区开展了调查走访。"在刘林阁大师的积极配合下,完成了巴林石雕申报书的撰写与申报片的录制。经评选,2017年5月,巴林石雕刻列入第五批赤峰市级非物质文化遗产代表性项目名录。"他介绍,2018年4月,石雕(巴林石雕)入选第六批内蒙古自治区级非物质文化遗产代表性项目名录,刘林阁入选第五批赤峰市级非物质文化遗产代表性项目代表性传承人;2018年10月,刘林阁入选第六批内蒙古自治区级非物质文化遗产代表性项目代表性传承人。

　　2019年7月,赤峰市文旅局开展第五批国家级非遗项目推荐申报工作。同年8月,由该市非遗中心组织评审专家委员会,召开国家级非遗项目推荐评审会,巴林石雕入选推荐名单,后经自治区文旅厅评审,巴林石雕成功进入国家级非遗项目推荐申报行列。当年9月,非遗中心派工作人员及非遗专家到呼和浩特参加第五批国家级非遗项目申报人员培训班,并着手修改巴林石雕国家级非遗项目申报文本等相关材料。

2020年12月,喜讯传来——巴林石雕入选第五批国家级非物质文化遗产代表性项目名录推荐项目公示名单。

国家"非遗" 石头"开花"

2021年7月,巴林石雕被国务院公布为第五批国家级非物质文化遗产代表性项目,归入传统美术类别,保护单位是赤峰市非物质文化遗产保护中心。

可惜天妒英才,刘林阁先生此时已天人两隔。与世长辞的他,终究没有等到这一天的到来。然而,他为巴林石雕作出的贡献,永远不会磨灭。作为内蒙古大学、赤峰学院两所高校客座教授,他曾全程担任"2012级赤峰学院巴林石雕刻班"的专业课教学,与妻子李秀清共同创办的赤峰市艺仁阁工艺品厂先后被内蒙古大学、赤峰学院确立为教学实习实训基地。自1993年创建起,艺仁阁工艺品厂一直为赤峰第一职业高中的在校生提供教学实训,为毕业生提供就业实习,并先后接收几十位优秀毕业生成为正式员工。在他们指导和培养下,先后涌现出4名内蒙古工艺美术大师和50多名优秀雕刻工匠,为巴林石雕工艺美术行业注入新生力量。

荣获国家级非遗项目之后,赤峰市积极落实巴林石雕的有效保护措施。陈玉华告诉记者,当地通过开展名家讲座、艺术实践、作品分享、实地观摩、展示成果等多种传播方式,拓宽"巴林石雕"传承人、从业者及雕艺爱好者的知识面和艺术视野，提高文化艺术素养、审美能力、创新能力，为国家级非遗项目"巴林石雕"的保护、传承与发展提供重要保障，赋予新的活力。同时，实现高等院校与地方非遗机构合作，积极探索研培长效机制，目前已和赤峰学院建立长期的研培合作计划。提升巴林石雕传承人理论基础和实践技能，扩大巴林石雕刻人才队伍，传播中华优秀传统文化，更加有力地推进国家级非遗项目"巴林石雕"走进现代生活，助力非遗保护可持续发展。

在一代代传承者的努力下，巴林石雕逐渐从工艺美术发展壮大成为颇具影响力的文化产业，是中国印石界的行业翘楚。陈玉华介绍，仅赤峰地区就有巴林石商铺近600余家，从业者约3万人左右，雕刻、治印者500人左右。"希望每一位雕刻师，精研技艺，学懂悟透中华民族文化的精髓，积极探索具有时代特征的元素和表达形式，让更多的人了解并喜欢巴林石雕非凡的文化艺术价值。"陈玉华说。

■一言

精诚所至　金石为开

■苏永生 —————————————————————————

巴林石,历史悠久、品位独特,堪称人间瑰宝。巴林石雕,工艺精湛、传承久远,让巴林石绽放光华。

精诚所至、金石为开。在金石文化界,巴林石雕因巴林石独特的品质而成名,巴林石因巴林石雕工艺而成型并驰名中外。天生丽质与工匠精神的完美组合,让巴林石走出矿山、走向世界。围绕巴林石形成的产业链,在生产、加工金石产品、创造经济效益的同时,也传承弘扬了中华优秀传统文化。

优秀的品牌,经得起历史的检验。享有中国"四大名石"之一盛誉的巴林石,虽经历史变迁,品牌经久不衰;入选国家非物质文化遗产代表性项目的巴林石雕,历经多代传承,工艺日臻完善。

巴林石雕从传统的工艺美术项目发展壮大为颇具影响力的文化产业,离不开几个方面的条件:一是要有材质优良、品位高等的石料;二是要有技艺精湛、精益求精的工艺师;三是要有鼓励支持、传承创新的政策环境。诸方面条件兼备,不但让巴林石获评中国驰名商标,成为我区首家获得国家地理标志的保护商标,走出赤峰、走向世界,而且让巴林石雕跻身国家非物质文化遗产代表性项目行列,巴林石雕作品成为国家重要外事活动赠送外国领导人的国礼。

巴林石雕,是我国非物质文化遗产百花园中一朵亮丽的奇葩。这项传统技艺不仅要得到有效的保护,还要得到很好的传承和发展。

我们欣喜地看到,当地非遗保护部门正在积极努力,通过组织巴林石雕参加"文化和自然遗产日""非遗展览"等各种活动,扩大非遗品牌的社会影响力;通过开展名家讲座、成果展示等形式,拓宽巴林石雕传承人、爱好者的知识面、艺术视野、审美和创新能力;通过与高校建立合作研培机制,提升巴林石雕传承人理论基础和实践技能,为推进巴林石雕实现可持续发展、走进现代生活不懈奋斗。

精诚所至、金石为开。在政府有关部门和社会各界的支持下,古老而神奇的巴林石雕工艺,定会在新时代绽放出更加绚丽的光彩。

角弓制作：弓开如满月 箭发似流星

■院秀琴 及庆玲

　　"骍骍角弓，翩其反矣。""风劲角弓鸣，将军猎渭城。""将军角弓不得控，都护铁衣冷难着。""秋草马蹄轻，角弓持弦急。"角弓，伴随着《诗经》和唐诗中的词句，穿越了几千年的时光……弓箭是冷兵器时代的御敌利器，曾经为中华民族保家卫国而载入史册，如今作为一项国家级非物质文化遗产代表性项目被保护和传承；曾经制作角弓的技术一度濒临失传，如今因为"守艺人"的坚持坚守，重新焕发光彩。

重现"风劲角弓鸣"的英姿

　　中国早在新石器时代早期就已发明了弓箭。礼、乐、射、御、书、数是我国古代"六艺"。中华民族的祖先将射箭视为最佳的文武兼修之术，几千年来一直传递着"射以观德"的信念。牛角弓是中国古代弓箭的巅峰之作，中国传统复合牛角弓的发明和使用，在世界弓箭发展史上具有代表性的意义。如今，射箭运动除了竞技以外还是一项很好的锻炼身体、修身养性的体育活动。

　　1959年以后，国内开始推广国际弓，传统角弓渐渐淡出人们的视野。蒙古族传统牛角弓制作技艺自治区级传承人诺敏朝鲁告诉记者,骑马、射箭、搏克被称为蒙古族"男儿三艺",随着老手艺人的相继离世,弓箭制作技艺出现了长达半个世纪的"断档"。

诺敏朝鲁的本职工作是内蒙古电视台蒙古语频道的记者。1999年夏天,他在赤峰市白音塔拉苏木举办的那达慕上采访。完成上午的工作后,他发现没有举行哈日靶,哈日靶在蒙古语中是传统射箭比赛的意思。诺敏朝鲁咨询了工作人员后得知,是在等待拿弓的老人。直到中午,终于有一位老人拉着驴车,背着一张黑色的弓,慢悠悠地来到赛场。这是一张反曲弓,是附近草原上唯一的蒙古族牛角弓,在举行哈日靶时,四五十位选手只能轮流使用这一张弓。比赛结束后,诺敏朝鲁采访了背弓的老人,制作了一个关于蒙古族牛角弓的5分钟专题片,播出后引发了强烈的社会反响。诺敏朝鲁了解到,当时会做传统牛角弓的老艺人为数不多,这项技艺濒临失传,因此,他坚定了传承弓箭制作技艺的决心。

诺敏朝鲁遍访呼伦贝尔、赤峰、通辽、阿拉善、锡林郭勒、呼和浩特等地的角弓制作艺人,查阅了《天工开物》和《考工记》等史料,又听说蒙古国有老弓箭艺人知道如何制弓,便有了出国拜师学艺的想法。2005年7月,诺敏朝鲁在蒙古国结识了时任蒙古国民族射箭协会主席的巴图胡亚格和制弓老艺人阿·色旺,深入了解了蒙古族角弓制作技艺。两年后,诺敏朝鲁又将两位蒙古国老师请到家中,三人同吃同住23天,交流制弓心得。

"用弹性很好的竹子或木头作为弓胎,制作弓里的牛角一般是水牛角,或者岩羊角也可以,贴在弓外的牛筋来自春天的牛,这时候牛比较瘦,牛筋油脂少、有弹性。胶则是用鱼鳔、鱼皮、猪皮、马皮等熬制的鳔胶,最外面还要贴一层蛇皮或者桦树皮,防止受潮。"诺敏朝鲁说。

学物理出身的诺敏朝鲁有着独有的优势,他身兼木匠、铁匠,自己改良制弓工具……经过无数次的重复试验,诺敏朝鲁终于在2007年7月做出了他的第一张牛角弓,两年后获国家专利。

2009年内蒙古自治区首届全民健身大会召开,哈日靶被纳入正式比赛项目,这是牛角弓在沉寂了50年后,第一次在我区体育赛场上出现。2011年,弓箭制作技艺(蒙古族牛角弓制作技艺)被列入第三批国家级非物质文化遗产代表性项目名录。

科技因素赋能传统角弓

诺敏朝鲁的传统牛角弓制作基地位于土默特左旗毕克齐镇袄太村,制作基地开辟了一个专门的传统角弓展厅,一走进展厅,便会被墙上挂得满满当当的弓箭所震撼。"这是土耳其弓,那把是韩国弓,这个是荷兰弓……"诺敏朝鲁一脸骄傲地向记者介绍,如数家珍般讲述着他收藏的不同种类、不同地区的弓箭。

展厅侧墙上的相框中封存着的一份研究生毕业证书和学位证书,引起了记者的注意。诺敏朝鲁告诉记者,因为牛角弓沉寂太久,许多弓箭手已经不知道如何称呼弓箭的各个部位,为系统梳理蒙古族传统弓箭的发展史,他在大学毕业22年后,又在2007年考入内蒙古师范大学科学技术史专业攻读硕士,主攻蒙古族弓箭史。经过3年研究,他完成了论文《<蒙古秘史>中关于弓箭字词的研究》,规范了牛角弓各部位的蒙汉语名称。同时,诺敏朝鲁在担任自治区哈日靶协会会长之后,组织专家制定了哈日靶比赛规则并培训了裁判员,让比赛更加规范化。

在内蒙古师范大学学习期间,诺敏朝鲁认识了内蒙古民族文化产业研究院院长、内蒙古师范大学科学技术史研究院副教授董杰,二人合作创新传统工艺,让科技因素为传统角弓赋能。

传统蒙古族牛角弓制作需要100多道工序,一个人需要耗费半年至一年的时间才能完成一张弓。经过改良,传统牛角弓被设计成多种规格,有满足标准射箭比赛使用的,也有拉力偏小些的,适合旅游景区游客体验。同时,他们用现代生产思维定制生产传统牛角弓,在生产技术上克服了天然原料难以机械化加工的难题,引入模具化生产线,提前生产弓体部分,做成半成品,一有订单就可以批量生产,缩短交货时间。他们还制定了一套标准化生产流程,牛角该晾晒多久、弓胎需要泡多久等,都有精确规定,经过改良,现在他们一年能做200把传统牛角弓。

"研究和调研的过程中,我们用文化遗产与科技认知的视角去观察它、提炼它,我们找到了传统与现在,还有未来的一个平衡点。"董杰在接受媒体采访时说。

2019年,诺敏朝鲁开始制作主要面向中小学校的普及型训练弓,训练弓保持了传统弓的形状,采用了现代的碳素材料,10天左右的时间即可完成,生产周期更短,造价也更低廉。"这就是我们现在正在探索中的学校培训用的基础款弓,这个弓比较软,对于普及推广弓箭体育活动很有用。"诺敏朝鲁说。

把弓箭文化传承下去

弓箭文化是我国各个民族交往融合而成的产物,是中国传统文化以弓箭为载体和符号的一种表现,是中国体育文化的重要支流。中国弓箭文化不仅见证了中国人民自古以来的不懈奋斗,也是古代人们顽强拼搏精神的传承。

"把弓箭文化传承普及推广"是诺敏朝鲁新的人生目标。制作弓箭是一门古老的技艺,是个成本极高、技术含量也很高的活儿,为做弓箭,诺敏朝鲁不仅投入了时间,也曾承受了亲人、朋友和同事的不理解;为了凑足资金,他甚至卖了自家64平方米的楼房……这或许就是圆梦的代价。

"考虑那些没有用,我不想跟你诉苦,不想跟国家诉苦,因为它是我个人的一个人生目标,我想为国家的文化繁荣做点实实在在的事情。这些事情不能等到大家理解以后再去做,在人们理解之前就要有自己的矢志不渝,就像射出去的箭一样,不会改变自己的方向。"诺敏朝鲁说。

所幸,一切坚持都是有意义的。"自2009年自治区首届全民健身大会把哈日靶纳入正式比赛项目之后,哈日靶曾被列入自治区全运会,骑射项目也发展成为自治区民族运动会的正规比赛项目,我们还举办过5届全区大学生专项哈日靶比赛。"诺敏朝鲁介绍，目前内蒙古师范大学、呼和浩特民族学院、内蒙古民族大学等院校都开设了传统射箭相关课程，锡林郭勒、鄂尔多斯等地的一些中小学也设置了射箭相关的实践活动，诺敏朝鲁正在着手编写专业的哈日靶项目教材。

诺敏朝鲁的坚持和坚守也感染了自己的徒弟，沉默内敛的陈恩和白音目前是通辽市科尔沁弓箭制作技艺传承人。诺敏朝鲁的儿子桑斯尔是呼和浩特市牛角弓制作技艺传承人，从小耳濡目染，对牛角弓的制作颇感兴趣，再加上大学学习的美术专业，他对弓袋、箭袋上的皮雕手工技法有一套自己独特的心得。

"目前我们对蒙古族牛角弓制作技艺传播推广的途径有限。未来我想通过电商平台、直播等方式，在线上多元化、立体化推广和传播牛角弓制作技艺，让更多的人知道、了解弓箭文化，我希望能把这门手艺传承下去。"桑斯尔说。

■一言

让中华文化百花园更加欣欣向荣

■院秀琴

作为中华民族传统文化百花园中的瑰宝,列入国家级非物质文化遗产代表性项目名录的蒙古族牛角弓制作技艺,不仅是一项繁复精致的传统制作工艺及特色产品,更是对其所承载的传统文化记忆的"刻录"。

牛角弓制作技艺的传承和弘扬,为繁荣民族文化增添了一抹亮色。现在,国内不少传统体育运动赛事和各类那达慕活动都设立了传统射箭项目,部分中小学校开展"非遗"进校园活动,吸引青少年参与和体验,为非物质文化遗产"重新进入生活"发挥了一定作用。

在浩渺的历史长河中,生息在中华大地上的全国各族人民创造了丰富多彩的非物质文化遗产,是中华民族智慧与文明的结晶。2019年7月15日至16日,习近平总书记考察内蒙古时指出,我国是统一的多民族国家,中华民族是多民族不断交往交流交融而形成的。中华文明植根于和而不同的多民族文化沃土,历史悠久,是世界上唯一没有中断、发展至今的文明。要重视少数民族文化保护和传承,支持和扶持非物质文化遗产,培养好传承人,一代一代接下来、传下去。要引导人们树立正确的历史观、国家观、民族观、文化观,不断巩固各族人民对伟大祖国的认同、对中华民族的认同、对中国特色社会主义道路的认同。

殷殷嘱托,深深牵挂。中华优秀传统文化为中华民族生生不息发展壮大提供了丰厚滋养,孕育了中华民族的宝贵精神品格,培育了中华民族的崇高价值追求,滋育了共同的情感和道德。深入挖掘各民族优秀文化和传统技艺中具有独特魅力的杰出成果,一定能够让中华民族文化百花园更加欣欣向荣。

放眼未来,我们必须以习近平总书记关于文化传承的重要论述为遵循,对历史文化坚持有区别地对待、有扬弃地继承,使其与当代文化相适应、与现代社会相协调,努力实现创造性转化、创新性发展,使古老的"非遗"焕发出更加夺目的光彩,进一步铸牢中华民族共同体意识,凝聚起同心共筑中国梦的磅礴力量。

巴尔虎制毡及搓毛绳技艺：
匠心传非遗　指尖有绝活

■院秀琴

　　五月的呼伦贝尔壮美辽阔。位于呼伦贝尔大草原西南腹地的新巴尔虎左旗，吸引游人眼球的不仅有无边的美景，还有脱胎于"非遗"技艺、具有浓郁文化底蕴的文旅商品。从自治区级非物质文化遗产代表性项目巴尔虎制毡及搓毛绳技艺中走出来的"毛墩墩"系列，就以其精湛的加工制作和精巧的设计形态，"萌化"了很多人的心。随着对传统手工技艺的挖掘、整理和保护，这项古老的技艺在创新性传承、创造性发展的轨道上焕发出崭新的生机与活力。

悉心教授：老辈人培育新传人

　　我国的制毡工艺延续至今已有4000多年的历史，始兴于北方草原。这里气候寒冷，以畜牧牛羊为生的游牧民族对于能够保温、防潮、挡风的毛制品格外喜爱，人们居住毡堡，用毡作褥。据清华大学美术学院张红娟、刘金全在《毡艺史话》一文中记载，宋末及元朝时期，蒙古族、回族、汉族等多个民族在西北地区杂居，一些居民就向蒙古族学习了擀毡技艺，从此,擀毡技艺在这块土地上生根发芽,遍地开花。

巴尔虎传统制毡及搓毛绳技艺是利用五畜毛皮制作各种生活必需品。2015年,这项传统手工艺被列为自治区非物质文化遗产代表性项目。"毡制品几乎涵盖生活的方方面面,包括日常所见的蒙古包围毡子、包门用的毡帘、婴儿摇篮垫子、床毡子、座椅刺绣毡子、腕套、针线包、赛马毡鞍子、毡靴、毡帽和毡子制作的玩具摆件以及牧业生产所用的接羔袋、马鞍垫子等。"巴尔虎传统制毡及搓毛绳技艺呼伦贝尔市级传承人呼格吉勒图介绍。

出生于1981年的呼格吉勒图幼年时便跟着奶奶和母亲接触了传统制毡技艺。2001年他从海拉尔蒙古族师范学校毕业后,于2016年考上了内蒙古师范大学雕塑艺术研究院。呼格吉勒图从美术作品的视角来观察毡艺,对这门传统的技艺产生了浓厚的兴趣,大学毕业后,他拜巴尔虎制毡及搓毛绳技艺自治区级传承人道力金老人为师,系统地学习了这门技艺。

巴尔虎制毡及搓毛绳技艺制作方法通常采用编织、缝纫、刺绣、剪切等技术。"毡绣多用驼绒和马鬃线,纺驼绒线要用骆驼膝盖绒毛和驼鬣的细绒纺成。毡绣工艺品图案常常是吉祥图、花纹图、五畜图,鲜花、飞鸟比较多见,技艺独具风格,是蒙古族制毡工艺的典型代表。"呼格吉勒图说。

常见的毡制品一般以羊毛为主要原料,根据毡化原理不同,制毡工艺可以分为针毡与湿毡两种。"简单地讲针毡就是用戳针通过反复戳刺来毡化羊毛,湿毡则是将碱性液体,一般用肥皂水,加入羊毛中让毛鳞片胀开,并加以振动,使羊毛纤维互相缠绕,最终毡化在一起的制作方法。针毡工艺常用于制作小型工艺品或者立体造型,湿毡工艺常用于制作大型整体性的毡制品,比如蒙古包的围毡。"说起制作工艺,呼格吉勒图滔滔不绝。

在他看来,传统毡艺和搓毛绳技艺,就是把松散的绒毛凝聚在一起的功夫,呈现的是丝丝缠绕、片片交织的"团结"之力。

锐意创新:老手艺做出新样式

巴尔虎制毡及搓毛绳技艺自治区级传承人道力金是呼伦贝尔市新巴尔虎左旗甘珠尔苏木巴音塔拉嘎查一位普通牧民妇女,她于2014年创办了巴尔虎传统制毡手工艺协会。在这里,经常可以看到不同民族的姐妹聚在一起有说有笑,道力金老人手把手地教她们制毡和毡绣手艺,几年间,协会先后发展了23名会员,培养出200多名学员,制作的毡艺、毡绣手工艺产品多达500多种。

虽然还是老手艺,但这些手工艺品却是新样式。

2022年北京冬奥会期间,呼伦贝尔市新巴尔虎右旗非物质文化遗产代表性传承人图雅带领团队制作了以"冰墩墩""雪容融"为主题的传统毡子手工艺品,在新右旗非物质文化遗产保护中心进行了展览,表达了牧民群众对北京冬奥会的美好祝福。虎年春节过后,呼和浩特海关离退休办公室工作人员王红涛在微信朋友圈看到了呼伦贝尔市新巴尔虎左旗文化馆传统工艺工作站制作的手工羊毛毡"虎年生肖"系列文创旅游工艺品,十分喜爱。"那个虎虎生威太萌了,我也想买一个。"王红涛笑着说。

这款文创旅游工艺品是巴尔虎制毡及搓毛绳技艺的创新尝试,新左旗组织了2022年"银色巴尔虎"文化旅游体育系列活动,"非遗过大年文化进万家——喜迎北京冬奥会"非物质文化遗产年货展作为系列活动的启动仪式,吸引了不少关注,新左旗文化馆传统工艺工作站开发并制作了手工羊毛毡虎年生肖系列文创旅游工艺品——虎虎生威100只,很快便被抢购一空。

"因为羊毛是天然纤维,制毡工艺也非常环保,不用粘贴,不含胶水等化学用品,所以在现代生活中也有很大、很好的市场,手工毡在工艺和设计思路创新之后,完全可以进军奢侈品定制市场。这样一来,就能帮助一部分贫困人口掌握技能,促进就业,增加收入,助力乡村振兴。"呼格吉勒图满怀期待,"小型化、工艺化、精品化是巴尔虎制毡及搓毛绳技艺的发展之路。"

在呼格吉勒图绘就的蓝图中,一件设计精巧、独具匠心的小小毡绳工艺品,瞬间就能唤起草原旅人内心的乡愁记忆——弯弯曲水,袅袅炊烟,满目青绿的草场,像云朵一样自由的羊群,蒙古包里遥远的歌谣,惯熟于活计的额吉用那粗糙而温暖的双手,将片片羊毛在指尖上一遍遍地轻轻撕扯,让脏乱不堪的细毛渐渐变得松软洁白,捻线搓绳,牵系对儿女的期盼,擀制毡毯,守护家的温度……

传承发展:老技艺焕发新活力

2019年,巴尔虎制毡及搓毛绳技艺被列为自治区第一批

"传统工艺振兴计划"试点项目,保护单位为新巴尔虎左旗文化馆。

如今,巴尔虎制毡及搓毛绳技艺这一非物质文化遗产,在新巴尔虎左旗文化旅游体育局、文化馆、教育局等部门的共同推动下,正在逐步走进当地小学、幼儿园。

新巴尔虎左旗目前有道力金1名制毡及搓毛绳技艺自治区级传承人,萨格斯拉、额日格吉德玛、呼格吉勒图3名市级传承人,巴雅尔赛罕1名旗级传承人,每位传承人都有数名徒弟或传承人,通过传帮带和师生互动,年轻指导教师将传统技艺传授给了校园里的孩子,使古老的技艺焕发出新的活力。

据了解,新巴尔虎左旗已在阿木古郎第一小学、新巴尔虎左旗第一幼儿园等相继开设了传统制毡及搓毛绳技艺课外兴趣班,在培训课程中,指导教师结合古老传统文化为爱好毡艺文化的学生定制专业课程,不断提高制毡及搓毛绳技艺非遗培训课程的趣味性、专业性和灵活性,学生的学习热情普遍提高。

阿木古郎第一小学教师哈斯多次在当地文化馆主办的羊毛毡工艺培训班,参与自治区级传承人研修培训,成为非遗进校园、进课堂、进课表的主要代表。

为了进一步推广普及巴尔虎传统制毡及搓毛绳技艺,2020年6月,新巴尔虎左旗文化馆申报成立"自治区传统工艺工作站新巴尔虎左旗分站",目前该工作站传习所拥有毡艺传承人、手工艺人、毡艺爱好者60余名。工作站采取以传承传统制毡及搓毛绳技艺、传统针法为主的老一辈传承人为代表的团队,和由文化馆馆员、各校美术老师、服饰传承人等组成的,面向旅游市场制作毡绣旅游创意产品为主的新一辈手工艺团队相结合的运营模式,全面推进技艺的传承,特别是在进校园项目实施过程中,传承人定期进校园,在小学成立的兴趣班上课,当地各部门齐抓共管,巴尔虎制毡及搓毛绳技艺进校园取得阶段性成果。

自治区传统工艺工作站新巴尔虎左旗分站站长呼格吉勒图说:"各级文旅部门给我们创造了很多学习的机会,比如2020年去苏州工艺美院参加文旅部的非遗传承人群研修研习班。下一步我们会引导从业人员多创作一些适合当代生活的、实用的毡艺产品,由此推动从业人员通过作品变现、盈利,同时会进一步推广非遗进校园活动,为后备人才打基础,为传承积蓄力量。"

未来,新巴尔虎左旗计划推动开展更加丰富多彩的兴趣班课程,通过编写传统制毡、搓毛绳技艺校本教材和美术课程,完善教学内容。通过定期举办校园制毡及搓毛绳技艺作品展,让中华优秀传统文化在校园普及升华。

有关专家在总结新巴尔虎左旗非遗进校园的传承效果时说,当地由文化馆牵头联合传承人和教师的力量推广传播传统非遗文化和技能,让学生从小认知并掌握传统制毡及搓毛绳技艺,达到了保护、传承、发展的预期效果。新巴尔虎左旗为传统制毡及搓毛绳工艺技能从娃娃抓起积累了宝贵经验,为该项非物质文化遗产的发扬光大贡献了力量、提供了借鉴。

■一言

赋予传统技艺更多生命力

■院秀琴

　　丝丝如飞云,片片似落雪。一簇簇来自大草原深处的优质绒毛,经过传统手艺人的精心加工,缕缕相结而成悠长的绳线,团团相抱而成绵柔的毡毯,每一尺、每一寸,仿佛都在讲述着远古先祖的生活智慧。

　　思索和探寻传统手工艺的文化价值,我们总是能够得到比它的实用性更有意义、更具价值感的收获。这一过程,不仅仅在于对传统工艺中蕴藏的精神力量的汲取,而且可以孕育出更大的商业价值。特别是随着人们生活方式的变迁,诸如巴尔虎制毡、搓绳等很多的传统手工艺及其传统产品的本来用途已日渐淡出人们的视野,从过去的日常用品变成了稀罕物件。因此,对传统技艺类非物质文化遗产的保护,一个重要的方向就是通过工艺化、小型化、轻量化、精品化转型。而对其文化意蕴的挖掘,往往可以赋予此类产品更为丰富的情感属性,并由此衍生更加多彩的呈现形态,进而创造出更大的市场价值。

　　以传承久远的制毡和搓绳工艺为例,那丝丝缕缕的缠绕和凝结,可以寄托多少对隽永情感的希冀,倾注多少对美好生活的向往。一件设计精巧、独具匠心的小小毡绳工艺品,瞬间就能唤起人们内心的共鸣。它可以是爱情的信物,是美丽的姑娘情丝交织的守候,指尖传递的情意;可以是亲情的挂念,是慈祥的额吉捻线搓绳,牵系对儿女的期盼;可以是乡愁的寄托,是和善的阿爸擀制毡毯,守护家的温暖……

　　围绕核心工艺的传承与发扬,在探索开发小件工艺品、便携式旅游商品的同时,还可以尝试拓展"流量IP"周边,借势打造"网红爆款"等新型产品形态和营销方式,帮助传统手工艺赢得更加广阔的市场前景。只要我们坚持创造性转化、创新性发展的方针,努力讲好传统手工艺的动人故事,重新发现传统手工艺的文化价值,重新定义传统手工艺品的商业价值,就一定能更好地实现对传统技艺类非物质文化遗产的保护、传承与发展,让更多意义非凡的"古老"重获新生。

民间木嵌:顶尖技艺方能一脉相承

■高瑞锋

民间木嵌技艺,源于清代宫廷万字桌,是利用碎木料嵌在家具上的一种独特工艺,至今已有290多年的历史,现在是自治区级非遗项目。

与南方木工精于雕刻不同,木嵌这项技艺完美体现了北方木工继承古代战争兵器学精于结构的原理,利用木头软硬力道、图案算法,采用削、切、挤等手法,加胶性合剂拼嵌而成的功力。用木嵌工艺制作的产品可保持数百年不裂,制作出的图案千变万化,寓意深刻,像是在木面上"画"了一幅画,雍容古典、简约大方,古人智慧得到了淋漓尽致的体现。

源于清宫　倡导节俭

孟祥杰,民间木嵌技艺自治区级非遗传承人,今年37岁的他跟随父亲孟凡中学习这项技艺20多年,是家族第八代传人。

"木嵌技艺来源于清宫万字桌制作技艺。"孟祥杰说,我的先祖孟传义是万字桌发明人,他是清雍正时期皇宫内的一名领班工匠。

清雍正时期,圆明园建成"卍"字房,"卍"音"万",所以称万字房。一日,雍正皇帝闲游园中,看见被弃之不用的黄花梨、紫檀、金丝楠木等珍贵的碎木料很可惜,遂命令工匠以"卍"字为题、碎木料为材,制作日常家具,意在显示帝王节俭爱民。

"孟传义与同门师兄弟经过反复试制,发明了一套口诀,创造了利用口诀把小块木材嵌成'卍'字图案的技艺,使得修建皇家园林的各种名贵木材边角料得到了有效利用。"孟祥杰说。

万字桌又称万字纹、万字锦地。以"卍"字为题制作的家具多为桌子,所以,人们称这种技艺为万字桌技艺。现在,孟传义的作品仍有存世,这类家具在故宫和观复博物馆都能见到。

"万字桌起源于宫廷,在清代专供皇帝和皇亲国戚以及王公贵族使用,最早,图案有等级区别。"孟祥杰说,九空"卍"字寓意九龙佑天,皇帝专用;万字锦地寓意皇权无限,皇室专用;双连环"卍"字寓意复万旺族,皇亲专用;"卍"花阵寓意镇军永定,军人王侯专用;单连环"卍"字寓意福泽和祥,大臣专用。其后,又创造了连环山、太极图、长城线、吉寿图、龟背等多种适用于普通百姓使用的图案。

"经过孟家几代传人的努力创造,又发明了石嵌、金嵌、百纳嵌等技艺,共49种图案。"孟祥杰说,进入新时代,我们早已摒弃了旧时代的等级思想,每种图案任何人都可以使用。

柳暗花明　走出迷茫

清末战争时期,因为时局混乱,孟氏家族后人深埋技艺,来到赤峰生活。

"我的祖辈都是木匠,到我爷爷是第六代传人,但是,他只传不做，把制作技艺全部传给了我父亲。"孟祥杰说，改革开放后，我父亲孟凡中很希望利用他精湛的木匠手艺，把万字桌技艺发扬光大，于是，举家搬迁到了呼和浩特。

酒香不怕巷子深。

经过几年的打拼，孟凡中的好手艺很快就传开了。但是，因为当时不流行古典家具，没有销路，孟凡中就将木嵌技艺应用在了现代家具上，结果赔得很惨。

2002年，17岁的孟祥杰高中毕业后，跟随父亲学习木嵌制作技艺，从小耳濡目染的他，上手很快，学得一手好手艺。

痛定思痛，父子俩决定再把制作方向转为古典家具。为了摆脱困境，孟祥杰开始简化制作技艺，提高生产效率。

"说来也怪，某些看似无用的步骤却严重影响图案的稳定性，夜深人静时我常常陷入迷茫。"孟祥杰说，恰在此时，一些别有用心的商人看中了这项技艺的价值，他们定做了全套家具，扫描图案后印在木壁纸上，再贴到家具上，甚至还有人用CNC雕刻机把图案刻在家具上……

可想而知，这种鱼目混珠的行为很快被市场淘汰。

"这是2009年发生的事，种种情况的发生，让我看不到这项技艺的未来。"孟祥杰说。

但是，也是在这一年，在有关部门的帮助下，木嵌技艺成功入选自治区级非物质文化遗产项目，孟祥杰成为非遗传承人。

这个项目的成功入选，让处于困惑中的孟氏父子增添了信心，他们坚信，只要按照古典家具的方向走下去，木嵌技艺总会有发扬光大的一天。

2015年,陆续有各地的收藏爱好者来找他们定做家具。其中一位上海客户想在百年之后给儿女们留下钱财以外的遗产,一直传承下去,就定制了一张小叶紫檀供桌。

这位客户的需求,像一道闪电,点醒了处于迷茫期的孟祥杰,他开始严格依照祖辈传下来的手艺制作家具,一招一式都不再简化,并把高端定制作为主要发展方向。

传统技艺　用心传承

至今,这项技艺依然采用传统手工艺制作,成品很慢。但是,所谓慢工出细活,这样的家具不仅美观,而且还具有收藏价值。

孟祥杰的家中,摆着一张五行八卦圆桌,桌面中心是太极图,外侧依次是五个不同大小的圆形图案,由内向外分别是五行八卦、小三角、连环"卍"字、六边形等图案。

"直径88厘米,整体以榆木为主,使用的碎木料有黑檀、小叶紫檀、黄花梨、金丝楠木等,大约3000多块,用时半年才做好。"孟祥杰说,所谓"铁匠怕方,木匠怕圆",这个圆桌没有30年的功力是做不好的。

有人说,木嵌技艺是红木行业金字塔顶端的技艺,只需要棍儿,打破了家具面儿和棍儿的结合规则,且名贵木材越来越稀缺,面儿会越来越难解决,只有这样的技艺才配得上好木材。

的确,好艺配好料。

孟祥杰家中,有张图案为冰梅的小板凳,和万字桌图案大不相同。

"这是嵌铜的技法，叫百纳嵌，这种技法比木嵌更精微。"孟祥杰说，木头和铜之间不吃胶，又无法开榫卯，怎么能让图案完美，而且不掉出来呢？

原来，木片和铜片都带有倾斜角度，通过木材和铜片的变形和扭力，用别劲法别住，就形成了冰梅图案。

"因为铜的硬度高，切削、弯曲时特别费时费力费手，制作一张长70厘米、宽50厘米的百纳嵌冰梅炕桌需要7个月，制作完成后，手会受伤，基本不能再干别的活儿，只能休息。"孟祥杰说，我爸今年63岁，从艺近50年，至今只做过3张百纳嵌冰梅炕桌，都被人收藏了。

现在，这项技艺传承的接力棒交到了孟祥杰手中，他感到责任重大。

近年来，孟祥杰的工厂作为传习基地，每年定期接收大学生来厂学习；为了让这项技艺受众面更广，他结合蒙古族传统元素，制作了居家常用的小板凳、摆件等家具，在伊金霍洛旗销售得特别好；针对年轻女性个性突出、爱美的特点，他用重量很轻的奥古曼木制作的木挎包，在网上很快销售一空。

"我一定尽全力把这项技艺传承下去，让它发扬光大，让更多的人从中接触、感受中华文化的美和智慧。"孟祥杰说。

■一言

找准传统技艺与新时代的契合点

■苏永生 ────────────────────────

高端上层的制作工艺、真材实料的木制产品,采用木嵌制作工艺制作的家具,以其独有的魅力吸引着大家的眼球。

随着时代的发展,生活节奏的加快,过去那种坚固耐用、一劳永逸式的传统家具已经不能适应现代生活简洁、方便、实用的需求。就连过去人们房间里标配的大衣柜、写字台、衣架等物,已经很少在城里中年人的家中见到,更不用说年轻人使用了。

但是,这并不是说用传统工艺制作的家具就没有了市场需求,传统制作工艺就没有了用武之地。恰恰相反,从文化角度讲,这种特色鲜明的制作工艺以及用这种特殊工艺制作的家具应该更有广阔的市场和发展空间。

传承这种传统技艺,让古老的制作方法和传统家具走向市场,需要找准传统技艺和新时代的契合点,适应市场需求和现代生活的需要。比如,除制作传统的木制家具外,还可以尝试把这种传统技法与现代生活结合起来,与文化旅游相结合,制作小型的工艺品、文创产品;在其他手工制作行业引入这项传统技艺,作为工艺点缀;在现代家具制作中使用这项传统技艺。

一项非物质文化遗产的传承,一方面需要传承人发扬工匠精神执着坚守;另一方面也需要创新,使传统技艺跟上时代发展的节奏,满足新时代人们生活的需要。对于传统的木嵌技艺而言,一方面要延续传统的制作方法、制作工艺;另一方面也要对制作工艺进行改进,特别是在产品的形状、大小、实用性等方面做文章,生产适合现代人口味的产品。否则,其制作出来的产品就只能用于展览和收藏,不能走入寻常百姓家。

此外,还可以通过设立非遗培训班、建立非遗传习基地、非遗产品展示馆等方式,向社会公众特别是中小学生介绍木嵌传统工艺的产生、发展以及应用,让更多的人走近非遗、了解非遗。

当然,这样做单靠非遗传承人个人的努力是不能做大做强的,政府有关部门和全社会都要为非遗传承创造良好条件,提供相应支持,把传统非遗技艺发扬光大,让其在新时代焕发应有的光彩。

黑矾沟(陶)瓷艺:窑火八百年 点亮瓷生活

■院秀琴

"黑矾沟,出黑矾,还有著名的花大盘。火罐钵钵油灯盏,花碗、盘碟、浆米罐、酒盅、瓷砖、大磨盘……"这段曾经流行于呼和浩特市清水河县的快板书道出了黑矾沟曾经盛产陶瓷的辉煌。

黑矾沟位于清水河县西南部,与鄂尔多斯市准格尔旗隔黄河相望,矿产资源丰富,其中制造生产陶瓷制品的原材料——高岭土,不仅储量大,而且品位高,为清水河县陶瓷艺术的发展奠定了坚实的基础。2011年,黑矾沟(陶)瓷艺被列为第三批自治区级非物质文化遗产项目。

如今,踏上黑矾沟的土地,散落在窑洞附近的白瓷碎片,和断裂颓败的夯土墙,仍在诉说着800多年的制瓷故事……

瓷器述说历史

清水河县黑矾沟古瓷窑群,是一处保存完好的明清时期烧造瓷器的民窑作坊遗址。黑矾沟古瓷窑群坐落在一条长约2500米的季节性河谷内,依坡而筑、坐北朝南,多为单座、双座或多座等形式,建造为圆形圆顶状,俗称馒头窑。

2008年,这处古窑址被国务院"三普"办公室列为重大新发现之一。

"馒头窑总共大概是26座到27座,还有2座残缺不齐的。黑矾沟制瓷的历史,大约有800多年,这个地方的陶土特别好,有一种原料在全国是顶尖的,高级高岭土,氧化铁和氧化钛的含量是0.5%,南方地区类似陶土的铁、钛含量在1%至4%之间,另外我们清水河这个泥料有一个特性,黏性塑性很强,不用配料,就一种泥土拉回来,就能做成陶瓷。"清水河县委宣传部外宣科科长李时光告诉记者。

据史料记载,1993年在黑矾沟村北坡上发掘过一个古墓,内有一陶罐,里面装有两具尸骨骨灰,和八个铜钱、一个铜簪的随葬品。罐口盖一四见方小石块和一白瓷盘。石片上写着:"大定十年七月初四合葬父(杜云金),母(何翠计)。孝男:杜林、杜明。"从这个白瓷罐、白盘的做工、质地、式样上看,与黑矾沟的手工白瓷一模一样。由此可以断定,黑矾沟的生产历史至少有800年,并与长期传说的杜家开辟黑矾沟不谋而合。

黑矾沟盛产日用白瓷,属于六大窑系中的磁州窑,产品厚重、结实,适于北方居民使用。居住在这里的人们祖祖辈辈以瓷业为生。有四个姓氏制作陶瓷超过百年,张氏家族就是其中之一,已有300多年的历史。1940年出生于黑矾沟村的张选是第九代传承人。

"我的祖辈是明末清初从山西省保德县跨过偏关,走西口移民到黑矾沟村的,从杜家的手上买下了瓷窑,这里陶土细腻,黏性较大,又紧靠黄河,水运交通方便,祖辈引进了保德县陶瓷技术,开始生产陶瓷制品。产品除了满足清水河当地需要外,还远销托克托县、土左旗、包头、五原、和林、呼和浩特城区,以及大青山以北一带和甘肃、宁夏等地。"张选介绍。

黑矾沟的陶瓷生产规模经历了从小到大,由弱变强,从粗放型到精细实用型的转变过程,尤其是以张氏家族的业绩更为突出。历经一代又一代人的努力,黑矾沟的白瓷在上世纪末,代表清水河的建材产品大批量地进入了北京"亚运村",并出口到日韩等国家。

匠心坚守不渝

清水河县陶瓷生产最兴旺的时期在二十世纪八九十年代,大大小小的陶瓷厂不计其数,产品小到家庭生活常用的盆盆碗碗,大到高楼建筑装饰用的内外墙地砖,粗陶细瓷品种多达500多个。

由于生产扩大、交通、技术等原因,黑矾沟燃烧了几百年的窑火熄灭,传统"馒头窑"被正式废弃,陶瓷厂转移到窑沟乡,手工作坊变成了机械化生产,当时在窑沟乡一带从事陶瓷生产的有近万人,陶瓷业成为清水河县的支柱产业。

"随着南方瓷艺的传入,清水河瓷艺失去了市场,陶瓷厂也纷纷倒闭……"说起曾经红极一时的黑矾沟瓷艺逐渐走向没落的过程,今年82岁的张选,脸上写满了落寞的神情。张选1957年参加工作,和陶瓷打了一辈子交道,曾担任清水河县陶瓷厂分管生产、技术的副厂长,清水河建筑陶瓷厂厂长,清水河县陶瓷总公司总经理,和清水河墙地砖厂厂长。2006年被内蒙古工艺美术学会评为内蒙古工艺美术大师(陶瓷)。

从黑矾沟村出来,张选带着记者来到了他位于清水河县的工作室,他熟练地将一团陶泥放在桌上反复揉搓成枣核状,同时把陶泥中多余的空气排掉,和好后放到搅轮上,靠惯性进行拉胚造型,他一手护着陶泥边缘,一手拃土塑型,不到一分钟,一只碗便呈现在眼前,再用一根细线从底部划过,碗便和剩余的泥分离。

完整的陶瓷制作流程不止于此。在这之前,还得经过挖泥、碾泥、脱水陈腐,紧接着就是张选演示的焖料和泥与手工拉胚的步骤,随后还要经过修胚、上釉、彩绘、装窑、烧成、出窑打纩等工序,才能装车运输,最终送到客户手中。这其中光脱木沉腐就需要6到8个月的时间,用煤炭烧成的过程从点火到停火累计需要3天3夜约70个小时,停火后还需等待自然冷却。张选说:"我现在用电窑炉烧制陶瓷,时间大大缩短了。过去用火烧需要攒够一定的数量一起烧制,现在用烤箱没有数量限制,两三个也能烧。"

张选介绍,彩绘环节是最考验功力的一个环节,没有应用照片喷绘技术时,碗沿上的花纹、瓷砖装饰上的迎客松、酒瓶上的商品名称等都是一笔一划画上去的,"陶瓷颜料不像我们普通颜料颜色分明,陶瓷颜料都是矿物质,看上去都差不多,都是灰色,只有经过烧制以后才能看出来到底是什么颜色,只能靠画师凭经验去品"。

非遗薪火相传

如今,在内蒙古西部地区,还有一些上了年纪的老人仍旧在使用那个年代生产的大缸、大瓮、坛坛罐罐来腌咸菜、放月饼。"传统器物和中华传统文化生活之间有着非常紧密的关联性,既是不可磨灭的文化记忆,更是积淀深厚的生活经验。"呼和浩特海关退休干部王文京表示,"就拿我们中秋节吃的月饼来说,把月饼放在缸里,从头一年的八月十五放到第二年的正月,甚至三四月都没问题,还是软软的、酥酥的。要是放到冰箱冷藏里,就会变硬变干。这个大缸,到啥时候都是一件称手的家具。"

时光流逝、岁月变迁,虽然年轻一代的审美在不断发生变化,晶莹剔透的骨瓷、高洁莹润的玉瓷、色彩斑斓的彩色瓷走进了人们的日常生活,但是黑矾沟生产的那些粗犷厚重、结实耐用的黑色坛子、缸、瓮却悄悄记录了这个非物质文化遗产项目的高光时刻。

眼下,张选最大的心愿就是让黑矾沟瓷艺技艺传承下去。自从2017年开设自治区级非物质文化遗产项目清水河(陶)瓷艺个体传习所以来,每年都有中小学生、制陶制瓷爱好者慕名而来,找张选请教、开展集体教学工作。

"我还在研究新的技术,也带了十来个徒弟给他们免费授课,虽然不能继续开厂售卖很遗憾,但是有不少徒弟都学习这门手艺开了陶吧,让孩子们体验清水河瓷艺的制作过程,这也是一种传承。"张选告诉记者,"也许不会创造很大的经济价值,但是它是本土的一张文化名片,我们应该想办法去推广、去传承。"

■一言

把清水河瓷艺这张名片擦亮

■方晓

　　清水河陶瓷制造已有800年的历史,鼎盛时期全县除了4家大型的国有陶瓷厂外,还有近百家小瓷窑、小作坊。然而好景不长,受当时大气候影响,陶瓷厂实行了转制,人心不稳,只顾眼前利益,无暇顾及产品的更新换代和新产品的开发,各项工艺跟不上市场的需要,新的瓷器不会做,只局限于烧造夜壶、大瓮等传统的实用性器具,甚至出现了外行领导内行,偷工减料,以次充好等不正当的生产竞争现象。再加上交通落后,没有艺术家入窑指导,辉煌了800多年的古老瓷窑走向了歇火的结局。

　　要发展清水河瓷艺,把清水河瓷艺这张名片擦亮,必须要注重创新。创新是核心竞争力,是最强劲的发展动力。与清水河县陶瓷厂形成鲜明对比的是:二十世纪八九十年代,南方的一些陶瓷厂顺应市场需求,不断改进生产工艺,引进国外的先进设备,产品一下子走红市场。纵观全国陶瓷产业发展现状,无一不是在"工艺提升、产品优化"方面不断地下功夫。

　　要发展清水河瓷艺,把清水河瓷艺这张名片擦亮,必须要打造特色。清水河县境内丰富的陶瓷原料是发展陶瓷产业得天独厚的条件,是800年陶瓷生产历史的基石。清水河可以立足区域资源优势、培育扶持陶瓷特色产业,走出一条人无我有、科学发展、符合自身实际的道路,将资源优势转化为特色产业,才能避免陷入"捧着金饭碗讨饭吃"的窘境。

托县黑城麻糖:百年传承艺　匠心坚守中

■高瑞锋

　　呼和浩特市托克托县新营子镇黑城村,山清水秀,古韵浓厚,是明代古城镇房卫遗址所在地。传承百年、闻名区内外的品牌——黑城麻糖,就诞生在这里。

　　黑城村,也被称为麻糖村,村里十多户人家世代做糖。

　　百年来,他们以匠心守护祖辈智慧,代代承一技以一生,遵古法炮制,烦劳不省人工,料贵不添他物,技艺有道,共同铸造了黑城麻糖这个百年不变的非遗品牌。

古法炮制　百年一味

　　6月的黑城晌午,街巷静谧,院落幽深,房屋嵌在城墙里,屋外热浪翻滚,屋内凉爽无比。

　　这是老黑城人典型的民居。

　　黑城麻糖呼和浩特市级非遗传承人王明在的家就在其中。

　　今年59岁的王明在黝黑朴实,是家族制作黑城麻糖的第四代。

　　"每年进入11月、霜降以后开始做糖,一直做到过了小年、来年的1月,共3个月的时间。"说起制作麻糖,王明在侃侃而谈,黑城人做糖只用黄米和麦芽两种原料,这样做出的糖才甜、酥、脆,粘嘴不粘牙,原汁原味。

王明在从18岁起,就开始做糖,40多年来年年如此。

王明在说,做糖得从凌晨开始忙碌,泡米、蒸米、搅拌、发酵、熬糖、拉糖到最后做成麻糖,有近10道工序,基本都是人工完成。

"黄米先泡12小时左右,之后入锅蒸2小时,蒸到八九成熟时,倒入另一口锅内,加入麦芽迅速搅拌40分钟,搅拌好后,倒入用泥裹着的发酵瓮,瓮的底边留有漏水阀门,瓮下生火发酵2小时后,打开阀门漏出糖水到另一个瓮里,再把糖水从瓮里倒入铁锅,之后开始熬糖。"做糖的过程,王明在烂熟于心,"防止粘锅,先在大锅内加入少量植物油,小火慢熬5小时至糖水黏稠状时,再搅和一个半小时,盛入容器内至阴冷处冷却一小时。"

之后的拉糖过程不但是个力气活儿,更是个技术活儿。

经验丰富的做糖师傅们把冷却到一定柔软度的糖糕挂到特制的木桩上,使劲向后拉,拉到一定长度,双臂紧急一揽一甩,折回去,再套在木桩上继续拉。如此反复多次,直到糖的颜色由暗红色变成金黄色,再变成乳白色为止。

王明在说,这个过程稍有不慎,绵软的糖糕就会垂到地面上,导致这锅糖全部作废,拉糖师傅的技术决定了麻糖的纹理是否细腻匀称,口感是否酥脆。

百年来,黑城人世世代代延续这样的古法做糖,制作出的麻糖百年一味,名声日渐响亮,自然而然叫响了"黑城麻糖"这个品牌。

底蕴深厚 自成风味

黑城麻糖,顾名思义,产自黑城,只此一地。

即使邻近的村庄也不产麻糖,托克托县其他地方更没有。

有人说,之所以黑城有麻糖,是因为这里地理位置优越。

黑城,地处东山脚下,地肥水美,旱涝保收。百年来,这块肥沃的土地盛产黍子、莜麦、谷子、马铃薯等农作物,给麻糖提供了充足的天然原料。

清乾隆年间,随着走西口移民潮的到来,除了少量当地人外,土质肥沃的黑城吸引了大量山西人在此定居,繁衍生息,人口最多时,达到3000多人,成为托县第二大村镇。王明在的祖上就是山西人。

富饶的土地往往也是兵戈相争之地。

明朝初年,黑城地处游牧文明与农耕文明交汇处,蒙晋之间,历代常有军事活动。

明洪武二十六年(1393年),明廷在此修建军事要塞镇虏卫,并驻军防守,隶属山西行都司。周遭,往西,约30公里处,是东胜卫(今托克托县);往东,约30公里处,是云川卫(现和林县大红城村)。

古代将颜色分为黄、红、白、蓝、黑五色,东胜卫时称黄城,镇虏卫时称黑城,云川卫时称红城。因古代黄为上色,故黑城和红城隶属黄城管辖。

黑城也由此得名,沿用至今。

镇虏卫古城墙至今基本完好,已被列为第五批自治区级重点文物保护单位。年逾七旬的黑城民间考古学者刘俊说,除了古城墙外,历年来,黑城也发现过铁炮、方砖、铜火铳等明代文物。

每一座古城,定有奇异传说,以示此地为风水宝地。

黑城亦如此。

"传说,黑城内西北角地势低凹,常年蓄水,永不干枯,水池内住着一匹金马驹。马驹每晚出来,奔腾于庄稼地,但是,庄稼却完好无损,田里也无马蹄痕迹。"托克托县本土作家,黑城人张宇春兴致盎然地聊起了关于黑城的传说,"又说,城内有一只母鸡带领一群小鸡在草滩觅食,如果有人捉住小鸡,小鸡就会变成金光闪亮的金元宝。"

"其实,不管哪种传说,不外乎表达了一个主题:黑城是个好地方,这里有悠久的历史、肥美的土地,更有和合而居的多民族先辈在此幸福地生活着。他们在辛勤的劳作中,融各家智慧于一体,创造出了黑城麻糖这个地方风味。"张宇春说。

匠心坚守　顺势而为

麻糖,宋朝便已有之。相传,宋太祖赵匡胤曾经就吃过此物,而且在品尝之后大为夸赞,以至于麻糖后来一直是皇家贡品。自此,各地都开始模仿制作。

相比于闻名全国的湖北孝感麻糖,黑城麻糖无疑是低调的。

手工作坊生产,季节性强,围绕着"二十三吃麻糖,吃不上麻糖啃指头"的习俗,一年只产3个月,更没有形成产业链。

所幸,年轻的黑城人高成名决心改变这种现状,他笑称自己"满腔热血,不达目的不罢休"。

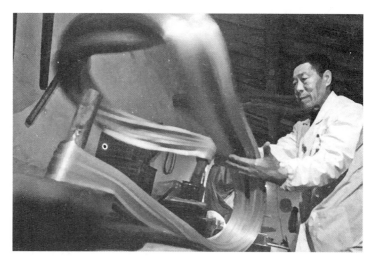

古法制作的黑城麻糖

2009年,29岁的高成名放弃了国有大型军工企业的工作,从包头回到家乡,誓要带领乡亲们发展黑城麻糖,共同致富。2016年,在政府的支持下,他组织10多户村民成立了黑城麻糖专业合作社,并注册商标。2018年,经他奔走申报,黑城麻糖制作技艺成功入选呼和浩特市第七批非物质文化遗产项目之列。

在高成名的带领下,黑城村做糖户逐年增加,产能稳步提升,由2016年的六七户、年产七八万斤,发展到现在的20户、年产20多万斤,市场范围也由呼和浩特、包头等周边旗县市扩大到山西、甘肃、宁夏等部分地区。

2019年,借助抖音、快手等直播平台,糖户现场直播做糖,使得黑城麻糖远销到北京、河北以及辽宁等省市,当年产值达200多万元。

其实,不管产值如何提高,唯有不忘初心,保持品质才是长远之道。

高成名说,几年来,他考察了湖北孝感、山西以及丰镇、察素旗、清水河、临河等区内外多地麻糖产地,除了湖北孝感麻糖的主要原料以糯米、芝麻为主,形成了独特的地方风味外,其他地方的麻糖和黑城麻糖用料大同小异,只是有的地方为了节省成本,把麦芽换成了白糖或者甜菜,这样生产出来的麻糖口感甜腻、粘牙,自然比不上用料纯正的黑城麻糖。

王明在说,黑城麻糖的制作技艺是公开的,谁都可以做,但是,要想做出纯正的黑城麻糖,比的是却是制作时的那份"烦劳不省人工,料贵不添他物"的道心坚守。

"做糖40多年来,我不忘本心,时刻遵循祖辈的用料原则和制作方法,就为了让大家能吃上原汁原味的正宗黑城麻糖。"王明在说。

（图片由刘永威提供）

■一言

非遗传承，有技更要有道

■一默
─────────────────────────────

近年来，借助互联网，非遗传播取得了突破性进展。从最初单纯依靠政府部门组织推广，再到民间传承人自发宣传，非遗传播主体的范围不断扩大。同时，传播渠道日趋多元化，随着新媒体、短视频、直播的出现，非遗传播的渠道空前丰富，新媒介已经成为非遗传播的重要阵地。

非遗是久在深巷的珍珠，在传播过程中，不仅要重视传播手段和传播渠道，更要注重非遗本身的质量把控。

正所谓有技更要有道。这个"道"不仅指非遗传播渠道的多样化和丰富化，还指非遗传承人以及非遗艺人的本心、初心和良心。

道，德也。

国无德不兴，人无德不立。

每项非遗技艺都凝结着我们先辈的心血和智慧，在他们的精心打磨和耐心呵护下，一项项非遗技艺才传承到今天，成为承载一个地区乃至一个社会的独特文化标识，成为中华文明的一部分。

因此，非遗在传承中，不能仅仅只注重传播受众的多和广，以及所取得的经济效益和经济价值，更要在传播中，紧抓非遗质量关，不能使其失了本心，滥竽充数，以假充好，欺瞒大众，获取一时之利，从而丢失了非遗本身所蕴含的"道"心、"德"性。

唯有保持初心，不忘本真，不被利益所蒙蔽，非遗才有传承下去的必要和价值。

正如习近平总书记所说："只要中华民族一代接着一代追求美好崇高的道德境界，我们的民族就永远充满希望。"

古法手工制香：在袅袅香雾中感悟人生

■院秀琴

"香"是中国传统文化的重要组成部分。一代代人通过不断地传承和发展，创造出厚重、博大，而富有神奇色彩的香文化，不仅给人们带来了极富内涵的享受，而且创造了独特的美学价值。

香席雅集，一缕轻烟袅袅，浅浅淡淡的香味萦绕在鼻头，仿佛一呼一吸之间，便能静心处世、穿越千年……

炎炎夏日，这个充满历史感的画面正在呼和浩特市非物质文化遗产"古法手工制香技艺"传承人手中重现，他们追随古人的足迹，用制香技艺展现旧时风物、文化和生活方式，在袅袅烟雾中，展开香文化的古今对话。

氤氲千年　君子之礼

史料记载，早在先秦，佩戴香囊、插戴香草、沐浴香汤就开始盛行；战国时期，香薰炉博山炉制作精良；到了汉代，香已经成为主要的贸易货物之一；明清两朝，香学成型，香炉已经成为文人书斋的标配。"红袖添香夜读书"，描绘的就是文人在书斋读书时焚香的优雅情致。

香在古人的日常生活中是不可或缺的存在。不管是熏燃、悬佩、涂抹，还是计时，都反映了人们对香的钟情以及精致的生活情趣。香在漫长的历史发展过程中也形成了特有的文化内涵，传承至今。

"说起手工制香技艺，祖辈传说源于昭君出塞。王昭君远嫁边疆时，将大量农作物种子、纺织技术、养殖技术、冶炼技术、中医药技术以及制香技术一同带入当时的边疆地区。"古法手工制香技艺第四代传承人敖云介绍，他们家族制香已经有100多年的历史了，从记事起，她的姥姥就会一边做香一边把制作方法说给她听。

大学毕业后，敖云来到一家蒙药厂工作，3年间她深入学习了药材的清洗、粉碎、炮制、保存等工序，闻着熟悉的药香，恍惚间她又想起了小时候姥姥碾药材做香的情景。于是敖云开始了自己的古法制香之路，她继承了家传的30多种制香配方，并制作成线香、锥香等，逐渐打开了销路，香制品远销全国各地，甚至出口海外。在多次外出交流中，敖云也意识到自家的制香技艺是一种文化表达，2019年2月，古法手工制香技艺被确定为呼和浩特市非物质文化遗产代表性项目。

浸润岁月　以香养生

手工制成的香与工业制香不同，是以纯天然蒙药药材、中药药材、蜂蜜、泉水、矿物质等为原料，不添加增香剂、调味剂、黏合胶、石灰、助燃剂等危害健康的化学成分，经过选料、炮制、打粉、和香泥、成型、阴干等十多道工序制作而成，每一盘小小的香线背后都凝结着制作者的心血。"第一步是清洗和晾晒药材，然后用药碾子把药材滚碎，再过筛，用石磨把药材碎屑磨到最细，磨好的药粉称好分量之后，和成香泥，再做成香制品。最后全部要阴干,不能拿机器电烤,要靠大自然的日月精华。有时候好不容易做出来的香,下雨受潮了,半天好不了,可能还得重做。"敖云说。

经过传承和创新的古法制香技艺,是把蒙医药、藏医药和中医药学都融合在一起。古法制香技艺有一个熟制的过程,除了炒、煎、蒸、煮、灸、焖这些方法之外,它还有一个很重要的步骤——发酵,这可以让香药达到一定的保健作用。相比于生药入香,熟化过的香味道比较柔和。"经常使用,可以通畅肺腑、静气凝神、调理睡眠、驱除蚊虫、净化尘霾、通鼻开窍,对养生保健、调理身体有一定功效。"敖云告诉记者。

敖云还按照香的不同功能制作了不同的形状,有提神功效的香一般做成花朵的形状,缓解过敏性鼻炎的香则被制作成牛鼻纹……"其实香文化不仅仅是一种物质享受,更是种精神文化。它是一门综合性艺术,集沉香品鉴、礼仪规矩、历史知识、文学修养等于一体。"在敖云的描述中,香起源于大自然,行走于云梦间,经过香的熏沐,心情会变得宁静,精神也会随之集中起来,身体的五感亦会变得灵敏。

香随风动　产业助残

敖云在学习深造的同时,还做了深度的市场调研,在延续古法手工特色的基础上不断创新,目前她的香制品适合各类环境、无需任何辅助燃香器具、更加安全且更节省空间,在成品方面,把不易携带的条形改良为圆形,还制作了香片、香丸、沐浴药包、雕塑摆件、首饰挂件等不同的品类,打开了更广阔的销路。

多年的钻研让敖云在2018年荣获全国十大制香师荣誉

称号,她通过不断学习实践及研究,利用草原上的原生药材研发出中医合香墙面漆及药泥泥料。在此基础上,敖云于2019年向国家知识产权局申请了关于利用古法制香技艺制作墙面涂料、雕塑及挂件、摆件的专利,在不久的将来,我们可能会欣赏到更多古法制香技艺的衍生品。

值得一提的是,从敖云决定把制香当作自己事业的那一刻起,就牵挂着残疾人这一特殊群体,在她的制香工厂里,除了行政工作人员外,一线工作人员基本都是残疾人,她说:"他们中有人是下肢残疾,有人是智力残疾,但是分配得当的话,每个人都能发挥自己的优势。考虑到他们的身体条件,在厂的职工我们包吃住,尽量减少他们在路途上的奔波;不在厂的职工,我们把半成品送到家里,让他在家里做好我们再去取,一切都以员工方便为前提。我觉得在传承非遗项目的同时,还能肩负起社会责任,为残疾人提供就业机会,这是一件特别有意义的事情,值得我用一生坚持。"

目前,敖云的制香技艺得到了很好的发展,来自南方沿海城市的订单络绎不绝,但是对于未来的传承之路,敖云也有一些担忧,她说:"古法手工制香技艺学习时间长、制作难度大,对制作者的经验和手艺要求很高,随着老一辈手工药香制作艺人的慢慢老去,当代年轻人又鲜有人能够承受,这项技艺现在正面临着断代失传。"目前,敖云也在挑选学徒重点培养,其中跟她学习最久的已经有5年时间了,"现在我们也在做一些非遗研学,也在承接一些团建活动,通过多种途径宣传这项非遗,希望有更多人自发地去喜欢、传承它。"

■一言

用工匠精神打造生活的芳香

■苏永生 ————————————————————————

　　传统的技艺、醉人的芳香,制香人用多年的坚守和工匠精神开拓自己的事业,在为社会带来芬芳的同时,也向社会传递了满满的正能量。

　　我国历史悠久,有着许多光辉灿烂的文化。其中,各具特色的传统手工艺充斥民间,成为我国文化百花园中不可或缺的组成部分。

　　如何传承弘扬这些非物质文化遗产,让其在新时代更好地发挥作用? 首先,非物质文化遗产传承人要继续发扬工匠精神,用心用情用力完成好每一道工序,把每一件产品都制作成精品。同时还要充分利用好现代科学技术,为传统非遗增添新时代的元素,让非遗技艺与时俱进,跟上时代的步伐,更好地融入现代生活。

　　第二,非遗传承人要培养选拔好接班人,让非遗传统技艺更好地传承。要通过线上线下等多种方式,做好非遗传统技艺培训,吸引更多的人认识非遗、热爱非遗、走近非遗。

　　非物质文化遗产是全社会共有的宝贵财富,其传承、保护和弘扬,仅仅依靠非遗传承人一方的力量是远远不够的,全社会都应该为非物质文化遗产的传承、弘扬、保护贡献一份力量。有关部门要积极行动起来,为非遗传承人在非遗传承涉及到的资金、场地、人员、工艺改进、技能培训等方面提供必要的帮助。在非遗技艺宣传推广、非遗传承人互相交流学习等方面积极搭建平台,不断扩大非遗技艺的知名度和影响力。

学校等教育单位也可以考虑将非遗技艺引入第二课堂,让非遗走进校园,让学生们更好地了解非遗文化。

传统技艺,离不开工匠精神。传统技艺的传承和弘扬,也离不开工匠精神。说了就算、定了就干、干就干好,在全社会大力倡导实干精神的今天,让我们积极行动起来,群策群力、扎扎实实地为非物质文化遗产的传承弘扬尽心出力,共同用工匠精神打造生活的芳香。

布贴画:以剪代笔贴出精彩人生

■ 高瑞锋 ————————————————

　　以剪代笔,凭着一双巧手,用各种布料拼贴出万千传神图案,这样的画儿,是布贴画。

　　呼和浩特市的崔锁莲、孙羽母子俩就是制作布贴画的非遗代表性传承人。

　　他们创作的布贴画充满了浓郁的内蒙古西部地区特色,在全国众多流派的布贴画中独树一帜,成为发扬中华优秀传统文化、宣传内蒙古的亮丽名片。

历史悠久　源于民间

　　布贴画,原名宫廷补绣,又称布堆画、布贴花或补花。它以布为原料,通过手工剪贴而成,是基于剪纸、刺绣、民间绘画等艺术形式的一种拓展艺术,是中国民间常见的手工艺术之一。

　　布贴画历史久远,出现在商周,发展在隋唐,繁盛于明清,广泛流传于民间。相传,乾隆的母亲曾亲自带领宫女用这种工艺做出了很多花鸟人物作品。古代的战旗、挂幡旗,或是现在农村妇女背孩子的裹背上面所绣的图案,都属于布贴画。

　　今年69岁的崔锁莲是土生土长的呼和浩特人,出生在黄合少镇。"我的布贴画技艺源于家族传承,是太姥姥、姥姥、母亲一代代传下来的。"崔锁莲说,过去,祖辈们都会剪纸。但是,百年之前,纸的颜色只有红色,就这也很稀缺,过年时想剪个门神、窗花,能找见一张红纸太不容易了,剪个套色的窗花都没有多余的颜色。

崔锁莲说,老人们在生活实践中逐渐摸索出智慧,把布染上所需要的颜色,以剪纸为模型,用布做画,逐渐形成了布贴画。

布贴画充分利用布的颜色、纹理和质感,通过剪、裁、粘的方法,在似与不似之间最能彰显出布艺画的凹凸效果。

制作布贴画基本分为5个步骤,首先是描图,用笔画出画儿的雏形,并分解图样,再用复写纸翻印到白板纸上;其次沿画的轮廓线把白板纸剪成形状各异的纸板片;之后,把布料粘在纸板片上,沿着纸板片的形状剪下来,最后是包边和组合,这样,一幅布贴画就制作成功了。

崔锁莲说:"配色是布贴画的灵魂,画面越简单越好,以简概繁展现线条美,这样才有美感和冲击力,给人留下深刻印象。"

发展到现在,布贴画以独特的艺术表现形式、纯手工的艺术特性,被越来越多的民众接受和喜爱。

致力公益　点亮希望

得益于从小和姥姥、妈妈学到的剪纸功力,崔锁莲制作起布贴画来无师自通,经常一个人在家里自娱自乐。

2002年退休后,她在家人的支持下,专心制作布贴画。

2005 年，在第六届中国·呼和浩特昭君文化节召开之际，崔锁莲用心用情制作了大型布贴画《昭君出塞》，并专程送到组委会。这幅画高 2.5 米、宽 1.3 米，崔锁莲用三四种布料来表现昭君的秀美容颜和飒爽风姿，画面色彩抢眼舒适、人物表情生动传神，造型灵动优美，受到了广泛好评，也引起了相关部门的关注和重视。

此后，在相关部门的指导下，她开始走进社区、学校以及监狱、戒毒所等各种场所，免费教授布贴画技艺。

在监狱和戒毒所，崔锁莲特意为学员们制作了一幅布贴画《放飞梦想》。画面中，一位穿着时髦、身姿妙曼的女郎抬头凝视前方。看似立意简单的场景，实则韵味无穷。崔锁莲说："我想通过这幅画，传递给学员们一种生活的希望。希望他们从高墙内走出来后，摒弃心中的黑白灰，融入多彩生活，打造出一个全新的自我。"这幅画一经亮相，就受到了学员们的欢迎和好评。一位戒毒所学员看完画后，带着无限憧憬问她："崔老师，我出去后，到哪儿能找到您呢？从您身上，我看到了希望和未来，想和您多学习。"

2016 年，崔锁莲被评为布贴画市级非遗代表性传承人，2019 年，又被评为布贴画自治区级非遗代表性传承人。

取长补短　与时俱进

成为非遗代表性传承人后，崔锁莲感觉自己身上有了更多的责任和义务，她尽心尽力为布贴画的发展和传承作贡献。

"过去就是做着玩儿，现在越来越感觉到，布贴画代表的是中华优秀传统文化的根和魂。"崔锁莲说。

为了让布贴画更能传情达意，表现出中华优秀传统文化和内蒙古的深广魅力，多年来，崔锁莲先后去北京、浙江、陕西等地外出学习取经，扩大视野、融通互鉴。

学习的次数多了，她总结出了各地布贴画的特点，"北京的布贴画里添加了填充物，立体感特别强，就像雕刻出来的一样；陕西的布贴画全部用粗布制作，毛边，古色古香；南方的布贴画原料大多采用薄薄的凤尾纱料，做出来像油画一样……"崔锁莲娓娓道来。

在取长补短的学习实践中，崔锁莲根据地方传统特色和多年的制作经验，逐渐摸索形成了内蒙古布贴画的风格特点：制作人物时，面部添加一点海绵；包边；面料基本以制作蒙古袍的布料为主料，适当加一些凤尾纱，使之视觉上具有浅浮雕的感觉，从而形成木版画般的朦胧意境。

虽然已近古稀之年，但是崔锁莲和年轻人一样，手机玩得十分熟练。她的手机里有很多公众号，中国文联、文艺家协会的公众号是她经常关注和学习的。她说，只有不断学习，才能让布贴画与时俱进，焕发新时代光彩。《八骏图》《老寿星》《十二生肖》《冰墩墩》《雪容融》《二人台》等布贴画，完美体现了传统和现代融合的风采。

创新技艺　贴近时代

多年来，崔锁莲制作了大量原创作品，这其中，儿子孙羽功不可没。

今年45岁的孙羽颇具绘画天赋，从小得益于母亲的言传身教，对布贴画情有独钟。

很多时候,崔锁莲口述着脑海中多姿多彩的画面,孙羽乐此不疲地用画笔记录下来,之后,母子俩再依样制作出来。多年来,母子俩一起合作制作了《昭君出塞》《老寿星》《草原吉祥娃》等多幅佳作。

2019年,孙羽被评为布贴画市级非遗代表性传承人。

像母亲一样,年轻的孙羽在成为传承人后,也时刻想着把布贴画发扬光大。多年来,他远赴北京、浙江等地,自费学习了摄影摄像,回来后,又利用业余时间,自学了泥塑、蛋雕等技艺。多项技艺傍身,使孙羽制作布贴画如虎添翼。

2020年3月,在全国抗击新冠疫情期间,孙羽为了向逆行出征的钟南山、李兰娟两位院士致敬,创新性地用牛仔布制作了两幅人物肖像布贴画。

不同于其他布贴画的平面效果,孙羽的牛仔布布贴画结合了摄影中的光线技术,利用牛仔布的纹理制造出了高光、反光的效果,使画面更具立体感。

当年,《李兰娟院士》布贴画在内蒙古展览馆举办的"非遗传承健康生活——内蒙古传统美术作品展"中展出。

为了让内蒙古布贴画走出去,并产生经济效益,多年来,崔锁莲和多家旅游公司合作,让外地游客前来体验制作布贴画的乐趣;她还把布贴画制作成5寸大小,方便游客携带。

崔锁莲说,最近,她和儿子孙羽又构思制作了布贴画《民族团结一家亲》。画中,汉族、蒙古族、维吾尔族、傣族、黎族、布依族、侗族等7位不同民族的女子紧紧依偎在怒放的月季、百合花丛中,乐享和谐美好生活、赞美伟大祖国、歌颂新时代……

■一言

让更多人领略非遗之美

■高瑞锋

　　近年来,我国非物质文化遗产备受关注和重视,因为它承载着中国独特的地域文化,展现了一个地区中国人的生活状态。它更是文化根基,是人们在新时代进行再创作和再发展的素材。站在新时代,我们更应该让传统文化的精彩被更多人领略。

　　近年来,传承弘扬非物质文化遗产的举措有很多,例如非遗进校园、进社区等,但是,在诸多的相关举措中,我们应该抓住核心,更有效地推动非遗文化向更深更远处传播,吸引更多人来传承非遗之美。

　　让非物质文化遗产得到更多的关注和传承,首先要让大家了解非物质文化遗产。像崔锁莲为了让更多人学习布贴画,在相关部门的支持下,她不仅走进校园,更走进监狱和戒毒所这样的"禁区",宣传、教授布贴画,这样的做法无疑是值得推崇的。一个小小的布贴画就是一个地区传统文化的浓缩和凝聚,要了解一个地区的文化底蕴,当地的非物质文化遗产可以说是一个参照。

　　当然,要想把非遗文化更好地推广开来,仅仅靠这些是不够的,社会各界应该共同努力,给非遗搭建一个能够展现自身魅力的广阔舞台。

　　教育部门要开设非遗课程,不定期地邀请非遗大师走进校园,让孩子们走近非遗、接触非遗,从小培养热爱非遗、保护非遗、传承弘扬非遗文化的意识;文化部门要创立更多元的非遗场馆,让市民和外地游客有亲近非遗的场所;宣传部门要开展常态化非遗宣传,让更多人通过多种途径了解、领略非遗之美,让非遗文化走入寻常百姓家。

编后

经过编写组全体人员的辛勤努力,《铸牢中华民族共同体意识·家园》终于与读者见面了。

好的书籍离不开好的策划、好的题材、好的采写、好的编排、好的印刷。

在本书的编写过程中,我们在内蒙古日报已有出版作品的基础上,精心设计、用心编辑、认真校对、合理配图,从每一个细节入手,力求使作品得到完美呈现。

这本内容丰富、饱含墨香的书的出版,离不开内蒙古日报社和自治区民委领导的大力支持,离不开内蒙古社会科学界联合会的有力资助,离不开内蒙古博物院以及其他有关单位和个人的积极协助,离不开内蒙古人民出版社的配合和帮助,我们在此表示衷心的感谢。

本书的编辑出版也得到了众多名家的支持,我区著名作家阿古拉泰为本书作序,梁衡、艾平、王占义、李树榕、肖勇、安宁等著名作家、评论家对本书给予了高度评价。内蒙古日报高级编辑阿荣、许素红也为本书出版付出了辛苦,在此一并致谢。尽管我们在编写过程中作出了积极努力,由于水平有限,文中疏漏在所难免,诚请读者批评指正。